칸자키 유토
"모조리 다
죽어 버려라."
"그런 태도여선 낙제점이에요."
리리아 루우 헐스톤

레온 가일드
"환영하지.
새로운 용사 후보여."
"오라버니, 실례할게요?"
우케이 마이

"아무렴, 오래전부터 알고 있었느니라."
씹어 부수는 진홍빛으로 타오르는 뜨거운 돌.
마 왕
레 티 시 아 루 우
헐 스 톤

두 번째 용사는 복수의 길을 웃으며 걷는다 7

~비열한 정해자~

키즈카 네로
Kizuka Nero

"나 혼자서 하는 것보다 더욱더욱 그윽한 복수를, 맛보여줄 테지?"

“자, 시작하자,
레온!
여기가 너의
종착점!
어디에도 갈 수 없는
지옥의 밑바닥이다!!”

프롤로그

그것은 분명 고결한 정신이었다.

그것은 분명 고상한 이념이었다.

많은 사람들이 보았을 때 잘못된 것은 오히려 우리일 테고, 올바른 것은 저들일 테지.

이질적이고 이색지고 이상하고 이지러진 것은 우리이니까.

그래서?
그래서 어쩌라고?
그래서 어쩌라고, 그래서 어쩌라고, 그래서 어쩌라고, 그래서 어쩌라는 거냐!!

사람들을 위하는 게 먼저라고, 이 세계를 지키는 게 먼저라고!
그것이 올바르다는 말을 하겠다면, 그것이 마땅한 의무라는 말을 해야겠다면!!
많은 인간들을 위해서 어쩔 수 없다고 말한다면.

그따위 말은 이미 폭력에 불과하다.

누가 평가했는지도 알 수가 없는 『올바름』밖에 없는 폭력에 불과하다.

……그러니까 분명 너희도 이해해줄 테지.

그 폭력에 노출되었던 우리의 선택이 설령 어떠한 끝을 불러들일지라도.

그 역시 어쩔 수 없는 결과잖아?

『올바른 선택을 하는 것이 당연하다』라고 너는 말했으니까.

『세계를 위해 마땅한 행동을 했을 뿐』이라고 너는 말했으니까.

이렇듯 증오의 구렁텅이로 추락한 우리가 너희에게 마땅히 저지를 행동도.

분명히 알아줄 테지?

맞잖아? 이것들아.

세계의 주춧돌로서 희생을 강요당했던 인간이.

자신이 있는 연옥의 밑바닥으로 너희를 끌어들이고자 하는 행동도 역시.

우리의 입장에서는『올바르고』『마땅한 행동』이니까.

☆

마왕이었던 오라버니에게서 받은 이 나이프를 써서 죽이겠다고 짙은 선홍색을 띠었던 옛 하늘에 맹세했었다.

“감히, 감히, 감히이……! 계집년이잇……! 사원왕룡(邪怨王龍)의 좌에 올라선 내가! 이따위 작고 초라한 오물에게……!!”

“흥……. 깃털을 뽑힌 불량 도마뱀이 뭐가 잘났다고 떠드는 게냐. 용의 형상도 더는 취하지 못하면서? 그러면 지금 네놈은 작고 초라한 존재만 못한 찌꺼기에 불과하구나.”

첫 번째 때는 딱딱한 비늘에 막혀서 이렇다 할 흠집 하나도 내지 못했더랬지.

그러니까 지금은 정말 대단히 기분이 흡족하구나.

“큭?! 네년, 어떻게 그 사실을……!! 설마, 내 힘을 빼앗은 게 네년이었나?!”

“대답할 이유가 없잖느냐. 정녕 못 알아차린다면 그 정도 수준인

게지. 어차피 잔재를 거두어들인 것에 불과한 도마뱀. 아아, 이번만큼은 신께 감사의 뜻이라도 전하고 싶은 기분이구나. 그때는 마지막 일격을 카이토에게 양보할 수밖에 없던 처지였으니까.”

“끄윽, 캬아아아아아아아아아?!”

아아, 분하기 짝이 없는 일 뿐이었지만, 지금 이 순간만은 더없이 감격스러운 심정이구나.

이미 힘을 잃어서 허울만 남은 나이프. 눌어붙은 칼자루 끝 장식과 오라버니의 피를 빨아들여서 거뭇하게 물든 목제 손잡이.

나에게 있어 제아무리 소중한 물건일지라도 용의 형상을 취한 적에게는 흠집 하나도 낼 수 없었다. 그러나 용의 성질이 소멸한 덕일까. 시간이 되돌아간 이 세계에서 이놈은 단지 마족의 잔재만 지닌 채 살고 있었다.

아마 오라버니의 마핵을 먹어 치웠을 때 미처 다 거두어들이지 못해 넘쳐흘렀던, 혼의 파편의 힘만이 남았을 테지.

그러니까 푹 익은 과일을 칼로 자르듯 수월하게 지난날의 원통함을 새겨 넣어줄 수 있었다.

시간의 제약마저 초월하여서 죽음을, 소멸을 선사할 수 있다는 천만뜻밖의 기회. 카이토에게 감사해야겠구나.

그 녀석 덕분에 나는 지금 이렇듯 과실을 베어 물 수 있었다.

“아하하하하핫! 어쩌나, 이를 어쩌나! 참담할 테지? 비참할 테지? 어떤 기분이더냐. 찌꺼기에서 음식 쓰레기로 바뀐 소감은.”

“땅바닥을 기어 다닐 줄밖에 모르는 벌레 같은 것이이이이이이이!! 키후엑?!”

“어휘력 모자란 바보 머리로구나. 어서, 어서, 더 한심한 욕설을 쥐어짜거라!”

그 과실은 붉고, 빨갛고, 발그레하고.

혀가 녹아날 만큼 달콤하고, 눈앞이 아찔하도록 달콤하고, 코를 찌르는 듯 달콤하고, 귀울림이 들릴 만큼 달콤하고, 맹독의 나무가 될 열매.

비틀어 뗀 손에 붉은색을 문질러 바르고, 이를 박아 넣었던 입가도 붉은 비말로 물들고.

“……오라버니의 원수이니라. 설령 몇 번을 세계가 순환할지라도 나는 네 녀석을 용서치 않는다. 무얼, 이번에는 충분히 시간이 있잖느냐. 음식 쓰레기가 음식 쓰레기의 자각을 가질 때까지 충분한 시간을 할애해주마.”

“키힛, 키히이익! 멈춰, 흐기아아아아아아아아아아악?!”

첫 번째 때는 그저 죽이는 것이, 과실을 쥐어 으스러뜨리는 것이 고작이었다.

그래서 더더욱 이 감미로운 감각이 마치 마약 같아서.

『잘 들어, 레티시아. 이 나이프를 절대 몸에서 떼어 놓지 마. 이것은 정말 중요한 물건이니까. 나한테 무슨 일이 일어나는 그날까지 아무에게도 보이면 안 돼. 물론 나한테도 마찬가지야. ……미안, 괜찮아. 내가 꼭 어떻게든 감당해볼게.』

떠오르는 것은 다정하게 머리를 쓰다듬으며 저렇게 말해줬던 오라버니의 목소리와, 그때 받아 두었던 이 나이프 한 자루.

아울러 옛 기억들을 위쪽에서 덮어 가리는 지난날의 광경.

불타오르는 성, 마핵을 적출당한 뒤 털썩 쓰러진 오라버니, 그리고 그 자리에서 소리 높여 웃었던 이 남자.

작은 나이프를 힘껏 휘둘렀다가 도리어 격퇴 당했고, 아무 반항도 못한 채 자기 나이프에 꿰찔렸던 어린 시절의 내 모습.

나는 줄곧 그 광경을 지워 없애고 싶어서 견딜 수가 없었으니까.

그러니까.

"울어라, 흐느껴라, 통곡하거라. 귀화의 밑바닥에서 불길에 휩싸인 채 죽은 자의 원념에 뜯어 먹히다가 절망의 수렁에서 흙먼지를 핥아라. 네놈이 할 수 있는 것은 그 하나밖에 없다. 달리 아무것도 허락지 않겠다."

"캬아아아아아아아아아아아아아아아악!!"

울려 퍼지는 비명.

마왕이 된 이후 무진장하게 솟아나게 된 마력은 몹시 쓸모가 있다.

이 놈이 부서지려고 할 때마다 육체도 정신도 몇 번이고 재생시킬 수 있다.

"자, 아직 멀었다. 고통으로 혼이 부스러질 때까지 철저하게 이 칼날로 꿰찔러주겠다. 팔을 찌르고, 배를 가르고, 다리를 저미고, 얼굴을 도려내주마."

"컥컥컥컥! 아아아아아아아아아아아아아아아아아악!!"

아아, 끓어오르는 피를 주체할 수가 없구나.

빨리, 더 빨리, 피가 들끓는다.

하나하나 정성 들이려는 생각은 머리에서만. 나이프의 움직임이 벌컥벌컥 맥박 치듯이 빨라진다.

빨리 죽이고 다음 원수에게 복수하라고, 마음이 부르짖는다.

"안 되지. 알고는 있다. 알고는 있건마는 도무지 나는 조급증이 안 낫는구나."

"그먄, 그먀아아아아아아안! 크기기기기기긱, 꾸어엇?!"

진정하자꾸나.

벌써 훗날을 아쉬워하지 말고 지금 이 순간에 진지하게 임해야 하지 않겠는가.

그러니까, 그래. 훗날의 표적과 관련하여 결정할 것은 단 하나로 끝내도록 하자. 그러면 충분하겠지.

"거참, 안 되지, 안 되고말고. 이런 꼴이니까 첫 번째 세계에서도 자꾸 허술하게 굴어서 카이토에게 뒷감당을 떠넘기는 처지가 되지 않았더냐."

—**다음** 원수를 갚을 때는 마왕이었던 오라버니에게 배운 염검(炎劍)의 마술을 쓰자꾸나. 그게 좋겠구나.

"그만……. 대체 왜, 도대체 왜 이렇게……."

"그래, 여유가 있다는 것은 기쁜 일이지. 자, 충분히, 충분하게. 한참 더 즐기도록 하자꾸나. 글쎄, 네 녀석은 언제 진짜 쓰레기로 전락할 테냐?"

저절로 치켜 올라가는 뺨, 퍼져 나가는 어두운 유열.
단지 죽일 수밖에 없었던 이전보다 훨씬 더, 훨씬 훨씬 훨씬.

훨씬 훨씬…….

—복수가 마음에 스며들어 간다.

제1장 고결함 너머의 장소

기름스 수인국과 루나리아 법국을 분단하는 국경선을 따라 위치하는 짙은 녹음과 사막의 도시, 조루키아.

자잘한 모래가 쌓여서 굳은 사구(沙丘)와 갖가지 신비로운 생태를 지닌 나무들이 있는 숲에 둘러싸였고, 그 숲의 깊숙한 곳에는 요정이 살아가는 정원이 존재한다는 전설이 있는 지역.

그곳은 수인국에 있어 루나리아 법국과 이어지는 현관의 역할을 하는 중요한 도시였다.

인간 지상주의를 내세우는 왕국과 대립이 깊어짐에 따라 확대됐던 수인 지상주의 사상은, 왕국과 마찬가지로 수도에서 떨어져 있는 국경선 부근에 가까워질수록 힘을 잃었다.

제국이 흥함으로써 직접 국경을 맞대지 않게 된 두 나라는 각각의 지상주의가 깊이 뿌리를 내린 지배층 부근을 제외하면 법국의 『마물, 마족 이외는 모두가 평등』하다는 주의 및 제국의 『이 세상은 실력이 전부』라는 사고방식이 깊어지는 터라 종족에 따른 차별 의식은 희미해진다.

그리고 두 나라 사이에 있는 교통의 요충지이며 내가 판타지 식물이라고 부르는 나무들의 수출, 더욱이 『주사위를 던지는 군세 투기장』이라는 고난이도 던전을 확보하고 있는 조루키아는, 현재 바다를 건너 이 대륙에 침공을 개시한 마족들과 전쟁이 벌어진 최전선에 물자 및 전투원을 보내는 거점으로 운용되고 있었다.

평소와 달리 삼엄한 분위기이면서 전쟁 특수라는 마약과도 비슷한 활기가 가득 차오른 지역.

이 세계에 돌아왔던 우리가 다다른 곳은 이러한 도시다.

우리는 이 도시의 관리하에 있는 던전, 『주사위를 던지는 군세 투기장』에서 내내 전투를 치러왔다.

『크라아아아앗!!』

"으으, 와, 와아!"

던전 내부는 위쪽에서 봤을 때 벌집처럼 돌벽을 세워 수많은 구획을 만들어 놨다. 구획마다 초원 및 빙원, 혹은 모래 바닥의 지면에 딱딱한 바위 바닥 등 환경은 제각각이다. 그리고 어느 구획이든 모종의 마물 화상이 출력되는 큰 모니터와 그 아래에 거대한 슬롯 패널, 거기에 몇몇의 레버가 설치되어 있다.

올려다보면 맑고 화창한 푸른 하늘이 널리 뻗어 나간다. 던전에는 분명히 흐린 하늘의 아래에서 동굴 비슷한 입구를 지나 들어왔는데도 불구하고 한 걸음을 진입하자마자 눈부시게 태양이 빛나고 있었다.

이곳은 바깥과 내부의 환경이 휙 바뀌는 타입이기에 내가 이차원형(異次元型)이라고 부르고 있는 던전이다.

이렇게 구분되어 있는 구획의 한 곳에서 유토는 지금, 모래 바닥의 지면과 돌로 된 나무들이 둘러싸는 가운데 몇몇의 마물과 교전 중이었다.

"크, 젠장!"

싸우고 있는 마물은 우디 베어. 마치 거대한 목각 곰 같은 모습과 가슴에 노출된 큰 마석이 특징인 저 녀석은, 과도한 흉포성 때문에 B랭크에서도 상위에 분류되는 마물이다.

유토가 휘두른 벌목도는 우디 베어의 어깻죽지를 절반까지 파고 들었지만, 거기에서 움직임이 멈춰버렸다. 격노한 우디 베어는 난폭하게 팔을 휘두른다.

즉각 자기 무기인 벌목도를 손에서 놓은 유토는 뒤로 뛰어서 거리를 벌림으로써 위태위태한 형세이기는 해도 제대로 공격을 간파하고 회피해 냈다. 나쁘지 않은 판단이다.

"유토, 벌목도는 온몸의 체중을 실어 휘둘러. 잔동작이 안 되는 만큼 깨부수지 못하면 다음 동작이 지체된다. 주도권을 다시 빼앗을 수 있는 순간을 포착해야지."

나는 각 구획을 분단하는 돌벽 위에서 유토에게 말을 건넸다.

"으, 으윽, 말이야 쉽지! 큭, 이놈! 먹어랏!!"

『키륵?!』

공격이 거창하게 휘둘러졌던 한순간을 노린 유토가 여전히 틀어박혀 있었던 벌목도를 걷어차서 팔을 날려버렸다. 싸각, 모래 바닥에 벌목도가 꽂혀 박힌다. 통각을 무시하는 듯 곧장 움직였으나 우디 베어는 한쪽 팔을 잃어버린 탓에 당연히 균형도 무너졌다.

"짐승의 연회 소리를 들어라, 『흡마현마(吸魔顯魔)』."

그렇게 만든 커다란 빈틈에 유토는 제 팔을 우디 베어와 완전히 같은 형태로 변화시켜서, 뾰족한 벌목도의 끝을 마물의 가슴에 노출되어 있는 녹색 마석에 내리꽂았다.

콰득, 마석이 부서져 나감에 따라 힘을 잃었던 우디 베어는 돌처럼 굳어 제자리에서 쓰러졌다. 돌벽에 설치되어 있는 나머지 마물의 숫자를 표시하는 슬롯 패널이 『5』에서 『4』로 바뀐다.

그 순간 유토의 온몸이 빛을 발했다.

나와 계약함으로써 획득한 『흡마현마』의 힘. 파괴한 마석의 힘을 흡수해서 마물의 힘을 끌어낼 수 있는 능력이다.

"후유, 으앗?!"

"이런, 긴장을 풀면 안 되잖냐. 주위의 기척을 항상 파악해야지. 살기를 감지해라."

"살기를 대체 어떻게, 아, 진짜. 제기랄!!"

숨 돌릴 틈 없이 덮쳐드는 다음번 우디 베어를 상대로 유토는 다시 전투를 시작했다. 이쪽은 아마 문제없겠다.

"둘 중에 더 문제가 될 사람은 마이……."

그렇게 시선을 보낸 곳에서는 예상외로, 아니, 예상 이상으로 전투에 잘 적응하고 있는 내 여동생이 보였다.

"아, 오라버니. 이쪽은 전멸시켰어요. 다음은 뭘 할까요?"

천연덕스러운 얼굴로 이쪽을 바라보는 마이의 뒤쪽에 있는 것은 갈가리 잘려 나가서 대리석 바닥에 나뒹굴고 있는 라미아 무리.

손에 든 언월도의 칼날 주변에는 농밀한 마력 바람이 바짝 붙어서 휘돌고 있다.

그 칼날에 베인 마물의 육편은 어떤 것은 불타서 끊어졌고, 어떤 것은 얼어붙었고, 어떤 것은 석화됐고, 어떤 것은 살점이 부풀어서 안쪽부터 터져 나왔고, 어떤 것은 소름 끼치는 저주를 받아 검게 변색되어 있었다.

라미아는 뱀의 몸체와 인간의 상반신을 지닌 마물이고 단독일 때는 C랭크의 마물이지만, 교묘한 마법 기술과 단체 전술을 구사하는지라 무리를 짓는 경우에는 위협도가 A랭크로 뛰어오른다.

"……그런 녀석들을 이렇게 싹."

『만마풍인(万魔風刃)』.

손에 든 무기에 화, 수, 토, 빛, 어둠의 유사 속성을 갖는 바람을 두를 수 있는 능력. 그것이 나와 계약해서 마이가 습득한 힘이었다.

각각의 특성은 레벨이 설정되어 있고 마물을 해치울 때마다 레벨이 올라가면서 성능이 점점 향상되는 구조다.

비록 부 활동이라지만 본래 세계에서 언월도를 다룬 경험이 있는 덕분인지, 몸 쓰는 방식이 초심자치고는 충분한 수준이었다. 이것저것 능력을 시험하면서 차례차례 적을 섬멸하는 강인함은 이 세계에 온 지 겨우 반달이라는 생각이 안 드는 정도였고, 상급 수준의 모험가와 싸워도 괜찮은 시합을 벌일 수 있을 만한 힘이 엿보였다.

'……다만 이대로 두면 좋은 시합을 치른 다음에 결국 패배로 끝나겠지. 흠흠, 어떻게 손을 봐줘야 할까.'

아마도 동격 이상의 상대, 아니, 다소 실력은 떨어지더라도 사선을 넘어 버텨왔던 상대와 대결한다면 이기지 못할 것이다. 딱히 마이가 잘못됐다는 게 아니라 그냥 경험이 부족하다.

"오라버니?"

"……아니야, 잠깐 생각 좀 하느라. 다음은 거기 빨간색, 파란색, 빨간색, 녹색 순서로 레버를 내리도록 해."

이 던전은 『주사위를 던지는 군세 투기장』이라는 이름이 붙은 대로 레버를 당김으로써 무작위로 지정된 마물이 무작위의 숫자만큼 무리를 지어 나타나고, 구획 내부가 거기에 대응하는 환경으로 전환된다.

이곳은 이렇듯 무작위로 몬스터 하우스 비슷하게 싸울 수 있는 배틀 마니아의 수요를 딱 맞춘 던전이었다.

"빨간색, 파란색, 빨간색, 녹색……. 에잇."

몇몇 개 있는 레버를 당기자 모니터에 표시된 마물 화상이 차례차례 바뀌면서 0이 셋 늘어서 있던 슬롯의 패널이 돌아갔다.

이윽고 움직임이 멎었을 때 모니터에는 불타는 갈기를 지닌 B랭크의 사자 마물, 플레임 레오의 화상이. 그리고 슬롯에는 『0』『1』『3』이라는 숫자가 나타났다.

그 순간, 대리석 바닥은 우릉우릉 용암석 굴러다니는 지면으로 바뀌고, 돌로 된 나무들이 사라지고, 꼭대기에서 마그마를 흘려보내는 사람 키만 한 크기의 거암이 나타났다.

라미아 무리를 전멸시키는 동시에 열렸던, 다음 구획으로 이어지는 문이 역시 닫힌다.

그리고 지면에서 솟아오르는 모양새로 불꽃 사자가 나타났다. 마이가 그와 동시에 마물과 전투를 개시한다.

'거참, 이렇게 민망할 수가. 파워 레벨링으로 단박에 레벨을 끌어올렸다지만, 두 녀석 모두 이 짧은 기간에 이렇게까지 강해지다니……. 자신감이 사라지겠어.'

이 세계에서 일정 수준의 안전을 확보하려면 우선은 경험치를 왕창 쌓아서 고레벨을 달성하는 것이 역시 간편한 수단이다. 단숨에 레벨을 올려도 알맹이의 기술이 따라잡기 어렵게 되기에 그리 좋은 방식은 아니지만, 이미 마족과 전쟁 상태에 돌입한 터라 아쉬운 소리나 늘어놓을 때가 아니었다.

어쨌든 간에 자신의 예와 비교해도, 두 녀석이 보여주는 자기 힘을 능숙하게 구사해 나아가는 능력은 혀를 내두를 수밖에 없을 만큼 뛰어났다.

역시 미남과 미소녀는 재능이 다른가 싶어서 살짝 먹먹한 기분에 잠기고 있던 때 또다시 마물의 기척이 솟아났다.

'……뭐, 됐어. 일단 오늘을 꽉 채워서 이대로 파워 레벨링에 몰두하기로 결정했고 말이지.'

이 던전은 각 구획에 나타나는 마물 무리를 전멸시킴으로써 다른 구획으로 이동하기 위한 문이 열리고 차례차례 전진할 수 있는 구조로 만들어졌다.

다만 언젠가 비행 마법을 익힌 마술사 한 명이 벽을 뛰어넘어서 전진하자는 발상을 떠올렸다. 그리고 자기 발상을 실행으로 옮긴 결과, 그 마술사는 하반신을 잃고 모험가 폐업을 맞이하게 됐다.

『『『캬랴아아아아아아아아아아아아!』』』

저 멀리 하급의 속성 용 무리가 보였다.

부정하게 던전을 공략하고자 시도한 인간에게는 이렇듯 용종의 무리가 덮쳐든다. 게다가 벽보다 높은 장소에 있는 한 전멸시켜도 거의 시간의 지체가 없이 부활해서 재차 덮쳐들었다.

레티시아의 그렌이나 사룡 따위와 달리 지성도 이성도 없이 하늘을 날아다니는 도마뱀에 불과하다지만, 그럼에도 용종은 용종. 신체 능력만 갖고도 A랭크의 최강 생물에 속하는 종족.

게다가 경험치 이외에는 달리 마석도 사체도 남기지 않고 사라지기 때문에 금전적인 이득도 없다.

그 결과, 아무도 이 던전의 벽을 넘어가려고 시도하지 않게 되었다.

다만 저런 부산물은 지금의 내게 관계없었다. 지금 내 목적은 파티를 짠 다른 두 녀석에게 경험치를 많이 분배하는 데 있다.

요컨대 무슨 말이냐면 내 입장에서는 대단히 경험치 효율이 좋은 사냥터라는 뜻이다.

“서른여덟 마리, 잡을 때마다 은근슬쩍 숫자가 늘어난다는 게 고맙구나.”

나는【뇌창의 눈물 칼】을 만들어 냈다.

“—울려 퍼져라, 어서 추락하라고 자애로운 뇌제는 눈물 흘린다. 정녕 슬픔이 끊이지 않는 세계라면 하다못해 이곳에서 끝을 맺고자 눈물 흘린다. 통곡에 답하는 소리도 없이 오로지 홀로 남을지라도, 눈 깜박이는 사이에 사라질지라도.”

일곱 개의 초승달을 겹친 모양의 푸르른 칼몸에 가득 주입된 마력이 파직파직 신음 소리를 낸다.

평소에는 생략했던 위력을 높이기 위한 긴 영창.

『이봐, 저 녀석, 또…….』『진짜냐, 저 녀석 도대체 누구야.』『검은 머리에 검은 눈, 상위 모험가 중 저런 녀석이 있었던가?』『뭐냐, 저 위압감……. 아찔하군.』『어째서 저런 녀석이 무명이야?』

‘좋아, 좋아. 딱 괜찮게 주목이 쏠려주시는군.’

모험가도 많은 숫자가 전선에 나간 상황이지만, 그럼에도 던전 안에는 우리 말고도 다수의 모험가들이 있었다.

전투 중인 파티를 제외하고 저들 대부분이 나를 목표로 날아드는 용들을 쳐다보다가, 그리고 이제 곧 일어나게 될 장면을 상상하면서 나를 보았다.

"—우러나온 비탄의 목소리는 짙은 어둠을 머금는다, 닿지 못한 비극의 막은 엷은 어둠을 머금는다."

'그래, 잘 봐라. 잘 봐서 눈에 새겨 넣어라.'

이미 몇 번을 되풀이했는지 알 수가 없는 이 사이클.

맨 처음에 쏠렸던 싸늘한 시선도 한 번에 그치지 않고 거듭거듭 용을 죽여 나감에 따라 외경의 감정으로 바뀐다.

"—울부짖어라, 뇌제. 『뇌제의 통곡, 밤새우는 검은 벼락』."

그 순간, 한계까지 주입된 마력이 검게 물든 포학의 벼락불로 변환되어 나를 목표로 날아들던 용들에게 일제히 덮쳐들었다.

파직파직 파직파직파직!!

『『『캬랴라아아아아아라아아랏?!』』』

한 순간의 틈도 존재하지 않는 굉음 속, 명백하게 과한 위력을 발휘하여 용들을 멸했다. 본래 저마다 속성에 대응하는 색을 띠었던 비늘이 하나같이 검게 물들어 있었다.

완전히 통구이가 된 용들은 지면에 이끌리듯 떨어져서 입자도 남기지 않고 사라져 간다.

『도대체 공격 수단이 얼마나 더 있는 거야?』『아까는 불, 그 전에는 얼음이고, 그 전에는 흙이었던가?』『단순한 마술은, 아닌 것 같지? 고유 능력인가?』『어쨌든 간에 저런 레벨의 후위는 좀처럼 없단 말이지.』

감탄해서 흘러나오는 목소리.

예상대로의 반응에 나는 득의의 미소를 지었다.

그렇다, 너희가 놀라서 내 존재가 더욱더 멀리 소문날수록 나의 손은 전진할 수 있다.

던전에 남는 나를 곁눈질하며 바깥으로 나가는 모험가들을 바라보았다.

'힘내라. 너희는 활기 넘치는 미끼 역할을 해줘야 하니까 말이다.'

"""……."""

"끙, 이런, 모처럼 바깥에 나왔는데 날씨가 안 좋군."

오랜만에 나온 던전의 바깥은 이차원형 던전의 탁 트인 푸른색 하늘과 달리 묵직하게 젖어든 공기 때문에 칙칙하고 흐린 날씨였다.

한참 수행을 마친 다음은 쨍쨍하게 맑은 하늘이었으면 싶다. 그쪽이 더 해방감이 솟아나는 기분이 들기 때문이다.

"좋아, 이제 어딘가에 식사를……. 음, 밥이나 먹을 처지가 아닌 것 같군."

기지개를 켠 뒤에 고개 돌렸더니 피로를 숨기지 못하는 모습의 유토와 마이가 눈에 들어왔다.

"오라버니? 설마 사랑하는 여동생에게 몸단장을 할 시간도 안 주는 몹쓸 오라버니가 될 생각이세요?"

"하하하……. 나도 되도록이면 먼저 한숨을 돌리고 싶네."

"어쩔 수 없군. 일단은 숙소에 가자고. 안심해라, 예비 조사는 철저하게 마쳤어. 도시 서편에 밥은 엄청 맛없어서 직접 해 먹어야 하는 곳이지만, 취미로 일하는 노인장이 각지에서 끌어다 모은 덕택에 『천사의 잠자리』라고 평판이 좋은 침대를 놔둔 여관이 있어."

두 사람 모두 특별히 이견도 없이 여관으로 따라온다.

도시에는 다양한 부류의 수인이 오가고 있었다.

처음 도시를 찾아왔을 때는 두리번두리번 신기하다는 듯이 주위를 둘러봤었지만, 지금은 그럴 여유도 없는 것 같았다.

잠시 걷자 목적했던 건물이 보였다.

"빈방 있어?"

"……들어와라, 3인용 방은 2층의 가장 안쪽이다."

파충류 쪽 수인인지 세로로 갈라지는 눈동자와 얼굴 한쪽에 보이는 비늘이 특징적인 노인이 접수처에 앉아 있었다.

선불 은화를 짤랑짤랑 손바닥에 떨어뜨리자 여관의 노인은 히죽 웃음 지었다.

노인이 말해준 안쪽의 방으로 이동했다. 방 내부에는 장식은 간소한 반면 덮개가 딸려 있어서 호화로운, 그러나 왠지 모르게 품위가 느껴지는 순백의 침대가 셋 놓여 있었다.

"오오, 이 정도면 기대했던 보람이……. 어라, 앗! 이 녀석들!"

""……""

내가 뭐라고 말하기도 전에 침대에 다가들었던 두 녀석은 각각 좌우의 침대에 푹 쓰러졌다.

진심으로 피곤했는지 그대로 죽은 것처럼 잠들어버린다.

"못 말리겠군……. 음, 이런 표현은 아무래도 좀 너무한가."

두 녀석이 부쩍부쩍 힘을 흡수하는지라 예정보다 상당히 무리시켰다는 자각도 있다.

아직은 해도 높이 떠 있겠다, 뭐, 잠깐 쉬도록 놓아두자.

"자, 잠자리의 감촉을 확인하기 전에 난 정보 정리를 마치도록 할까."

나는 방 입구에서 가장 먼 곳, 창가의 나머지 침대 하나에 걸터앉았다.

"스테이터스 오픈."

스테이터스

카나자키 유토 Lv213

Kanazaki Yuto 18세 남

인족

HP : 4,195/4,195 MP : 3,843/3,843 (4,024)
근력 : 3,285 체력 : 2,795
내구 : 2,565 민첩 : 3,185
마력 : 2,137 항마 : 1,985

고유 능력 : 「흡마현마▽」「타 언어 이해」

스 킬 : 『벌목술 Lv 15』『기척 감지 Lv 12』
『수각(獸脚) Lv 11』『마각(魔脚) Lv 15』
『강력(剛力) Lv 21』『신체 조작 Lv 18』
『마력 조작 Lv 5』『체술 Lv 14』

상 태 : 수면

흡마현마 : 『고블린종(3종)』『오크종(7종)』
『오거종(4종)』『아인형종(12종)』
『가름종(7종)』『플랜트종(2종)』
『보어종(3종)』『베어종(2종)』
『레오종(2종)』 etc…….

스테이터스

우케이 마이 Lv222

Ukei Mai 17세 여 인족

HP : 3,451/3,451 MP : 4,261/4,261(4,485)
근력 : 2,832 체력 2,285
내구 : 2,085 민첩 3,380
마력 : 3,689 항마 3,589

고유 능력 :「만마풍인▽」「타 언어 이해」

스　　킬 :『언월도 Lv 28』『유술 Lv 22』
『보행술 Lv 33』『비각 Lv 12』
『신체 조작 Lv 19』『마력 조작 Lv 13』
『기척 감지 Lv 21』『기척 은폐 Lv 31』
『명상 Lv 12』

상　　태 : 수면

흡마현마 :『풍 속성 Lv 13』『화 속성 Lv 14』
『수 속성 Lv 6』『토 속성 Lv 8』
『광 속성 Lv 9』『암 속성 Lv 6』

열람한 두 녀석의 스테이터스는 초일선급 전사의 수준이었다.

【복수의 성검】의 계약을 써서 내 경험치를 마구 넘겨줘서 억지로 끌어올린 레벨. 역시 이세계인이라는 점이 원인인지, 레벨도 물론 이거니와 성장의 폭 역시 평범을 뛰어넘는다.

다만 아직껏 기술은 서투른지라 파워 레벨링이 안 되는 스킬 레벨 및 스킬을 구사하는 전법은 숙련의 영역에 다다르지 못했다. 그럼에도 이 수준까지 강해졌다면 일단은 안심일 테지.

"둘 다 예상 이상으로 흡수가 빠른 덕분이었지. 이제 마무리 단계를 지났을 때 얼마나 더 뻗어 나가는지에 달렸군."

어쨌든 두 녀석의 성장은 이만하면 됐다.

"다음은 나 자신의 차례인가."

나는 스스로 감당 가능한 범위를 되돌아보기 위해서 나 자신의 스테이터스를 열었다.

스테이터스

우케이 카이토 Lv112

Ukei Kaito 18 세 남 인족

HP : 15,345/15,345 MP : 12,226/12,226(12,869)
근력 : 14,368 체력 : 13,398
내구 : 15,545 민첩 : 17,587
마력 : 11,137 항마 : 13,047

고유 능력:「심검▽」「타 언어 이해」

스 킬:『주먹질 Lv 15』『추적 Lv 34』『기척 은폐 Lv 53』
『시각 진화 Lv 25』『신검술 Lv 33』『천구 Lv 65』
『신각 Lv 31』『사고 가속 Lv 25』『신체 조작 Lv 39』
『마력 조작 Lv 58』『명상 Lv 42』『제왕의 위압 Lv 12』
『자연 치유력 향상 Lv 33』『체술 Lv 22』『발도술 Lv 45』
『기척 감지 Lv 72』『탈취 Lv 31』『낚시술 Lv 5』

상 태: 양호

심검의 해방 상황: 전 해방

배분 가능 경험치량: 1,554

나는 두 번째 세계가 시작됐을 때부터 고수했었던 방침을 버린 뒤 레벨을 올렸다.

내가 레벨을 올리지 않고 버텼던 까닭은 레벨이며 경험치에 굳은 고집을 갖고 있었던 녀석, 레온에 대한 강렬한 조롱이 되리라고 생각했기 때문이다.

그래도 헤쳐 나아갈 수 있다고 판단했던 데다가 큰 문제는 없으리라고 생각했다.

그러나 그 방심이 초래한 것은 본래 세계로 강제 송환과 기억의 박탈.

결과적으로 마이 및 유토와 재회할 수 있었기에 다행이었다지만, 그것은 어디까지나 결과론에 불과하다.

요컨대 죽을 뻔했었다, 나는.

"……아직 전성기에 비교할 순 없겠지만, 능력치도 대충 8할은 복구됐군."

던전에서 벌어들였던 대량의 경험치로 나는 봉인 상태에 있던 심검을 전부 해방했다.

레벨은 대략 3할밖에 복구가 안 됐지만, 애당초 스테이터스는 대부분을 심검의 추가 수치에 의지했던 만큼 능력치 쪽도 충분하다.

현재 상황에서 내 몸이 위험에 처할 수 있을 만한 경우는 대결계의 바깥에서 거물 마족과 맞붙든가, 혹은 **대결계가 파괴된 이후 본래의 힘을 되찾은** 이 대륙의 숙련자와 싸울 때뿐이겠다.

내부에 있는 마족의 능력을 극적으로 억제할 뿐 아니라 외부에서 오는 마족의 침입을 막는『대결계』.

이렇듯 마족의 천적이라고 말할 수 있는 대결계는 신성 결정으로 이 대륙에 태어난 인간들의 힘을 빌려서 구축하고 있다.

따라서 대결계가 파괴되면, 이 대륙의 인간은 결계 유지를 위해 사용됐던 리소스가 해방되어 본래의 스테이터스를 되찾는다.

불쑥 향상된 스테이터스를 온전하게 다룰 수 있는 인물은 적겠지만, 아주 없지도 않다.

"스테이터스는 이제 됐고, 다음은 칭호 부분인가."

본래 세계에서 이 세계로 돌아왔을 때 늘어난 몇몇 칭호들.

『귀환자』『재래자』『타파하는 자』『신약(神約)의 보유자』.

그리고 『복수자의 주인』에서 변화한 『복수의 지배자』.

『귀환자』『재래자』『타파하는 자』까지 셋은 괜찮다.

확인한 결과, 다른 칭호와 마찬가지로 능력치를 증가시켜주는 칭호였다.

문제는 나머지 둘.

하나는 『신약의 보유자』다.

이 칭호는 감정으로 상세 정보를 살펴보고 싶어도 글자가 전부 깨져버리는 터라 내용을 제대로 열람할 수가 없었다. 정체불명의 칭호가 있다는 것도 불안한 데다, 이름만 봐도 이세계 전이 때 간극의 공간에서 들렸던 목소리가 아마 원인일 것이라는 점이 탐탁지 않다.

그리고 다른 하나는 『복수의 지배자』.

칭호 자체는 모든 능력치를 조금씩 올려주는 종류였지만, 그뿐 아니라 추가로 【복수의 성검】의 효과가 갱신됐다.

계약을 맺은 한쪽이 사망하면 양쪽 다 목숨을 잃게 된다는 이제까지 대등한 내용이었던 계약은 내가 완전한 상위자로 뒤집어졌다. 내가 죽었을 때는 다 같이 죽어버린다. 그러나 계약을 맺은 누군가가 죽어도 나는 죽지 않는다.

"거참, 이런 건 바라지 않았는데 말이지……."

나와 공범자 사이에 구별 따위는 필요치 않은데도.

내가 바랐던 것은 피도 목숨도 끈적끈적하게 서로 뒤섞여서 돌이킬 수 없는 계약이니까.

그렇게 울적하게 한숨을 쉬던 때, 달각달각 창문 흔들리는 소리가 났다.

"응? 아하, 돌아왔구나."

나는 스테이터스를 닫고 창가에 다가가 섰다.

드르륵, 창문을 위로 밀어서 열자 건조한 바람이 불어닥쳤다.

"오, 둘 다 어서 와라."

"뀨삐." "찍찍."

쓱, 열린 창문으로 들어온 녀석들은 슬라요시와 찍찍스케였다.

이 도시에 도착하고 곧바로 정보 수집을 위해 도시 안쪽에 풀어놓았었다.

덧붙이자면 이 여관의 정보도 던전 안에서 싸우는 도중 두 마리에게 들었다.

"착하다, 착해. 힘든 일 맡겨서 미안했다. 밥 먹은 다음에 편안하게 쉬어."

나는 슬라요시한테 던전에서 주워 온 마석을, 찍찍스케한테는 비장의 고급 치즈를 둥글 주머니에서 꺼내 건네줬다.

기뻐하며 먹기 시작하는 두 마리를 지켜보다가 이번에는 도시의 정보에 대해 사색을 시작했다.

슬라요시와 찍찍스케에게 정보 수집을 맡겼던 결과, 내가 이 세계를 떠난 이후에 지난 시간은 본래 세계에서 지낸 시간과 거의 동일했다. 그러나 내 지식에서는 이토록 본격적인 전투 상황이 벌어지는 것은 분명히 조금 더 훗날의 일이었다. 더욱이 말하자면 맨 처음 전쟁 상태의 전면에 서는 곳은 수인국이었을 텐데, 이번에 주전장이 된 곳은 법국이라고 한다.

'레티시아와 리리아 두 사람은 도시에 없나……. 시기가 다르다지만, 아마도 잠입은 이미 완료했을 텐데.'

전달받았던 정보 가운데 들은 내용 중 주전장에 나타났다는 마장군의 이름이 있었다. 『폭염마인 아데리우스』.

그자야말로 레티시아가 줄곧 추적했던 선대 마왕의 원수 중 하나, 레티시아의 오빠를 죽이도록 사룡을 끌어들인 흑막이다.

큰 줄기의 역사를 더듬어 간다면 주전파를 이끌고 맹공을 펼치고 있는 아데리우스를 레티시아가 노리고 있을 것이다. 첫 번째 때는 아데리우스가 신성 결정을 파괴했던 직후, 기습을 감행한 레티시아가 세 개 있는 아데리우스의 심장 전부를 도려냈었다.

그 한순간을 만들어 내기 위하여 『마왕 파벌』과 『마장군 파벌』의 대립을 위장막 삼았고, 온건파라는 입장마저도 이용해서 레티시아는 복수를 완수했었다.

이번에도 레티시아는 똑같이 움직일 테지.

그리고 그동안 표적 중 하나, 리리아는 혼자가 된다. 리리아는 저

시기를 노려 처리할 계획이지만, 조금 더 상황이 진전된 이후의 일이다.

따라서 먼저 상대해야 할 대상은 그 녀석이다.

고결한 권투사, 레온 가일드.

현재는 최전선에서 부대를 지휘하여 사자분신(獅子奮迅)의 전투를 치르고 있고, 정보가 올바르다면 어제 모종의 목적을 갖고 이 도시에 들어와 있을 것이다.

“미끼를 물면 좋겠지만……. 뭐, 안 된다면 안 되는 대로 방법을 찾아내면 그만이지.”

마지막으로 가장 마음에 걸리는 것이 미나리스와 슈리아의 안부.

이 세계에 돌아와서, 아니, 돌아오기 전부터 엷은 연결이 남아 있는 것을 느꼈다.

내가 이 세계에서 쫓겨나기 직전의 그 상황에서, 두 사람이 어떻게 살아남을 수 있었는지 모르겠다. 다만 두 사람이 무사하다는 것은 틀림없다.

문제는 두 사람의 위치를 알 수 없을 뿐 아니라 어떤 상황인지도 파악하지 못했다는 사실이다.

‘메테리아에게 붙잡혀 있나……? 아니, 그렇다면 어째서 둘이 살아 있지? 그 녀석에게 둘을 살려 놓을 이유는 없을 텐데……. 그 상황에서 무사히 도망쳤나?’

아니, 정보가 너무나 적다. 답답하지만 더 이상의 추론에 추론을 거듭한들 망상밖에 되지 못한다.

메테리아 본인에 대한 정보도 너무나 부족하다. 역시 착실하게 정보 수집을 진행하든가 메테리아의 손을 벗어나서 잠복했을 가능성이 있는 두 사람이 접촉해 오길 기다릴 수밖에 없겠다.

어째서인지 벌써 출현한 『마황수(魔煌樹)의 분체』도 역시 이 도시에는 별반 정보를 얻을 수 없었다. 다만 레티시아가 그렇게 기운찼던 이상, 그것은 레티시아와 다른 계보로 발생한 결과물일 텐데…….

"……안 되겠군, 역시 정보가 부족해."

나는 더 이상은 시간 낭비이기에 여기에서 일단 사고를 중단했다.

그러다가 문득 정신이 들었을 때는 마석과 치즈를 다 먹어 치운 두 마리가 침대 가장자리에서 만족스레 잠들어 있었다.

그 모습을 본 내게도 졸음이 덮쳐들었다. 깨닫지 못한 동안에 피로가 제법 쌓였었나 보다.

"아직은 해가 높이 떠 있지만……."

뭐, 괜찮겠지. 나의 침대에서 잠들어 있는 두 마리의 사역마를 깨우지 않도록 조심조심 침대에 몸을 누였다.

고찰해야 할 사안은 잔뜩 있었다.

그렇지만 지금은 자도록 하자. 죽이고 싶은 상대가 이곳에 모여 있다는 흥분을 진정시키기 위해.

만에 하나라도 복수에 소홀함이 발생하지 않도록.

피로를 풀기 위해 깊이, 깊이, 깊이, 아무것도 고민할 필요 없도록 잠들어버리자.

그렇게 나는 조용히 눈을 감았다.

『어차피 편안한 잠을 누리지도 못할 텐데』라고.

가만히 속삭거리는 자기 목소리를 외면하면서.

☆

나는 옛 꿈속에 있었다.

흐늘흐늘, 실감을 갖지 못한 채 다이제스트판 영화 같은 기억과 동화한다.

객관성과 주관성이 한데 뒤섞여서 꿈이라는 인식을 조금씩 부숴 나갔다.

『이 세계는 최악의 기만으로 가득 차 있어.』

마왕이라는 존재에 대해, 아니, 마왕이라는 역할에 대해 알았을 때 나는 저러한 생각이 들 수밖에 없었다.

통상 마족은 체내에 마핵이라 불리는 마석 비슷한 기관을 가지고 있다. 마족은 조건에 따라 심장마저 재생시킬 수 있는 강인한 재생력을 지니지만, 몸 어딘가에 있는 마핵이 부서지면 죽는다.

그리고 마왕이 된 마족은 자신이 지닌 마핵과는 별개로 마왕의 증거로서 마핵을 갖는다.

『마왕핵(魔王核)』이라고 불리는 특별한 마핵.

강대한 힘과 더불어 마왕이 된 마족의 몸을 마황수로 바꿔 나가는 사기(邪氣)를 품은 세계수의 씨앗.

마왕이 마황수로 바뀌면 그 마황수는 주위에 사기를 흩뿌린다.

그 나무가 말라비틀어질 때까지 100년간, 마물이 활성화되고 마족의 능력이 향상된다.

따라서 용사는 마왕을 어떻게든 무찔러야 했다. 세계에 단 하나 만들어지는 핵을 부수고 그 사기를 어떻게든 정화해야만 한다. 오직 용사만이 그 사기를 정화할 수 있다.

그리고 다시 마왕핵이 어딘가의 마족에게 깃들 때까지 걸릴 시간을 확보해서 세계를 지켜 나가야만 한다.

……그딴 게 나에게 가능할 리가 없었다.

마왕이 마황수로 바뀔 때까지는 긴 시간이 걸린다. 다만 레티시아의 경우는 사정이 달랐다.

마황수로 바뀐 것도, 마왕핵이 파괴된 것도 아니고, 선대 마왕에게서 마왕핵을 이양받은 레티시아에게는 시간이 없었다.

기껏해야 몇 년의 목숨.

그 시간을 레티시아는 차분하게 보내자면서 나한테 손을 뻗었다.

씁쓰레한 얼굴로, 체념한 얼굴로, 어쩔 도리가 없다면서.

애당초 계획했던 대로 인류와 마족이 전쟁을 벌이지 못하도록 완전히 세계를 절반씩 갈라놓자고.

용사와 마왕의 모든 힘을 쏟아부어서 어느 누구라도 지나다닐 수 없는 결계를 만들어 내자고.

그리고 결계의 틈새에서 짧은 시간을 함께 보내자고.

……그딴 걸 내가 받아들일 리 없었다.

나는 레티시아의 몸에서 마왕핵을 박리할 수 있는 방법을 찾아내기로 결정했다.

별안간 전장에 나타났던 사룡과 전투를 벌이는 과정에서 인류 측도 마족 측도 괴멸적인 피해를 받았다.

나와 레티시아가 간신히 사룡을 처단했다지만, 이제 우리가 딱히 무엇을 하지 않아도 전쟁을 할 여유 따위는 쌍방에 없었다.

사룡과 전투를 치러 약해졌던 레티시아를 그녀의 언니 리리아와 고결하고 공평한 무투가였던 레온에게 맡긴 뒤 여행에 나섰다.

나는 레티시아를 구할 방법을 찾고 찾고 또 찾았고, 그러다가 결국 발견했다.

태고 때부터 살아온 뱀파이어에게서, 바란다면 세계에 존재하는 모든 지식을 손에 넣을 수 있는 비보 『예지(叡智)의 서』가 존재한다는 정보를 확보했다.

황폐한 유적의 가장 밑바닥에서 어쩌면 『예지의 서』를 획득할 가능성이 있을 던전의 정보를 확보했다.

엘프의 숲 깊숙한 곳, 『예지의 서』를 찾아서 흉악한 마수가 둥지를 튼 봉인된 던전에 잠입했다.

500에 가까운 계층을 뚫고 내려가서, 잔챙이처럼 솟아나는 보스급 마물 무리를 헤치고 나아가며 다다른 장소에서 목적했던 지식을 손에 넣었다.

레티시아를 살린 채 마왕핵만 빼내서 파괴하는 방법을 알 수 있었다.

그래, 찾아냈었다, 나는.

레티시아를 구원할 수 있는 방법을. 찾아냈었다.
그래서 이렇게 돌아왔다. 서둘러 돌아왔단 말이다.

이봐, 레티시아.

네 손을 뿌리치고, 너와 한 약속을 지키기 위해.

그런데…… 어째서…….

"웃기지 마라……. 어째서, 이렇게 빨리."
『키리아아아아아아아아아아아아아아……!』

네 몸이, 마황수에 잡아먹혔던 거냐.

☆

나는 마황수가 된 레티시아와 싸웠다.
전투 자체를 망설일 만한 시간은 없었다. 레티시아 본인의 의식은 완전히 침묵했고, 마황수는 마치 먹이를 찾는 것처럼 자신의 분체를 만들어 내서 주위의 생명 전체를 잡아먹으려는 듯 피해를 내기 시작했었다.
완전히 폭주하고 있는 마황수를 저지할 만한 여력은 인류에게도 마족에게도 없었던 터라, 내가 진압하지 않았다면 희생은 마냥 늘어났을 것이다.

전투는 사흘 밤낮을 이어졌다. 그때까지 싸웠던 그 무엇보다도 강했다. 그래도 나는 어떻게든 레티시아를 구할 수 있지는 않을까 생각하며 절망 속에서 끈질기게 버텼다.

그러나 그게 무리라는 사실도 알았다. 왜냐하면 마황수가 일단 싹트면 더 이상 레티시아를 분리할 방법은 절대 없음을 죽기 살기로 간신히 획득했던 지식을 통해 알아버렸기 때문이다.

……아니, 단 하나, 레티시아를 구할 방법도 있었다.

마황수가 가진 핵을 부수는 게 아니라 안쪽에 있는 사기만을 빨아들여서 세계에 흩뿌리는 방법.

어딘가에 자리 잡았을 마왕핵만 발견한다면 그것을 실행할 수 있는 기술도 지식도 이미 확보됐다.

다만 전투가 한창인 때에 마왕핵을 찾아낼 수가 없었다. 아니, 만약에 마왕핵의 위치를 간파할 수 있었더라도 나는 저 방법을 실행하지 못했을 것이다.

왜냐하면 나는 용사였으니까. 이 세계의 아름다움을 이미 알아버렸으니까.

레티시아와 함께 지냈던 이 세계가 이미 좋아져버렸으니까.

정화도 않은 채 마왕핵에서 뽑아내어 흩뿌리는 사기는 그것을 거두어들여서 스스로를 강화할 수 있는 마족마저도 견디지 못할 만큼 농밀하게 세계를 침식한다.

세계가 파탄 나서 생물의 대부분이 절멸을 맞이하는 장소로 영락하는 것을 레티시아가 바라지 않는 사실도 알고 있었으니까.

그럼에도 나는 망설이고 망설이고 망설이고 망설이고 레티시아를 심장 부분에 흡수해서 새카맣게 물든 나무 괴물을 몰아붙이면서도, 마황수가 자멸하는 단계에 들어섰다는 것을 깨닫고도 처단하겠다는 결단을 내릴 수 없었다.

그렇게 질질 전투가 이어지던 중 끊어진 집중력이 일으켰던 위기.

막 죽음을 앞둔 순간, 의식을 되찾았던 레티시아가 나를 살렸다.

『역시 마왕답게 세계를 멸망시켜보고 싶어졌구나. 이기든 지든 원망하지 말자꾸나』라는 뻔한 거짓말에 등을 얻어맞아서 핵으로 흡수당한 레티시아의 심장을 꿰뚫었고, 간신히 나는 전투를 끝낼 수 있었다.

끝장을, 내버리고 말았다.

"레티시아……."

"후훗, 이런 미소녀를 품에 안았는데도 얼굴이 참 못 봐줄 꼴이구나."

"어째서, 이렇게 빨리……. 바보 녀석아, 기합으로 버텼어야지. 내가, 찾아냈단 말이다……. 약속대로, 널 구할 방법을 찾아 돌아왔단 말이다. 응? 같이 내 세계에 가자고 말해 놓고서. 내 가족에게, 연인이라고 소개할 기회는 한 번 줘야 되는 거잖냐."

레티시아의 생명의 불이 꺼져 들어감을 알 수 있었다.

꽉 끌어안은 몸에서 자꾸자꾸 넘쳐 쏟아져서 사라지는 것을 알 수 있었다.

"유감스럽게도 나는 네 녀석의 세계에 따라갈 수 있을 것 같지 않구나. 뭐, 괜찮지 않느냐. 카이토에게는 줄곧 받기만 했고, 매사에 빚을 만들기만 했었지. 이것으로 전부 청산이니라. 말하지 않았더냐, 나는 빚을 꼭 갚아주는 여자라고."

깔깔, 평소와 같이 웃는데도.

"반드시, 본래 세계로, 고향으로, 가족의 곁으로 돌아가거라. 아, 다만 금세 잊히는 신세는 좀 거슬리니 한동안 울면서 지내도록 하고. 엄청 멋들어지게 내 무덤을 만들고, 나 하나만 그리워하며 흐느껴 울도록 해라. 카이토, 네 녀석은 언제나 본래 세계의 가족 생각만 잔뜩 하지 않았더냐. 잠시 동안이나마 내가 카이토를 독점해주겠느니라! 쿠쿠쿡, 아아, 그렇게 생각하면 죽는 것도 의외로 제법 기대되는구나."

장난스럽게, 평소와 같이 웃는데도.

"아, 그리고 또, 마지막으로 하나만 더. 언젠가 죽을 때에는 못다 한 아쉬움 따위 남지 않도록 살거라. 내 생명을 넘겨주는 게다. 대충 도중에 집어던지면서 사는 인생으로 끝난다면 절대로 용서하지 않을 테다. 항상 지켜볼 테니까 각오하거라. 넋 나간 꼬락서니를 하고 다니면 다시 태어나서 때려주러 가든가 네 녀석의 앞에 귀신이 되어 나타나주마."

언제나 패기가 없는 내 등을 때려줬던 저 목소리가 지금은 쓰라리고 괴롭다.

"레티시아……."

"이런, 이 녀석아. 여기에서 눈물을 전부 쏟아 낼 작정이더냐? 거참, 이기든 지든 원망하지 말자고 말했거늘. 얼른, 웃거라, 웃~거~라~ 어~서~!"

뻗어 온 손이 힘겹게 내 뺨을 좌우로 잡아당긴다.

"아야……. 무슨, 짓이냐. 이 폭력 여자가……."

레티시아의 몸이 바슬바슬 모래로 바뀌어 간다.

마황수에 오염되면서 마왕의 방대한 마력을 얻은 레티시아의 마핵 때문에 몸이 미처 견디지 못한 결과였다.

"이 녀석아, 어서, 웃어야지. 웃어주어라."

"큭, 이렇게, 됐냐?"

"푸풉, 이리도 못생긴 얼굴을 보았나. 이래서는 보나 마나 장래에 아주 매끈매끈해지겠구나."

"……읏, 바보 녀석아! 어디를 보고 지껄이는 건데. 이 풍성풍성한 머리카락을 잘 봐라. 네 눈은 옹이구멍이냐."

"흐흥, 내 눈은 적중 확률이 높단 말이지? 쿡쿡쿡."

평소처럼 바보 같은 대화를 주고받는 동안 억지로 만든 웃는 얼굴의 모양새가 당장에라도 무너질 것 같았다.

힘겹게 만든 얼굴과 마음의 형태가 너무나 멀고 멀어서, 전부 다 아파 견딜 수가 없어서.

이미 레티시아의 팔다리가 사라졌다.

남은 시간은 이제 거의 없었다.

"거참, 너는. 이런 때까지……."

"쿠쿠, 쿠쿠쿠. 아아. ……역시, 안 되는구나."

일그러진다, 일그러진다, 일그러진다.

"죽고 싶지 않아, 죽고 싶지 않구나."

"레티시아……."

중얼거리듯, 새어 나오듯.

"더 오래, 오래도록, 오랫동안, 줄곧, 어째서, 어째서란 말이냐."

"레티시아, 레티시아……!!"

허물어져서 떨어지고 부스러지는 말은.

"싫다, 카이토와 함께 지내고 싶다. 나는, 난, 나는……!"

결국에 거품처럼 터져 사라져버림을 알고 있었기에.

"사랑한다. 사랑하느니라, 정말 좋아한다, 주체할 수가 없도록, 정말 좋아하……."

마치 꿈에서 깨어나는 것처럼, 한순간의 눈물짓는 얼굴만 선명하게 뇌리에 새겨 넣으며.

"그래, 사랑한다……. 사랑, 한다고, 레티시아. 정말로 좋아. 나 역시, 너란 녀석을…… 정말 좋아한다……."

온기가 사라지고 없는 모래를 끌어안은 채 나는 조용히 울고 울었다.

☆

차갑다, 차갑다, 차갑다, 차갑다.

세계가 이렇게나 차가운 곳이었던가.

세계는 이렇게나 색채가 없는 곳이었던가.

해안을 따라 위치한 초라한 폐촌.

만신창이의 몸을 떠내려가는 나무에 의지해서 도착한 장소. 태양에 달아오른 모래사장이 살갗에 와 닿는다.

온몸에서 흘러나오는 피가 체온을 빼앗아 가고, 기습에 당해 뒤집어썼던 분말 형태의 독이 일으켰던 강력한 상태 이상, 저주독의 영향 때문에 전이로 도망치는 방법도 쓰지 못한다.

"……."

맑게 갠 하늘을 올려다본다. 따갑도록 번쩍거리는 햇볕마저 지금은 왠지 차갑고 싸늘했다.

마치 이 세계에 왔던 무렵으로 돌아간 기분이었다.

바짝바짝, 세계 전부가 내 전부를 찌부러뜨리기 위해 들이닥치는 감각.

그 무렵은 아른아른해서 종잡을 수 없는 괴물이 진구렁을 걷는 나에게 하나하나씩 묵직한 족쇄를 걸어 놓는 것 같은 느낌을 받았었다.

달리고 달려서 괴물을 피해 도망치지 않는다면 이내 곧 숨도 쉬지 못할 장소까지 푹 가라앉아 버릴 것 같았던, 차마 감당할 수가 없는 새장 속 세계.

"……하하하, 아니, 그때보다 최악인가."

나 자신이 만들어 냈던 불안과 고독의 감옥은 레티시아가 부숴줬으니까.

이곳이 새장의 세계가 아니라는 것을 알아버렸으니까.

"……과연 대단한 녀석이구나, 카이토."

"정상 상태가 아닐 때 함정에 빠뜨리고 허를 질러서 둘이 공격했는데도 간신히……. 이렇게까지 애먹게 될 줄은 예상하지 못했습니다."

그래서 눈앞에 있는 두 사람의 모습이 얼음 괴물처럼 보였다.

한쪽은 주먹으로 싸우는 것을 전제로 하는 무투가의 도복을 차려입은 사자 수인, 레온.

한쪽은 마법사답게 보라색을 띤 드레스 형태의 로브를 걸친 아름다운 여마인, 리리아.

레티시아를 맡길 만큼 신뢰했었기에 더더욱 두 사람이 마치 전혀 모르는 상대로 보였다.

"내가 전이를 못 쓰게 만들 위력의 저주독……. 게다가 저항을 뚫고 들어오는 상태 이상……. 이딴 수단을 어디에서 갖고 온 거냐."

"그것은 『요정 여왕의 저주독』이다."

이제 마지막이라고 생각했기 때문일까, 레온은 숨기지 않고 대답했다. 그리고 그 대답에서 상상이 되는 사실 때문에 재차 마음이 옥죄였다.

"그래, 알겠다. 그 빌어먹을 날벌레를 죽였다는 게 애당초 거짓말이었군."

요정을 지배하는 요정 여왕.

동화에서 묘사되는 어여쁨 따위 티끌만큼도 지니지 않은 요정.

그것들에게 인간은 장난감이었다.

하는 짓거리가 장난질이라고 부를 수준이 아니다. 숲에서 길을 헤매게 만들어 인간을 굶겨 죽이고, 마물 떼거리를 유인하고, 몰래 장비를 상하게 만들어 놓는 짓는 시작에 불과하다.

막 태어난 갓난아이를 납치해서 장난감 삼아 갖고 놀다가 죽인다. 마음에 든 인간을 자기 소유물로 만들기 위해 주변의 사람들에게서 해당 인물의 기억을 지운다. 변덕으로 선택한 인간을 딱히 의미도 없이 뇌사 상태로 바꿔 놓는다.

그리고 그것들은 그런 놀이질을 계속하기 위해 관련된 인간을 세뇌했다. 피해를 받은 인물을 제외하면 모든 흉행이 없었던 일인 것처럼, 자업자득의 결과인 것처럼, 당연한 일인 것처럼 인식을 수정당한다.

대항 가능한 사람은 극히 일부뿐.

그 때문에 어떤 만행을 저질러도 정작 사실을 아는 사람은 몇몇 소수밖에 없었다.

"그래, 어쩐지. 굳이 자기가 여왕을 죽이겠다고 고집부렸더랬지."

요정의 변덕 때문에 전부를 잃은 남자가 있었다.

평범한 삶을 평범하게 살았던 남자 하나가 어느 날 갑작스럽게 부모와 아내와 아이들에게서 자신의 기억을 빼앗겼다.

변덕쟁이 요정이 마음에 든다면서 건넨『죽을 때까지 놀이 상대가 되어달라』라며 건넨 제안을 남자는 물론 거절했다.

그리고 화난 요정에게 오른쪽 눈의 시야와 왼팔의 자유, 그리고 거의 대부분의 수명을 빼앗겼다.

아직 서른도 안 된 나이였던 남자는 깊은 주름이 박힌 얼굴을 일그러뜨리고 새하얗게 센 두발을 와락 움켜잡다가 단지 우연하게 마주친 사이였던 내 앞에서 눈물에 젖어 숨을 거뒀다.

마치 비명처럼 말을 토해 내는 일기를 남긴 채.

그 일기를 읽는 나는, 아니, 우리는 모든 원흉을 처단하기 위해 요정의 마을을 괴멸시켰다. 내가 미끼가 되어 날뛰는 동안 레온이 요정 여왕이라는 수괴의 숨통을 끊었다.

그런 작전이었다. 다만 지금은 지난 이야기를 한들 소용없다.

요정 여왕을 살려 둔 이유보다 지금은 더 묻고 싶은 게 있었다.

"너희 두 사람이 줄곧 마음에 걸렸다. 너희 두 사람 때문에 무척 헛다리 짚는 걱정을 했었지."

손바닥 아래로 흘러 떨어져서 잃어버렸던 온기와.

두 팔을 안쪽에서 찌르고 솟아 나오는 칼날이 몸 내부를 꽉꽉 파먹는 감촉의.

"이봐, 가르쳐 줘. 너희는, 도대체 뭘 하고 싶었던 거냐. 레온, 리리아."

……차마 감당할 수 없도록 냉랭한 숨결로 시야를 얼어붙게 만드는 그 이유를.

"이봐, 가르쳐달라고, 레온. 레티시아의 얼마 안 남은 시간마저 못 기다렸던 거냐? 도저히 나를 믿을 수 없었던 거냐? 마왕을 무찔렀다는 영예를 갖고 싶었나? 그 상황에서, 그렇게 하면, 그러면 전쟁이 끝날 줄 알았나?"

"……."

올려다본 곳에서 무뚝뚝한 표정을 짓고 있는 레온이 보인다.

"이봐, 가르쳐달라니까, 리리아 씨. 레티시아가 얼마나 많이 당신을 좋아했는데. 어째서냐, 어째서 당신까지 그쪽에 붙어버렸어. 응? 이봐, 웃기지 마. 웃기지 말라고!!"

"……."

올려다본 곳에서 냉정하고 차분한 얼굴의 리리아가 보인다.

“그저 단순히 남은 시간이 예상과 달리 짧았던 탓인 줄 여겼지. 너희가 없던 이유도 뭔가 사정이 있다거나 그게 아니라면 레티시아의 폭주에 휘말렸기 때문인 줄 알았다, 그런데!!”

아득, 이 갈리는 소리가 났다.

『가르쳐 줘, 가르쳐 달라니까』라고.

바짝 옥죄인 채 갈팡질팡하는 마음이 목소리를 쥐어짜서 외쳤다.

“마황수의 내부에 마왕핵이 없던 이유가 도대체 뭐냐!! 리리아, 당신이 가지고 있는 그 지팡이에 박힌 마석에서 마왕만 발출하는 마력이 느껴지는 이유가 도대체 뭐냐!!”

지끈지끈, 귀 안쪽이 부어오르는 듯한 감각을 느낀다.

『괴로워, 괴로워, 괴로워, 괴로워!』라고.

괴사했던 정신의 표면이 비명을 내지르는 소리가 난다.

“어째서 나와 레티시아를 배반했나!! 레온, 리리아!!”

배 속 밑바닥에서 토한 목소리가 목구멍을 사른다.

“……카이토, 너는, 아무것도 알지 못한다. 이 세상에 존재하면 안 됐던 거다. 『용사』도, 『마왕』도.”

살짝 벌어진 레온의 입에서 쏟아진 것은 저런 말이었다.

“너한테 미안한 마음은 있다. 레티시아 양도 몹시 가엾다고 여긴다. 그렇다 한들 언젠가 어딘가에서 이 『구조』를 부수지 않는 한 이렇듯 웃기지도 않는 촌극은 거듭거듭 반복될 테고, 조금씩 누적되는 비틀림이 이윽고 세계 전체를 부술 것이다. 사기에 세계가 침식되어도 언젠가 정화할 수 있지. 그러나 부서진 세계는 두 번 다시 원래대로 되돌릴 수 없다."

"무슨…… 무슨 소리야!"

"저희는 당신이 이 세계에 오기 전부터 줄곧 이 세계를 이곳에서 살아가는 주민들의 진짜 세계로 만들기 위해 행동했습니다. 죄를 짊어질 각오는 물론 벌써 옛날에 다져 놓았죠. 설령 무엇을 잃어버릴지라도, 사람의 길을 벗어나서 악업의 길을 걸어야 할지라도."

아뇨, 고개를 흔든 리리아는 재차 고개를 흔들거렸다.

"오빠를 헤쳐시 가족을 죽인 죄를 짊어졌던 날부터 더 이상 저에게 후퇴는 용납되지 않았던 겁니다."

"오, 오빠……? 잠깐, 뭐라는 거야. 네 오빠는, 오빠를 해쳤다는 게 대체……. 그 원수는 이미……."

그 원수는 이미 레티시아가 갚았을 텐데.

그러나 리리아는 더 이상 말할 생각은 없다는 듯이 입을 열었다.

"전부 다 끝난 일입니다. 세계를 구하기 위해서는 이 방법뿐이었어요. 한때는 기대했던 적도 있었죠. 그러나 결국 『마왕』도 『용사』도 시나리오를 벗어나지 못합니다. 그러니까 여기에 있는 마왕핵이, 『신핵(神核)』이 꼭 필요했어요. 그리고 카이토에게 깃들어 있는 『신역』의 힘도."

"그러니까 도대체 무슨 소리를 하는 거냐고. 의미를 모르겠단 말이다!!"

알 수가 없다, 알 수가 없다, 알 수가 없다, 알 수가 없다.

의미를 알 수가 없는 단어였기에 연기에 둘러싸인 것처럼 조바심이 솟아난다.

“『용사』와 『마왕』은 존재해서는 안 돼요. 레티시아는, 이 세계를 부쉈겠죠. 이 세계를 구원하기 위해서 어쩔 수 없이 당신들에게 죽음을 선사할 수밖에 없었을 뿐이에요.”

세계를 위해? 『용사』도 『마왕』도 존재해서는 안 되기 때문에 죽였다고?

“헛소리 마라!! 레티시아가, 세계를 부순다고? 그 녀석은, 그 녀석은 더 이상 아무도 죽길 바라지 않았기 때문에, 마황수가 되기 전에 죽여 달라는 말까지 했던 녀석이다!! 그런데, 그런데 어떻게!!”

“안 되는 거다……. 『마왕』이라는 존재 자체가 이 세계를 좀먹는 무대 장치 중 하나이니까. 『용사』인 너와 쌍을 이루는 이 세계의 이물질이지.”

“이대로 두면 언젠가 이 세계는 전부 좀먹혀버리겠죠. 오로지 신을 기쁘게 만들기 위해 무가치한 비극과 희극만 거듭되다가……. 찌꺼기만 남게 된 세계는 쓰레기처럼 버림받을 겁니다.”

무대 장치? 좀먹힌다? 오로지 신을 기쁘게 만들기 위해?

‘젠장, 못 알아들을 소리가 왜 이리 많아!’

들려주는 대답들 무엇 하나도 전혀 납득이 안 된다. 납득은 안 돼도 발언의 요지는 이해할 수 있었다.

이 자식들은 아마 거짓말을 하는 게 아니다. 욕심에 탁해진 눈이 아니다, 눈동자에 확고한 신념이 있었다.

사실인지 아닌지는 별개로 치고 이 자식들은 나와 레티시아가 살아 있는 것만으로도 이 세계에 해를 끼치리라고 믿어 의심치 않는다.

그렇게 깨달은 순간, 모든 의문이 무의미한 것으로 바뀌었고 몸에서 힘이 쭉 빠졌다.

"……이제, 됐다. 이제 됐으니까, 하나만 더 물어보자. 레티시아가 예상보다 훨씬 빠르게 마황수에 집어삼켜졌던 것은 너희들이 원인인가?"

"……맞아요, 『마왕핵』을 뽑아낸 사람이 나예요. 사기만 남겨 둔 채 뽑아냈기 때문에 『마왕핵』의 제어를 받던 사기가 단숨에 육체를 마황수로 바꿨고, 곧장 폭주했던 거죠."

아아, 확정이다. 지금, 비명을 질러 댔었던 마음 일부가 죽었다.

요컨대 나는 레티시아를 맡길 상대를, 신용할 상대를 잘못 선택했던 셈이다.

저 둘이서 힘을 더하여 배반했었다면 약해진 레티시아를 어떻게 처리하든 아주 간단했을 테지. 특히 레티시아는 리리아를 완전히 신뢰하지 않았던가.

허리에 붙여 자세를 취한 레온의 주먹에 마력이 모여들어서 금색의 빛을 발한다.

번쩍 치켜든 리리아의 지팡이 끝에 마력이 소용돌이치면서 어두운색의 빛을 발한다.

"……변명을 할 생각은 없다. 카이토, 나는 너를 죽여서 레벨을 올리겠다. 세계를 구원하기 위해 『용사』는 죽어야 마땅하다."

"『용사』도 『마왕』도 『성녀』도 『왕녀』도 이 세계에 필요하지 않아요. 우리는 장난감 노릇을 할 꼭두각시가 아니니까요. 세계를 위해 당신을 죽이겠습니다."

저딴 소리는 아무래도 좋다.

이제, 아무래도 좋아. 피곤하다고.

그렇잖아, 이미 내가, 우리가 지키고 싶었던 세계가 대체 무엇이었는지 도무지 알 수가 없는 지경이다. 다 같이 웃음 짓는 해피엔드를 목표로 열심히, 열심히, 열심히.

그 끝에 신뢰했던 상대에게 이렇듯 배반당했고.

흐물흐물 상한 마음의 표면에서 소중한 무엇인가를 전달하는 신경이 뚝 끊어지는 느낌을 받았다.

"이제, 됐다. 너희는, 이제, 나의."

——……적이니까.

"크, 『금사자후(金獅子吼)』!!"

"『영촉붕극(影觸崩棘)』!"

포효를 내지르는 사나운 사자의 얼굴을 지닌 마력 덩어리가 공기를 눌러 찌부러뜨리면서 들이닥친다.

맞닿는 모든 것을 분해하고 도려내는 그림자 손톱이 예리하게 공기를 베어 가르면서 들이닥친다.

온갖 디버프가 중첩된 지금의 내가 직격당한다면 목숨이 위험했다.

어디까지나 이대로 직격당할 경우의 이야기였지만.

"집어삼켜라, 『폭식』."

""아니?!""

뻥 뚫린 어두운 구멍이라고밖에 말할 수 없는 무엇인가가 내 앞에 나타난다. 그 구멍이 공격을 집어삼켜서 아무런 일도 없었던 것처럼 사라졌다.

손에 들린 것은 선명한 살점의 색채를 띠는 두툼한 대검, 【대죄의 검 · 과식소(過食沼)의 괴물남】.

인간 형태의『해방』상태가 아닌 검 형태의『사역』상태에서 사용하는 광경을 이 자식들에게 보여주는 것은 처음이다.

디메리트를 억제하고 편리성을 좋게 만들기 위해 습득한 기술.

검 형태로 형성하는 대죄 시리즈는 다른 심검과 마찬가지로 영창 없이, 디메리트 없이 사용할 수 있었다.

다만『해방』상태로 인간의 형태를 취한 심검만큼 부조리한 능력과 강제력은 없고, 사용 가능한 것은 같은 성질의 하위로 한정되는 힘뿐. 편리성을 강화하는 대신에 최종 수단의 위력을 잃은 힘.

그러나 이 상황에서 중요한 것은 당장의 편의성과 인간형의『해방』상태에서 발휘할 수 있는 힘을 눈앞의 두 사람이 알고 있다는 부분이다.

"윽!!"

넉넉하게 마력을 주입한 덕에 아슬아슬하게 전부를 먹어 치웠던 두 사람의 공격.

경계를 불러일으킴으로써 생긴 일순간의 틈을 놓치지 않고 다음 심검을 사용했다.

"놀아라,『색욕』."

"아차?!"

"큭!!"

일곱 가지의 색깔로 물든 칼몸을 지닌 세검, 【대죄의 검 · 채색된 상자의 소녀】를 휘두르자 뒤쪽에서 나타난 상자가 두 사람을 집어삼킨다.

"어딘가로 날아가 버려라."

두 사람을 가둔 상자가 끼릭, 소리를 내며 자취를 감춘다.

죽이지는 않았다. 『사역』 상태의 대죄 시리즈에는 저 자식들을 죽일 만한 힘이 없다. 그러나 저것들의 신체를 전이시킬 수는 있었다.

저주독 때문에 내가 전이를 못 하는 처지여도 상대를 어딘가로 날려버리면 그만 아닌가. 무작정 멀리, 전력을 발휘해서 날려 보냈던 만큼 나 자신도 어디로 갔는지는 알지 못한다.

"……어쨌든 이동부터 해야겠구나."

일단 몸을 숨긴 뒤 어서 휴식을 취해야 한다. 대죄 시리즈를 사용한 이상 메테리아에게 내 위치도 전해졌을 테지.

――『용사』는 죽어야 마땅하다.

――세계를 위해 당신을 죽이겠습니다.

"……알 게 뭐냐."

목에 축 매달아 놓은 주머니, 레티시아의 마핵을 넣어 둔 주머니를 꽉 움켜잡았다.

내가 마왕으로 타락해서 죽이겠다는 사람들이 있다.

내가 용사라서 죽이겠다는 사람들이 있다.

"나는, 돌아간다……. 본래 세계로, 돌아간다……."

거듭거듭 되풀이했던 말이 흘러나왔다.

그렇게 정적은 돌아왔고, 내리쬐는 태양과 소금을 내뿜는 듯한 바

닷바람만이 돌아온다.
다만 지금은 더 이상.

……그런 세계의 싸늘함마저도 느낄 수 없게 되었다.

☆

"아, 젠장, 기분 나쁘군……."
각성한 의식과 달리 이러한 꿈자리는 입 안쪽에서 끈적거리는 지렁이가 마구 몸부림치는 것 같은 불쾌감을 불러일으킨다. 복수가 가까워짐에 따라 꿈에서 목격하게 되는 옛 기억은 자세하게 재현되고 상처 부위를 더 깊숙이 헤집는다.
방 안을 햇살이 가득 들어와서 밝게 비추고 있다.
그럼에도 불구하고 마이도 유토도 아직껏 침대 위에서 아주 푹 잠들었다.
"후헤헤, 오라버니의…… 무릎베개……."
"으응……. 고등어 통조림이, 고등어 통조림이 습격을……."
따지고 싶은 부분이 가득 차오른 잠꼬대였다.
"정신에 부담을 가하려는 목적도 있었는데 말이지."
뭔가 행복한 표정을 짓고 잠든 우리 집 여동생님의 얼굴에 늘어져 있는 머리카락을 쓱 걷어줬다.
"대뜸 무너질 만큼 물렁한 녀석이 아닌 줄이야 알았다지만……. 너무 튼튼하잖냐."

두 녀석 모두 이 세계보다 훨씬 더 인간의 죽음이 멀리 떨어져 있는 본래 세계에서 『어쩔 수 없이』가 아니라 『어떻게든 기어이』로 일선을 넘어버렸다.

다만 상대를 죽일 수 있는 정신성을 지녔을지라도 직접 맞부딪치는 야성 가득한 살의는 몸을 둔하게 만든다. 이 문제를 해결하려면 살의에 쭉 몸을 담가서 적응시키는 방법밖에 없겠다.

나 때는 죽일 각오도 죽임당하는 공포도 이해하지 못한 채 실전에 뛰어들었기에 목숨을 주고받는 데 익숙해질 때까지 시간이 제법 걸렸다. 매일매일 잠도 못 자도록 이불 속에서 덜덜 떨어야 했다.

"나랑 비교하면 놀랍지, 뭐."

유들유들하달까, 무사태평하달까.

"……어쨌든, 음, 슬슬 잠꾸러기들을 깨워볼까."

""아!!""

살짝 세차게 살기를 쏟아 냈더니 움찔 반응하며 두 녀석이 몸을 일으킨 다음 두리번두리번 주위를 돌아본다.

"훗, 잘들 주무셨나?"

"……오라버니, 여동생의 단잠을 깨우는 건 단둘이 있을 때 해주셨으면 싶은데요?"

"잘 잤어? 그나저나, 깨우는 방법이 좀 심장에 안 좋잖아. ……고등어 통조림 떼를 벗어날 수 있어서 고맙긴 한데."

가벼운 분위기로 말을 건네자 두 녀석은 나를 쳐다보면서 힘을 빼냈다.

첫날에 똑같이 깨웠을 때 아무런 감지도 못한 채 쌔근쌔근 잠들어 있었던 것을 떠올리면 지난 던전 수행이 충분한 성과를 거두었다고 말할 수 있겠다.

그렇지만…….

"30점이다. 반응이 느려. 살기를 받고 반응하는 게 아니라 이미 살기가 발생한 시점에서 눈을 떠야지. 그 후의 대응도 안 좋았다. 살기가 날아든 곳을 찾아서 주위를 둘러볼 틈이 있다면 먼저 움직여라. 살기를 느꼈는데도 아무것도 안 하는 이유가 뭔데? 죽고 싶었어? 바보야? 멍청이야?"

생긋 웃으면서 쏘아붙인다.

"흐흑, 오, 오라버니가, 너무 엄해요……."

"아, 아하하, 진짜 독설이 많이 매서워졌네……."

"대충 넘어가려도 둘러대도 소용없어. ……그래, 다음부터는 실수하면 이마에 낙서를 하자. 한나절은 안 지우고 가만 놔둬야겠다."

두 녀석이 얼굴을 찌푸려도 나는 한숨을 쉬었다.

'뭐, 이제 다음은 어디 전장에다가 던져 넣으면 알아서 연마될 테지. 마침 괜찮은 자리도 만들어질 테니까.'

뿌려 놓았던 먹이가 제대로 기능해준다면 머지않아 우리는 전장에 동원된다.

주위 전체가 살의에 둘러싸이면 좋든 싫든 저절로 감각이 연마된다.

본능이 감각을 드러나게 만드는 방법을 가르쳐준다.

"자, 움직여라. 열심히 미끼 뿌렸던 자리를 확인하러 갈 테니까 정신 차리고. 그다음에도 낚인 물고기를 잘 토막 내려면 사전 준비를 해야 하니까 여유가 별로 없단 말이다."

짝짝, 두 손을 부딪치자 두 사람이 느릿느릿 몸을 움직인다.

뿌려 둔 먹이에 유인되어 다가들 물고기를 낚기 위해서 마지막은 배 불릴 수 있는 낚싯밥을 떨궈주자.

제2장 장치와 준비

"파파우와 설월초 꾸림 구이, 구가우가 판매점……. 역시 판타지네요, 이름만 봐선 어떤 가게인지 전혀 알 수가 없어요."

"그러게 말야. 파는 물건도 마찬가지지만, 못 읽는데 이해가 된다는 것도 어쩐지 신기한 기분이 들어……."

"이 녀석들 봐라, 첫날이랑 똑같은 말을 하는군."

사람들이 오가는 길을 걸어가던 때 마이와 유토가 첫날과 똑같은 대사를 꺼내 놓았다.

"어라, 그랬던가? 아무래도 다음 기억이 좀 많이 강렬했던 바람에……."

"저는 기억해요, 오라버니. 그때도 말씀드렸는데요, 어느 포장마차든 위생 관리가 염려되거든요. 나쁜 세균에 오염되지 않았을까 생각이 자꾸 들잖아요. 돈 받는 장사라는 자각이 없는 소꿉놀이 수준의 포장마차가 너무 많아요."

"……야, 야야, 괜히 엉뚱한 소리는 하지 마. 영업 방해다, 영업 방해. 저기서 노려보잖냐, 여동생님아."

뭐, 말뜻은 알겠지만 말이다.

이 세계의 포장마차에는 위생 관리라는 개념이 아예 없었다. 위치에 따라서는 전날 남았던 수프에 재료만 더 보태서 판매하는 가게도 있다.

땅바닥에 떨어뜨린 식자재도 물로 씻어서 고스란히 쓰는 데다가 약간 묵은 재료도 대충 섞어서 넣는다.

불에 익혀서 향초를 쏟아부으면 뭘 어쩌든 괜찮다고 생각하는 곳이 대부분인지라, 식자재가 잘 관리되는 곳인지 제대로 확인하지 않았다가는 된통 고생을 겪게 될 포장마차도 많다.

"저래 봬도 제대로 장사를 하는 포장마차는 꽤 있어. 게다가 마물 고기는 마력이 남아 있기 때문에 잘 안 상하거든."

반대로 말하사면 그 탓에 위생 관리의 개념이 좀처럼 깊숙이 자리를 잡지 못하기도 할 테지만.

누구를 위함인지 모를 변명을 두 녀석에게 늘어놓으면서 줄지어 있는 포장마차에 힐끗 시선을 보낸다.

'기대했던 대로 병사가 많군. 정보에 어긋난 부분은 없는 것 같아.'

내심 득의의 미소를 짓고 거리를 걸어 도착한 곳은 모험가 길드였다.

"다시 봐도 역시 이 건물만 다른 곳과 비교해서 상당히 큰데."

와아, 건물을 올려다보며 유토가 말했다.

이 도시의 모험가 길드는 다른 비슷한 규모의 도시에 있는 모험가 길드와 비교해서 더욱 근사한 건물에 자리 잡았다.

고난이도 던전을 근방에 두고 여러 마수의 소재를 취급하며 길드의 자금 상황이 좋아지는 덕분이겠다.

"……그 태도가 실례되는 여자분의 이야기를 또 들어야 한다고 생각하면 조금 우울하네요."

이 도시에 도착했던 첫날, 일단은 먼저 두 녀석을 모험가로 등록시키기 위해 이 길드를 방문했다.

그때 여성 접수원의 태도를 떠올린 듯 마이는 얼굴을 찡그리고 있었다.

"그러면, 뭐냐, 사냥한 소재나 후딱 매각하자고. 모험가 길드란 곳은 오래 머무르지 않는 게 최고니까."

진짜, 모험가 길드라는 곳은 골칫거리 플래그의 보고다. 그냥 가만있어도 예상하지 못할 트러블을 끌어들인다.

그렇지 않아도 낚싯밥을 요란하게 보여주기 위해서 굳이 스스로 바보 같은 이벤트를 진행하려고 계획 중이었다. 뜻밖의 트러블 따위 진심으로 사절하고 싶다.

뭐, 딱히 이벤트가 필요하지 않을 만큼 사람이 모여 있다면 괜찮겠지만, 지금 상황을 봐선 무리일 테지.

문을 밀자 끼이익, 살짝 소리가 나며 열렸다.

'……역시, 사람이 적군.'

바깥과 마찬가지로 조금 모래가 섞인 공기에 마중을 받아 들어간 건물 안쪽은 큼지막한 넓이와 달리 약간 사람이 적었다.

파리가 날린다는 말까지는 못 하겠지만, 퀘스트 안내 서류를 교체하기 전후의 시간대치고는 사람이 적다는 생각이 든다.

그것도 어쩔 수 없기는 할 거다. 왜냐하면 이름이 있는 모험가 파티나 기세가 붙은 파티는 이미 전쟁에 차출됐으니까. 지금 길드에 남아 있는 부류는 딱히 잘 봐줄 구석이 없고, 별 볼 일 없는 모험가들이기 때문이다.

어쩐지 무기력한 분위기가 감도는 까닭은 이 때문이다.

저런 분위기는 모험가뿐 아니라 길드 접수처에 앉아 있는 직원들에게도 감염된 것 같았다.

"네, 『고블린 토벌 열 마리』, 토벌 부위의 확인 완료했습니다~. 여기~ 보상금이요."

짤랑짤랑, 은화 몇 장의 소리가 울린다.

간신히 내던지는 게 아니라 놓아두겠다는 느낌을 주는 손동작에서 의욕 없는 태도가 여실하게 드러난다.

"이봐, 에이. 요한니, 쌀쌀맞게 굴지 좀 말래도. 그나저나 말이야, 요즘 좀 뒤숭숭하잖아? 오늘 밤 요한나, 너희 집에서 같이 있어줄까?"

"농담은 얼굴 하나면 충분하지 않을까요~? 겨우 고블린 토벌에 날이 바뀌도록 한참 시간을 들여야 하는 실력이면 저랑 안 어울리는걸요~. 하다못해 B랭크는 된 다음에 수작 부리세요. 돌아가는 길은 저쪽이랍니다. 다음 분 와주세요~."

"쳇, 에이, 관둬. 싸구려 술이나 좀 걸치고 자야겠다."

정작 매정하게 응대를 받은 모험가 본인도 밑져야 본전으로 꺼낸 말이었는지 집요하게 들러붙지는 않고 가볍게 목을 움츠린 다음 병설되어 있는 식당이라는 이름의 주점으로 떠나갔다.

"우리도 가자."

이렇듯 별로 활기가 없는 와중에도 길드의 접수처 앞쪽에는 소규모이나마 줄이 만들어져 있었다.

우리는 줄의 가장 뒤쪽에 섰다.

『이봐, 보라고. 저쪽, 저쪽 좀 보라니까.』『엉? ……설마, 저번에 말했던 녀석인가? 평소처럼 허풍 아니었어?』『거참, 아니라니까. 이번에는 진짜라고!』『에이, 아니지, 그런 게 가능할 리가…….』

소곤소곤 들려오는 목소리.

아마 의도했던 대로 반신반의하면서도 우리 소문을 퍼뜨린 것 같다.

이윽고 줄이 소화됨에 따라 우리의 차례가 왔다.

"어머, 여러분은……."

우리 얼굴을 본 여성 접수원에게서 저런 발언이 새어 나왔다.

마이와 유토를 모험가로 등록했을 때 수속을 담당했던 접수원도 이 사람이었다. 어차피 잊어버렸겠지 싶었는데, 이런 모습을 보면 기억을 해주는 것 같아서 오히려 놀라웠다.

다만 알은체는 잠깐뿐, 접수원은 곧 흥미를 잃었는지 의욕 없는 목소리로 말했다.

"아하, 의뢰를 수주하러 왔군요? 그나저나 용케도 살아 돌아왔네요."

뒤쪽 방향에서 쯧, 혀를 차는 소리가 들렸다. 이 녀석아, 여동생 님아.

쓴웃음만 짓고 넘기는 유토를 본받으려무나.

'뭐, 마음을 모르는 건 아니지만…….'

두 녀석이 등록할 때 명백하게 태도가 안 좋았던 것을 떠올린다.

『모험가 등록? 당신은, 으음, 파티 랭크가 D이고 개인은 E네요? 아하, 네, 네에.』『그러면 그쪽 두 분이 신규로 등록하는 거네요. 흐음.』『파티 랭크용 던전 입장 허가증요? 실례합니다만 멤버로 등록되어 있는 랭크 C의 미나리스 씨와 역시 랭크 C인 슈리아 씨는 동행하지 않은 건가요?』『리더로 등록된 분은 당신이니까 증명서 발행은 가능합니다만…….』『확인차 여쭙겠는데요, 당신과 신규 등록하는 뒤쪽의 두 분이 쓸 허가증이면 되는 거죠?』『뒤쪽에 두 분도 억지로 끌려온 게 아니라고 확답을 부탁드립니다.』『여러분이 무모한 활동 때문에 사망해도 길드가 뭔가 보장해주진 않거든요.』

시종일관 나를 뚫어져라 수상쩍어하는 눈빛으로 쳐다보면서 접수원이 이야기했었다.

'……이리저리 업혀 다니는 기생충 자식으로 보였을 테지. ……뭐, 길드 따위야 골칫거리 플래그의 보고라고 줄곧 피해 다녔던 내 잘못이니까 어쩔 수 없기는 한데.'

그다음은 태도가 뒷일은 책임 안 진다는 듯이 소홀해졌고, 우리는 기막힌 바보를 보는 눈빛을 뒤로하며 길드에서 나왔다.

자기 분수도 모르는 풋내기 주제에, 호된 꼴을 당하겠구나, 적당히 넘겨짚었을 테지. 그리고 그날 이후로 보름 가까이 우리는 던전에 쭉 틀어박혀서 도시에 돌아온 적이 없었다.

그러니까 우리가 던전 내부에서 죽었다고 생각했던 게 아닐까.

"그래서요? 분수에 맞지 않는 던전 어택은 포기했나요? 대충 보아하니 큰 부상도 안 당했고 운이 참 좋았네요. 일단은 착실하게 진짜 실력을 길러야 해요."

'……딱히 나쁜 사람은 아닌 것 같다만.'

"무모함은 모험가의 특권이라는 난감한 말도 목숨이 붙어 있는 동안에나……."

주절주절 이어지는 설교의 내용은 특별히 이상한 말도 아니었다.

다만…….

“……태도가 너무 뻔하다는 말이지.”

이렇게까지 고자세의 말을 자꾸 주워섬기면 나도 살짝은 신경질이 난다.

복수가 가까워짐에 따라 마음이 조급해지는 와중에 줄곧 걱정했던 미나리스와 슈리아의 이름을 듣게 되면서 스스로도 마음에 여유가 사라지고 있다는 게 느껴졌다.

『역시 헛소문이야, 헛소문. 들었냐? E랭크라잖아.』『뭣도 없는 신참이잖냐.』『그, 그럴 리가…….』『헹, 역시 거짓말이었네, 거짓말. 나는 안 속는다.』

그런 분위기를 보고 주위의 모험가들도 우리가 뿌려 놓았던 소문에 의구심을 갖는다.

‘착각한 채 나가버리면 곤란하지.’

“그래그래, 그래그래. 잠깐 기다려, 잠깐만 기다려봐. 오늘은 쓸데없이 훈계나 들으러 온 게 아니라고.”

“아직도 정신을 못 차린 거예요? 사람이 말을 하면…….”

그러니까 머리 나쁜 바보의 정석, 자랑질로 입을 막아줬다.

덜커덕, 쿵, 데구루루, 투둑투둑투둑.

꾸욱, 거꾸로 들어 매듭을 푼 주머니에서 쏟아지는 것은 대량의 마물 소재.

그레이트 와이번의 어금니, 레서 팬텀의 외투, 플라잉 바이퍼의 날개막, 포이즌 비셔 래빗의 독 가시, 페르소나 고블린의 씨앗, 우디 베어의 손바닥, 라미아의 역린, 플레임 레오의 갈기.

산더미처럼 쌓여 올라가는 마물 토벌의 증명 부위.

그리고 결정타는 속성 용을 잇따라 격퇴했더니 나타난 엠페러 드래곤의 이마에 박혀 있었던 보옥.

다른 속성 용을 죽였을 때와 마찬가지로 마석도 소재도 남기지 않은 채 사라져버렸다만, 어째서인지 이 보옥만은 남아 있었다.

“““““……”””””

어리둥절, 아연실색, 망연자실.

“자, 소재 매각을 부탁하지.”

침묵에 빠진 길드 안에서 내 목소리는 잘 울려 퍼졌다.

☆

나는 길드의 접수원, 요한나.

길드에서 근무한 지 XX년.

결혼 전까지만 적당히 일할 계획이었는데, 슬슬 베테랑이라는 단어가 어른거려서 은근 조바심이…….

아냐 아냐 아냐, 괜찮아 괜찮아 괜찮아. 난 아직 젊은걸, 난 아직 예쁜걸. 응, 좋아.

그날 나는 기분이 안 좋았다.

아니, 그날뿐 아니라 요즘 며칠은 길드 업무도 의욕 수그러드는 날이 이어졌다.

그럴 수밖에…….

『아, 지루하네. 요즘은 공짜 마물을 못 건지는 탓에 창관도 못 간단 말이야.』『맞아, 답답하더라. 얼른 잘 싸우는 녀석들이 복귀해줘야 할 텐데.』『군인 놈들도 빨빨거려서 되게 거슬리더라고.』

'으으, 진짜 왜 저런 작자들밖에 없어!!'

접수처 카운터에 앉아 들리는 것은 티끌만큼도 향상심이 없는 모험가들의 목소리.

고위 랭크의 모험가가 중량의 압박을 피하기 위해 버리고 가는 마물의 시체를 찾아다니면서 고생하지 않고 돈을 벌어들이는 인간들.

이 도시에서 정력적으로 활동하던 모험가들이 제2황자 레온 님의 소집 의뢰를 받아 마족과의 전쟁에 투입된 이후, 이 도시에는 저렇게 별 볼 일 없는 작자들만 잔뜩 남아버렸다.

'30점, 35점, 20점. 으으, 또 나의 봄이 멀어지네…….'

낄낄 웃음 짓는 모험가에게 낙제점을 매긴 뒤 평소에는 열심이었던 내숭도 관둬버렸다.

이런 작자들에게 아양 떨어도 아무것도 안 돌아오잖아.

"네, 『고블린 토벌 열 마리』, 토벌 부위의 확인 완료했습니다~. 여기~ 보상금이요."

"이봐, 에이. 요한나, 쌀쌀맞게 굴지 좀 말래도. 그나저나 말이야, 요즘 좀 뒤숭숭하잖아? 오늘 밤 요한나, 너희 집에서 같이 있어줄까?"

나는 제 딴에 믿음직한 표정을 짓고 있는 줄 착각할 뿐 도무지 장래성이 없는 중년 모험가를 바라봤다. 아무리 좋게 평가해주고 싶어도 진짜 대책이 없구나.

"농담은 얼굴 하나면 충분하지 않을까요~? 겨우 고블린 토벌에

날이 바뀌도록 한참 시간을 들여야 하는 실력이면 저랑 안 어울리는걸요~. 하다못해 B랭크는 된 다음에 수작 부리세요. 돌아가는 길은 저쪽이랍니다. 다음 분 와주세요~."

"쳇, 에이, 관둬. 싸구려 술이나 좀 걸치고 자야겠다."

'그 돈으로 장비를 갖출 생각을 안 하니까 D랭크를 못 벗어나는 거예요, 당신들은.'

어깨를 으쓱거리며 떠나가는 남자를 가자미눈으로 배웅한다.

'후유, 이제 A랭크라든가 B랭크의 고위직 미남은 아예 포기하고 느낌 괜찮은 유망주를 미리 점찍어 두는 방법밖에 없을까요.'

그런 생각을 하면서도 접수처에 줄지어 선 낯익은 얼굴들의 맥 빠지는 의뢰를 쭉쭉 처리한다.

"어머, 여러분은……."

그러던 중 다가온 사람들은 저번에 한 번 봤던 3인조 소년 소녀.

『스콘 로드』라는 D랭크 파티의 리더와 아직 모험가가 아닌 두 명의 조합으로 구성된 저들은 셋 모두 조금은 드문 검은색 일색의 머리카락과 눈동자를 갖고 있었다.

저들이 얼마 전 처음으로 이 도시의 길드를 방문했을 때 두 사람 몫의 모험가 등록과 던전 입장 허가증 발행을 담당했던 게 나여서 나쁜 의미로 내 머릿속에 인상이 남아 있었다.

소속된 파티 랭크나 개인 랭크가 D에 도달했다면 던전의 입장 허가증을 만들어준다.

따라서 규칙상 신규 등록한 두 사람까지 파티에 더하면 셋은 던전 입장 허가증을 받을 수 있었다.

'다만, 음, 파티 랭크가 D이고 멤버 세 사람 가운데 둘이 C랭크였는데 리더만 혼자 E랭크……. 분명히 원래 파티에서 쫓겨났다가 도중에 초보자를 구워삶아서 다시 파티를 구성했겠네. 파티의 해산 신청이 들어오기 전에 던전 입장 신청만 마쳐 놓으려는 속셈이려나.'

저들이 왔을 때 이렇게 짐작은 마쳤던 탓에 모험가 등록은 어쨌든 간에 던전 허가증을 내주기는 싫었다.

재능의 차이 때문에 랭크가 낮을 때 결성한 모험가 파티에서 실력의 격차가 발생하는 경우는 종종 있다.

그렇게 방출되는 재능 없는 모험가 중에는 현실을 인정하지 못한 채 자신이 소속됐었던 파티와 비슷한 생활 수준을 고집하는 인간도 있다.

당연히 분수에 맞지 않는 생활은 돈이 드는 데다가 저런 인간들은 꼭 하루를 벌어 하루에 다 써버리는 부류가 많았다.

그리고 던전에서 드물게 나오는 보물을 꿈꾸다가 때로는 주위 사람들까지 끌어들여 파멸을 맞이하기도 한다.

'뭐, 어쨌든 진짜 대책도 없는 바보는 아니었나 봐. 언뜻 봐도 큰 부상은 안 당한 모습이고, 던전도 너무 깊숙한 곳에 들어가는 대신 견학만 했던 것 같네. 보름 동안이나 뭘 했는진 모르겠지만……. 의외로 안목이 있었던 걸까?'

재능 없다는 낙인을 찍힌 뒤 파티에서 방출된 사람 중에는 그럼에도 굴하지 않고 노력을 거듭하여 대성하는 인재도 있다.

환경이 안 좋아 제대로 평가만 받지 못했던 모험가 및 어느 날 갑자기 재능을 개화시키는 모험가의 사례도 전혀 없지는 않다.

“아하, 의뢰를 수주하러 왔군요? 그나저나 용케도 살아 돌아왔네요.”

나는 못 박는 발언은 빼먹지 않게 신경 쓰면서 내심 파티 리더인 저 남자의 점수를 올려줬다.

자기 역량을 인정할 줄 모르는 어리석은 사람인 줄 넘겨짚었지만, 아주 몹쓸 사람은 아니었나 보다.

‘그나저나…… 새로 선택한 파티 멤버도 아직 초보자 같고, 리더한테 별로 간절함이 느껴지지도 않고, 결국에 크게 되지는 못하겠구나.’

새침한 표정을 지은 여자아이의 혀 차는 행동과 리더 남자의 분위기를 보고 판단한다.

다른 한 명의 멤버도 영 결단력이 약한 타입으로 보이는 만큼 파티가 대성할 가망성은 많이 낮아 보인다.

“그래서요? 분수에 맞지 않는 던전 어택은 포기했나요? 대충 보아하니 큰 부상도 안 당했고 운이 참 좋았네요. 일단은 착실하게 진짜 실력을 길러야 해요.”

‘으으, 마족이랑 전쟁 같은 건 빨리 좀 끝나야 할 텐데. 내 결혼 전선에 피해가 막대하잖아.’

주절주절 움직이는 입과 달리 마음속은 우울한 한숨으로 가득 차 있었다.

“무모함은 모험가의 특권이라는 난감한 말도 목숨이 붙어 있는 동안에나…….”

‘얼마 전 접수처에 배속됐던 애는 민폐만 잔뜩 끼치다가 소꿉친구 기술자랑 결혼 퇴직했고, 게다가 예전 왕언니까지 군인이랑 좋은

사이가 돼서 결국은 내가 최연장자……. 으으, 진짜, 어쩌다가 이렇게 된 거야!!'

점점 들끓는 마음속 조바심에 영향을 받아서 입도 자꾸자꾸 움직인다.

막 주워섬기는 잔소리는 이미 익숙한 문장이라서 의식을 다른 데 돌린 상태에서도 매끄럽게 말이 나온다. 시끄럽게 들린다는 것은 충분히 잘 알고 있지만, 딱히 틀린 소리를 하는 것도 아니다.

내 속도 후련해지잖아. 그런데 문득 날 가로막는 목소리가 들렸다.

"그래그래, 그래그래. 잠깐 기다려, 잠깐만 기다려봐. 오늘은 쓸데없이 훈계나 들으러 온 게 아니라고."

절레절레, 난감하다는 말투로 설교 중 끼어든 목소리 때문에 나는 또다시 한숨 쉬었다.

"아직도 정신을 못 차린 거예요? 사람이 말을 하면……."

어휴, 이래서 저랭크 모험, 가, 는…….

덜커덕, 쿵, 데구루루, 투둑투둑투둑.

""""…….""""

끔뻑끔뻑, 자신의 눈 깜빡거리는 소리가 들려오는 기분이었다.

리더 남자가 거꾸로 든 주머니에서 투둑투둑 쏟아지는 것은 마물의 소재.

'어라, 어? 이 소재들은 도대체 뭐람……?'

자세히 보지 않아도 분명 상위에 위치할 마물의 소재들은 명백하게 도시 주변에서 발견되는 생태계를 벗어난 것들.

던전산의 마물 소재.

"자, 소재 매각을 부탁하지."

그 말에 내 마음속은 망연함에서 단박에 혼란으로 되돌아왔다.

"자, 잠시 기다려주세요."

허둥지둥 소재의 품질 체크 시트를 손 닿는 곳에 가져다 놓고 소재의 종류 및 품질로 랭크에 따라 분류하면서 가격을 계산한다.

'그레이트 와이번의 어금니, 품질 랭크 A. 레서 팬텀의 외투, 품질 랭크 S. 플라잉 바이퍼의 날개막, 품질 랭크 S. 포이즌 비셔 래빗의 독 가시, 품질 랭크 A. 페르소나 고블린의 씨앗, 품질 랭크 A. 우디 베어의 손바닥, 품질 랭크 S. 라미아의 역린, 품질 랭크 SS. 플레임 레오의 갈기, 품질 랭크 A. ……거, 거짓말이지?'

제법 널찍한 접수처 탁자에 가득 쌓인 마물의 소재는 지금 도시를 비운 상위 모험가들이나 수집할 수 있는 높은 랭크에 위치한다.

지금 주점에서 술주정하는 작자들은 목숨을 걸어 싸운들 단 하나라도 획득할 수 있을까 장담을 못 하는 물건들.

'아뇨, 그 이전에 이토록 고품질의 소재가 1년 중 몇 번이나 나올지……. 그 이전에, 우리 길드의 톱 레벨 모험가 파티도 한 번에 이토록 많은 분량을 조달했던 전례가 없지 않았나?!'

손에 들어서 살펴보는 소재는 하나같이 일급의 품질이었다.

그런 게 한꺼번에 이토록 많이 쌓여 있다니, 마치 환상이라도 보는 기분이다.

'아, 맞아, 웬 바보 같은 소문이 하나…….'

저들이 길드를 방문하고 며칠 뒤 하나의 소문이 퍼져 나갔다.

『주사위를 던지는 군세 투기장』의 깊숙한 곳에서 단독으로 수라처럼 마물과 연전을 치르고 있는 모험가가 목격됐다는 소문.

처음 들었던 순간에는 무슨 바보 같은 말씀이시냐고 퀘스트 보고를 위해 찾아왔던 모험가들의 말을 일축했다.

던전에서 한 번에 출현하는 마물의 수는 최저한이어도 세 마리 이상. 대부분의 경우가 다섯 마리부터 스무 마리의 무리를 지어 출현한다. 게다가 숫자가 적으면 적을수록 개체 하나의 위험도는 올라간다.

그런 던전에서 단독으로 줄곧 싸운다는 게 말이 안 되잖아.

'그렇지만……. 아니, 설마, 소문이 진짜 사실이었던 거야?'

소문 속 인물은 남자였다가 여자였고, 미소녀였다가 수인이었고, 심지어는 정체가 마족이라는 소리까지 나왔다.

평소 들리는 바보들의 시시한 농담같이 이리저리 얘기가 튀어 다녔던지라 신빙성은 티끌만큼도 없겠다 판단했었다. 그리고 무엇보다도 또 하나, 그러한 소문보다 선명하게 퍼져 나가고 있는 소문.

드래곤 학살자.

저렇게 아무 수식어도 없는 심플한 칭호로 불리게 된 모험가가 있다는 소문.

그 인물이란 『주사위를 던지는 군세 투기장』의 벽에 올라서더니 들은 적도 없는 대마법을 써서 들이닥치는 용종을 싹 날려버리는 검사 차림의 남자.

대마법을 쓰는데도 검사 차림이라는 것 이상으로 드래곤 무리를 상대로 싸울 수 있다는 부분에서 이미 영웅담의 등장인물과 비슷하다는 생각이 들었다.

용사나 대현자 같은 영웅들.

아니, 그런 인물이라도 드래곤 무리를 상대로 연전을 벌인다거나 하물며 유린이라고 불릴 만한 압도적인 무력까지 발휘할 수 있을 것 같지는 않았다.

그러나…….

"……꿀꺽."

그리고 눈앞에 내어놓은 소재 중 마지막 하나.

엷은 황금색 빛을 발하는 마석과 닮은 보옥.

이것만큼은 나도 직접 본 경험이 없다. 그렇지만 이것이 용의 소재라는 사실만큼은 알 수 있었다.

완벽한 구체 형태의 중앙에 떠오른 특징적인 문양은 이것이 『용안』이라고 불리는 물품임을 나타내줬다.

'세상에, 용안이라니, 길드 자료에서나 봤던 물건이…….'

용(竜)과 구별되어 결국 지성마저 지니게 된 용(龍) 및 일부 상위종의 용들이 드물게 이마에 가지고 있는 힘의 증거.

'그런 데다가 이렇게 커다랗잖아……. 200년 훨씬 전 당시의 용사가 헌상했다는 카이저 드래곤의 용안에 못지않은 크기 아니야? 마, 만약 정말이면 이런 건 일개 길드에서 감당할 수가 없는 사안인 텐데…….'

만약 이 남자가 정말 단독으로 용안을 획득했다면 세계에 스무 명밖에 없는 S랭크 수준의 인재라는 말이 되겠다.

'물론 모험가 랭크는 딱히 전투력만 갖고 측정하는 게 아니지

만…….'

"……정말 죄송합니다. 이 소재의 처분은 별실에서 진행해줄 수 있으실까요? 길드 마스터를 어서 불러오겠습니다."

망설인 끝에 나는 저렇게 말했다.

아무래도 평범한 접수원인 내가 이런 수준의 물품에 대해 판단을 내릴 순 없었다.

"좋아, 알았어."

딱히 항의하지도 않고 남자는 고개를 끄덕여줬다.

'그리고, 그다음은……!!'

딱, 자기 마음속에서 스위치가 켜지는 느낌을 받았다.

그래, 결혼 전쟁에 나가기 위한 스위치가!

"그리고요, 그동안 저질렀던 무례를 사죄드립니다. 모험가님."

나는 깊숙이 머리 숙였다. 파티의 남자 둘 중 어느 쪽을 노리든 간에 우선은 나쁜 인상부터 불식시켜야 한다.

'으으, 어떡해, 실수했어! 그래도 아직, 아직이야! 마이너스에서 다시 역전할 수 있어!!'

"제 견식이 부족했던 탓에 대단히 실례되는 태도를 취하고 말았습니다. 진심으로 사죄드립니다."

"아, 뭐, 괜찮아요. 말 자체는 이상할 게 없었던 데다 특별히 강한 악의도 안 느껴졌고, **첫 번째**는 용서할게요."

"관대한 마음 씀씀이, 감사합니다."

'큭, 역시 맨 처음 태도가 문제였구나아…….'

경련이 일어나려는 얼굴을 간신히 다잡았다.

"바로 안내해드릴게요, 이쪽으로 오시죠."

세 명의 모험가를 데리고 손님용 방에 안내한다.

"자, 여기예요. 안쪽에서 잠시 기다려주세요."

이제부터 어떻게 만회해야 할까 고민하면서 바깥쪽으로 열리는 문을 잡아당겼다.

'맞아, 우선은 사죄의 명목으로 식사 자리에 초대하자.'

"아얏?!"

갑자기 발부리에 통증이 솟아 엉겁결에 소리를 질렀다.

"아, 죄송해요. 그래도, 일부러 밟은 건 아니랍니다?"

"힉?!"

줄곧 싸늘한 눈빛으로 나를 주시했었던 소녀가 아까보다 더욱 싸늘하고 얼음장 같은 시선을 보내온다.

말과 다르게 전혀 미안해하는 내색을 안 하는 사죄라서 등줄기가 얼어붙는 것 같았다.

"뭐, 다만……. 오라버니에게 빌붙으려고 다가드는 벌레라면 더욱 적극적으로 밟아서 뭉개버리겠죠?"

"윽."

속삭거리는 말을 남긴 뒤 소녀는 방 안에 들어갔다.

'……역시 난 결혼을 못 하는 운명인 걸까.'

살짝 눈물이 나오려고 했다는 것은 아무에게도 말할 수 없는 비밀이다.

☆

접수처에서 안내를 받아 들어온 방은 귀족 등 빈객을 맞이하기 위해 준비한 공간인지 기본적으로 거친 사람들이 모여드는 소굴인 건물의 일실이라기에는 꽤 깔끔했다.

희미하게 마력을 띤 품질 좋은 판타지 식물 탁자 및 의자, 선명한 물빛의 목재로 제작한 여신 조각에는『정화』가 부여되어 있었다.

천장이 높고 공간이 넓은 방의 구조에 맞춰 제법 강하게 부여를 해 놓았다.

루나리스를 주신이라 받들어 청빈을 교리로 가르치는 루나리아 법국과 대정령 루나를 신봉하는 기름스 수인국 두 곳을 모두 배려하는 내부 장식이었다.

일본인의 감성으로 말하자면 왕국에서 선호할 법한 귀금속으로 꾸민 장식보다 훨씬 더 마음에 든다.

"마치 이야기 속 등장인물 같았어요, 오라버니."

"후후, 깡패 행세가 아주 멋지더라. 아르바이트 때 마주쳤던 진상 손님 같았어."

약간 가벼운 분위기로 말을 건네는 두 녀석을 나는 가자미눈으로 마주 바라봤다.

"……너희들 사실 수행이 꽤 원망스러웠던 거냐?"

물론 때와 상황에 따라서 달라지겠지만, 거친 인물들의 영역에서 마냥 예의를 차린들 신참에게 좋은 결과는 없다.

필요할 경우 저러한 태도를 취하는 데도 저항이 없었지만, 이 세계에 오기 이전의 나를 잘 알았던 두 녀석이 하는 말이니만큼 아무래도 마음이 불편하다. 불편하지만…….

"그래도, 뭐, 너희들 말대로 지금 난 이미 단순한 깡패구나."

한 차례 기억을 잃었던 다음이기에 더더욱 자기 정신성의 변화에 대해서도 잘 알 수 있었다.

적대하는 상대, 거슬리고 언짢은 상대, 뭔가 필요하다고 판단한 상대를 마주했을 때 망설이지 않고 갖가지 만행을 저지를 수 있는 인간을 깡패라고 말하는 게 당연할 테지.

"아니, 깡패가 아니라 이미 괴물의 부류에 속하겠네."

이 세계의 관점으로 봐도 괴물이 더욱 잘 들어맞는 표현이겠다.

이만한 힘을 자신의 욕망을 따라 휘두르겠다고 결심한 인간이니까.

"오라버니, 그 말씀은……!"

"카이토, 말이 좀……."

"흠, 둘 다 일단 멈춰라. 협상 시간이군."

대화를 이어 나가려는 두 녀석의 말을 차단해서 끊었다.

두 녀석은 더욱 무엇인가 소리 높여서 말하려는 눈치였다만, 사전에 상의했던 대로 교섭의 단계에 들어간 다음부터는 일단 발언하지 않고 가만히 지켜보기로 역할을 분담했다.

어쨌든 최종적으로는 공갈의 접전이 벌어지는 암흑가의 교섭과는 다르잖은가. 이제부터 벌일 교섭을 통해 레온의 품속으로 잠입해야 하는 중요한 자리다.

그런 부분을 감안하면 가능한 한 대화는 원만하게 진행하고 싶다. 아니, 굳이 꼭 원만하게 진행할 필요는 없다지만, 굳이 아무래도 상관없는 상대와 일으키지 않아도 되는 대립을 일으킬 만한 여유는 없었다.

"오래 기다리셨소. 모험가 카이토 씨, 마이 씨, 유토 씨."

끼익, 가볍게 소리를 내고 열린 문에서 들어온 자는 노령의 거대한 고래 수인이었다.

얼굴 절반의 위쪽은 고래의 피부색과 마찬가지로 짙은 푸른색, 담뿍 자라난 흰색 콧수염과 떼룩떼룩 커다란 눈. 분명 노인인데도 나이에 반하는 강렬한 패기가 있고, 3미터 가까운 거구에서 저절로 위압감이 드러난다.

유토와 마이가 저 모습에 놀라는 기색을 느낀다. 확실히 고래 수인은 드문 데다가 이렇게까지 인간과 동떨어진 특징이 나타나는 경우도 보기 어렵다.

여성에 비하여 남자 수인은 동물적인 특징이 더욱 짙게 나타난다만, 이 녀석은 개중에서도 더욱 두드러지는 축이겠다.

'하긴, 처음에 봤을 때는 나도 꽤 놀랐었지…….'

다만, 흠…….

"……그래, 맞아, 넌 과연 어떨까."

흘러넘치듯 작고 나직하게 말이 새어 나온다.

첫 번째 때, 아마도 요정 여왕을 빼돌렸을 레온.

레온은『요정 여왕의 저주독』을 사용했었다.

명칭이 심상치 않듯 평범한 독이 아니었다.

요정 여왕밖에 만들 수 없고 제작한 뒤 보름이면 효과가 사라지지만, 대신에 나의 내성을 관통할 만큼 강력한 힘을 보유하고 있다.

제작에 사용되는 것은 원통함과 절망의 끝에 스스로 죽음을 바라게 된 인간 오십 명의 심장이다.

그리고 비록 놓쳐버렸다지만, 깊은 상처를 입었던 요정 여왕이 부상을 치료하는 데 이 지역보다 더 적합한 곳은 없었다.

나 자신은 요정 문제를 처리한 다음 곧 다른 지역으로 전투를 위해 떠날 예정이었던 데다가 혼란을 초래한다는 이유 때문에 요정의 정체에 대해서는 널리 퍼뜨리지 않았다. 그렇다면 이 지역에 그것들을 위협할 수 있는 존재는 많지 않았을 것이다.

……그러니까 아마도 내게 사용됐던 저주독은 이 지역에서 새로 제작되었을 가능성이 높다.

'만약에 요정 여왕이 이 지역에 숨어 있었다면…….'

요정은 인간의 감정을 먹어서 힘을 획득한다.

저주독의 제작과 회복하기 위해 필요한 인간.

아무리 전쟁이 한창이었던 시절이라지만, 많은 인간이 한꺼번에 자취를 감췄을 때 그런 사태가 큰 물의를 일으키지 않는다는 것은 절대로 말이 안 된다.

누군가가 준비했을 것이다, 재료를.

실종돼도 무방한 타인을 따로 골라냈던 누군가가.

실종된 사람들의 이유를 왜곡했던 누군가가.

'너였나? 이봐, 발레리아.'

마치 바닥을 기는 불처럼 화륵, 파랗게 뿜어 나오는 불꽃.

"응? 무슨 일이신가?"

"아니, 수인이래도 좀처럼 못 볼 만큼 훌륭한 체격이라서 살짝 놀랐을 뿐이야."

그러나 대충 둘러댄 다음 난 손바닥으로 불꽃을 눌러 뭉개듯 억제했다.

그래서는 안 된다. 아직 이 녀석이 저질렀다고 판명된 게 아니다.

그러니까 의혹에 휩싸여 터져 나오는 불꽃은 마음속에서 일단 진압한다.

다만 만약에 네가 요정 여왕과 결탁했다면…….

"호호훗, 이래 보여도 작년보다 키는 줄어들었소. 나는 길드 마스터, 발레리아라오. 잘 부탁하겠소."

쓸데없는 말을 지껄이더니 노인은 우리가 앉아 있는 탁자 앞쪽에 자리 잡았다.

"아무튼 뭐요, 아무쪼록 얼른 본론으로 들어가고 싶소. 이『용안』은 어떻게 손에 넣었소?"

"던전의 담장 위쪽에서 튀어나오는 용을 막 때려잡았더니 보스 비슷한 용이 나타나서 드랍하던데. 미안하지만 더 이상의 정보는 안 준다."

"……설명 자체는 간결하지만, 그 이상으로 믿기지 않을 만큼 황당무계한 이야기요. 뭐, 소문은 들었겠다, 실물이 여기에 있는 이상은 군소리는 안 하겠소."

그나저나, 발레리아는 말을 계속했다.

"이 용안의 처분 말이오, 길드에 맡겨주시는 것으로 알면 되겠소?"

"그래, 당연하지. 처분할 생각이 아니라면 굳이 여기에 갖고 오지도 않았어."

"오오, 고맙소. 물론 가격은 넉넉하게……."

"아니, 돈은 필요 없어. 그보다는 우리 랭크를 올려라."

"흠? 그야, 뭐, 이토록 대단한 소재를 납품해줬잖소. 조건 없이 B 랭크까지 올려주는 정도야……."

"부족한데."

"……A랭크를 바라시오? 뭐, 다소 협의는 필요하겠지만."

"거참, 부족하다니까."

나는 발레리아가 언급한 랭크를 모두 부정했다.

"내가 원하는 건 S랭크다. 더 아래는 원하지도 않고, 별로 시간을 들이고 싶지도 않아."

"소년, 아무리 욕심이 난들 S랭크는 좀 무리가 있소."

"무슨 소리야. 당신, 충분히 가능하잖아."

발레리아가 끙, 신음한다.

"미안하지만 확약은 역시 무리요. A랭크까지는 다수의 길드끼리 재량을 발휘해서 판단을 내릴 수 있소. 그러나 그 이상은 어디든 왕가의 재가를 받아야 한단 말이오. 그러니까."

"그러니까, 가능하잖아? 이 나라의 왕가, 레온 황자와 친분이 있는 당신이라면."

"……오호라."

""아!!""

레온의 이름을 꺼내자마자 발레리아의 분위기가 확 바뀐다. 가벼운 위압에 뒤쪽에서 유토와 마이 두 녀석이 놀라며 숨을 멈추는 기척이 느껴졌다.

그러니까 나는 놈의 위압을 박살 내고자 검은 살기를 쏟아부었다.

"윽, 끄윽."

"거슬리니까 헛수작 마라. 적대당하는 것 같아서 무심코 보답을 해주고 싶어지잖아?"

"……음, 어이구, 이거 에이스는커녕 조커를 뽑아버린 것 같소. 방금 전 살기는 조금, 노구가 감당하기에는 벅차구려."

"아무튼, 대답은?"

"최대한 힘을 써보겠소. 그래도 시간이 다소 걸리는 건 어쩔 수 없소."

후유, 포기한 듯 내뱉는 숨소리에 나는 위압을 풀었다.

S랭크 이상의 모험가는 전장에서 독립된 지휘 계통을 따라 움직이고, 또한 장군에 준한 대우를 받는다.

이제 당당히 레온에게 접근할 수 있다.

"그래, 다행이군."

마음속에 억눌러 놨던 불꽃이 손가락 사이로 뿜어 나오고, 그 불길이 거뭇하게 물드는 것을 느끼면서.

나는 짤막하게 답했다.

그리고 그날, 숙소에 돌아와서 나는 일단 숨을 돌렸다.

"그래, 그랬군. 이제 확정이야."

시선을 떨어뜨린 스테이터스 표기에는 그 시절에는 의심도 하지 않았던 배반의 증거가 각인되어 있었다.

스테이터스

발레리아 Lv98

Valeria 58세 남 고래족

HP : 6,882/3,882+3,000 MP : 4,569/2,569+2,000
근력 : 2,699+2,000 체력 : 2,357+2,000
내구 : 3,390+2,000 민첩 : 1,418+2,000
마력 : 831+2,000 항마 : 1,491+2,000

고유 능력 : 「절대 청각」

스 킬 : 『체술 Lv 15』『추적 Lv 10』『기척 은폐 Lv 5』
『격투술 Lv 21』『신체 조작 Lv 31』
『탈취 Lv 5』『강화계 마법 Lv 3』
『물 마법 Lv 8』『수화(獸化) Lv 10(부여)』

상 태 : 건강, 요정 여왕과 계약(은폐 중)

☆

『오늘은 자유행동으로 하자.』

길드를 찾아갔던 다음 날, 아침 식사 자리에서 오라버니는 저렇게 말했습니다.

협박 비슷하게 억지로 협상을 매듭지은 다음 저희는 잠시나마 여유가 생겼습니다.

어느 세계든 관청의 업무는 시간이 제법 걸리는 법이라서, 사전 협의를 포함해서 2주일 정도 기다리는 것으로 이야기가 마무리됐기 때문입니다.

오라버니의 예상으론 저렇게 긴 시간이 걸리진 않는다는데요, 그래도 며칠은 반응을 기다리기로 했습니다.

다음 활동은 아마도 쭉 긴장 상태에서 해야 할 테니까 자유롭게 휴식을 취하며 재충전을 하고 오라는 얘기였죠.

"그렇구나, 나는 서점을 돌아봐야겠어. 마물 도감…… 그리고 이런 세계에서 만들어질 수 있는 동화를 찾아보고 싶네. 돈도 이렇게 많고."

쩔렁, 많은 금화가 맞닿는 소리가 났습니다.

'동화……. 아, 맞아요, 유토 오빠의 여자 친구분 취미였죠…….'

문득 유토 오빠에게서 들려오는 오열과 같은 바람의 향기.

아스팔트 타는 냄새와 밤의 숲 냄새가 뒤섞인 듯한 아픔의 향기.

이 세계에서 능력을 높이는 동안 습득했던 바람을 매개로 하는 후각의 공감 능력.

“그래, 고서점의 책은 운 나쁘면 벌레가 들끓기도 하니까 조심해라. 중요한 부분만 딱 구멍이 파여 있거나 하면 잠 못 이루는 밤을 보내는 처지가 될 거다.”

“하하하, 되도록 사절하고 싶은 이야기네.”

유토 오빠는 가만히 쓴웃음을 짓고는 아침 식사 후 거리로 나갔습니다.

“……그럼, 오라버니. 오라버니도 오늘은 특별히 할 일은 없겠네요?”

이 세계에 와서 처음으로 갖는 휴일입니다. 그렇게 생각하면 꽤나 거무칙칙한 느낌의 나날을 보내왔습니다.

신변의 안전을 확보하기 위해 이 세계에서는 전투 능력을 갖추는 게 급선무였죠, 물론 이해는 돼요. 그런데 말이에요, 정말, 어쨌든, 오라버니는 저한테 상을 줄 필요가 있지 않을까요?

“응? 뭐, 맞아. 오늘은 침대에서 하루 종일 뒹굴뒹굴할 계획이야. 나도 던전에 박혀 지낸다고 좀 지쳤거든.”

흐아암, 늘어지게 하품을 하고 식기를 놓아두는 오라버니.

요즘의 난폭한 오라버니도 싫진 않습니다만, 이렇게 옛날처럼 칠칠치 못한 모습도 살짝 귀엽습니다.

“일단은 한잠 더 자야겠군. 마이도 오늘은 느긋하게 쉬어.”

“네, 오라버니.”

졸린 기색으로 일어선 오라버니.

그렇게 숙박하고 있는 본인의 방에 돌아가는 오라버니를 전송한 뒤 저는 잠시만 느긋하게 차를 마셨습니다.

타이밍을 잘 맞추지 못한다면 실패해버릴 테니까요.

'어쨌든 간에 우연이나마 단둘이……. 이렇게 좋은 기회는 절대로 놓칠 수 없죠.'

멍하니 가만 앉아서 시간이 지나가기를 기다리다가 오라버니가 있는 방으로 이동합니다.

오라버니가 방으로 돌아간 뒤 슬슬 20분. 침대에 누운 오라버니가 딱 기분 좋게 졸음에 취해서 판단력이 떨어져 있을 무렵입니다.

살며시 방 안에 들어선 다음 옷 단추를 하나 끌러서 가슴께를 풀어 놓았습니다.

"……으응……."

이 세계의 기억을 되찾은 오라버니는 기척에 몹시 민감해졌습니다.

분명 멍하게 누운 모습인데도 방에 들어온 저를 알아차린 눈치입니다. 그러나 들어온 사람이 저임을 감지한 듯 또다시 규칙적인 숨소리가 들려왔습니다.

"그러면 오라버니, 실례할게요?"

곧바로 다짜고짜 오라버니의 등 방향으로 같은 침대에 몸을 누였습니다.

"응? 이 녀석, 마이."

"흐앙, 안녕히 주무세요……. 오라버니……."

살짝 당황하는 오라버니를 무시한 채 잠든 흉내를 시작.

이때 오라버니의 등을 꼭 붙잡는 것도 잊지 않습니다.

"……거참, 어휴."

착하고 착한 오라버니는 곧 포기하고 눈을 감았습니다.

완벽합니다. 멋지게 예상이 적중했습니다.

어쩌면 지금의 오라버니라면 단호하게 거부하진 않을까 염려했습니다. 눈물 흘릴 준비까지 마쳐 놓았던 저의 군걱정이었습니다.

예전과 변함없이 오라버니는 마이를 받아들여줬습니다. 역시 오라버니는 제 오라버니입니다.

'맞아요, 오라버니는 저의 오라버니예요.'

제 사람입니다. 무슨 일이 있어도, 누구와 만난다 해도, 저의 오라버니입니다.

줄곧 떨어지지 않고 오라버니는 마이의 곁에 있을 거예요.

그러니까 저는 절대로 오라버니가 멀리 떠나가는 꿈을 꾸다가 놀라 일어나지 않습니다.

'오라버니, 오라버니, 오라버니, 오라버니!'

저는 절대로 더 이상 소중한 오라버니에게서 떨어지지 않을 거예요.

절대, 절대로…….

"……절대 안 돼요. 마이랑 같이 지내야 해요……."

오라버니의 내음을 느끼면서, 그럼에도 끝끝내 등을 놓지 못한 채 눈을 감았습니다.

☆

"……흐음, 이 세계에서는 흡혈귀와 뱀파이어가 서로 다르구나."

바스락바스락, 껄끔거리는 두꺼운 양장피 페이지를 넘긴다.

손에 든 것은 『죽음으로부터 가장 먼 마물들』이라는 제목의 예스러운 책.

내가 습득한 『흡마현마』는 마물의 힘을 흡수하는 능력이다.

마물에 대한 지식을 쌓아둬서 손해 볼 일은 없다는 생각도 있었고, 제목대로 강력한 마물이라면 언젠가 힘을 손에 넣고 싶기도 했다.

실제로 펼쳐서 읽은 책에는 강력한 마물들의 정보가 실려 있었다.

모르는 글자를 자연스럽게 읽는 감각은 여전히 꽤 신기하지만 무척 편리하다.

이런 능력이 본래 세계에서도 있었다면…….

"아니, 필요 없겠네. 이따위 능력."

동화 수집이 취미였던 시오리 누나는 취미가 점점 발전하면서 해외의 책까지 주문하는 등 열을 올렸다.

그 때문에 영어 말고도 중국어, 힌디어, 스페인어, 포르투갈어, 러시아어로 쓰인 서적까지 읽으려고 열심히 노력을 기울였다. 본 적도 없는 글자 때문에 악전고투했던 나날을 떠올린다.

그래서 더더욱 만약 이렇듯 모르는 언어를 읽는 힘이 원래 세계에서 살아갈 때도 있었다면 어땠을까 상상하다가, 나는 고개를 가로저었다.

모르는 글자도 사전을 한 손에 들고 둘이서 읽어 나가는 나날이 그저 평온하고도 행복했기 때문이다.

"……."

책이 진열되어 있는 구획을 쭉 훑어본다.

『굉장해! 이세계의 책이 이렇게 많아, 유토!』

그런 목소리가 어딘가에서 들려오는 기분이 든다.

거듭 감탄하면 들뜬 모습의 시오리 누나를 아직껏 선명하게 떠올릴 수 있는데도.

그런데도 시오리 누나는 이곳에 없다.

더 이상 나는 시오리 누나의 웃는 얼굴을 볼 수도 없었다.

어째서? 대체 어째서?

어째서, 어째서, 어째서, 어째서, 나는, 나는, 나는……!

"……흐읏, 으으읍, 안 돼, 안 되지. 또 할머니한테 혼나겠어……."

그러다가 가게에 왔을 때부터 줄곧 꾸벅꾸벅 고갯짓하며 졸고 있었던 고서점의 주인, 쥐 얼굴 수인의 목소리에 정신을 차렸다.

동물 쪽 피가 강하게 발현됐는지 나이는 짐작하기 어려웠지만, 아마도 제법 연륜이 있는 인물 같았다.

"응? 손님이신가? 구경은 적당히 하고 사서 읽게나."

몇 차례 눈 주변을 문지르는 동작을 한 다음 살짝 큼큼거리며 저렇게 말했다.

"……아, 죄송합니다."

가볍게 미소 짓고는 책을 덮는다.

"이 책이랑, 그리고 저기, 저기에 있는 책을 구입하고 싶습니다."
"으응? 오오, 사준다면야 문제없지."
구입 의사를 전하자 태도가 싹 바뀌어서 쾌활한 대답이 돌아왔다.
"책값은 여기 놓겠습니다."
"그래, 감사히…… 어이쿠."
꺼내다 놓은 다섯 장의 동전을 가게 주인이 흘리는 통에 동전이 가볍게 소리를 내며 바닥에 굴러떨어졌다.
"그러면 책은 가져가겠습니다."
"으음, 오, 자주 와주시게나."
힐끔, 바닥을 더듬는 가게 주인을 내려다보다가 바깥으로 나왔다.
"아……."
쨍쨍 따갑도록 강한 햇살이 피부를 달구고, 지나치게 건조한 바람이 그렇게 달아오른 피부를 깎아 내는 듯한 기분이 든다.
『아하하하핫, 정말?』『싸다, 싸! 아주머니, 오늘 저녁 식사는 남편분 힘이 팍 솟는 가라샤 개구리 고기가 어떠신가?』『왕국의 용사 이야기 들었냐? 엄청나대, 마족 군대를 혼자서 괴멸시켰다더라.』『여기, 술 한 잔 더 주문 받아!!』
마치 귀울림 같은 괴물들의 목소리.
저벅, 저벅, 의식해서 세게 걸음을 내딛지 않는다면 이 불확실한 세계에 잡아먹혀서 부스러질 것 같다.
"정말, 이따위 세계……."
이따위, 시오리 누나의 생명을 제물로 삼은 세계는.

모조리 전부 멸망해버리면 좋을 텐데.

“역시 이것만큼은 이해를 못 하겠어, 카이토. 그냥 전부 다 죽여버리는 게 좋을 텐데.”

주위에 검은 그림자를 드리우는 생물들이 담소하고 있는 모습은, 나의 소중한 사람들을 짓밟고도 즐거워하는 듯 보인다.

“시오리 누나를 희생시킨 세계의 주민들 따위……. 큭, 모조리 다 죽어버려라.”

그 전부를 견딜 수가 없었넌 나는 도망치듯이 인기척을 피해서 길을 돌아들었다.

차라리 던전 안에서 줄곧 싸우는 게 나는 마음이 편안했다.

도저히, 입에서 쏟아지는 저주의 말을 난 막지 못했다.

그러니까 분명 그곳이 나의 분기점이었다.

“아차.”

“어이쿠.”

쿵, 부딪치는 충격에 나는 몇 걸음 비틀거렸다.

부딪쳤던 상대도 역시 넘어지지는 않고 버텨서 서는 모습이었다.

“이런, 죄송합니다.”

시선을 들자 그곳에는 회색 로브를 걸친 살갖 흰 남자가 서 있었다.

‘……엘프……. 처음으로 봤네.’

홀쭉한 체구, 후드 안쪽으로 들여다보이는 뾰족한 귀.

금색인지 회색인지 흰색인지 종잡을 수가 없는 신비로운 색조의 눈이 어쩐지 섬뜩했다.

"으응? 흠흠, 이게 또 웬일이야, 여신님의 인도인가?"

끈적끈적 점막에 달라붙는 듯한 젊은 남자의 살짝은 높은 목소리.

그 목소리는 어째서인지 이유를 생각하기보다 먼저 불길하게 귀에 울려 퍼졌다.

수상하다는 표현을 고스란히 자기 몸으로 체현하는 것 같은 남자였다.

"이봐, 형씨, 괜찮으면 잠시 대화를 나누고 가지 않겠어?"

"……아뇨, 볼일이 있어서요. 다친 데도 없는 듯하니 이만 실례하겠습니다."

"에이, 에헤이, 기다려봐, 형씨."

'큭, 이 자식!'

떠나가려던 내 팔을 남자의 손이 붙잡았다.

그 순간, 오싹거리며 등줄기에 소름이 돋는다. 어째서인지 이 손이 마치 죽은 사람의 뼈에 직접 맞닿은 듯한 감각이 느껴졌다.

머릿속에서 본능이 울려 퍼뜨리는 경종.

"놔……!"

그러나…….

"이봐, 형씨. 누군가 되찾고 싶은 상대가 있지 않은가?"

"큭!!"

그 말을 들었을 때 저절로 몸이 멈췄다.

들어서는 안 된다고 마음속의 무엇인가가 죽기 살기로 소리 높인다.

그렇지만 그 목소리마저 비웃듯, 옭아매듯.
"멋지네, 멋져, 근사하네!"
"그래서 어쩌자는 건데……."

"내가 그 녀석을 되찾아주겠다면 어떡할래?"

그 남자는 악마같이 웃으며 내게 속삭였다.

단장 ××××××××

"×××, 에러, 소식 불명. 소식 불명. 소식 불명."

"전회 신마력(神魔力)의 존재와 감지 위치의 주변에 흔적 없음. 유사 신역 내에 철퇴, 혹은 하계 생명체 내에 잠복의 가능성 있음."

"하계 단말 넘버 6963에 의한 내방자 넘버 538의 차원 간 이송 시 개입 기록에서 대상의 행동 목적의 본질을 책정……. 불명, 확정 불가능. 행동의 제1 목표는 넘버 538의 보호가 목적으로 추측된다. 그러나 그에 따른 후속 개입 행동은 없고, 진의는 어디에 있는가."

"내방자 넘버 538의 자발적 차원 간 이송 중 차원 좌표 N89 B155 SJ778의 신에게서 재간섭의 흔적 있음. 과거에 유사 사례 없음. 생성 세계에 귀환한 개체의 재전위, 타 세계에서 유사 현상은 다수 있음. 참고가 될 정보 개시 청구……. 기각. 개시 거부."

백색, 백색, 백색, 백색.

방울 구르는 목소리라는 표현이 있다만, 그에 걸맞도록 더없이 맑고 아름다운 음성이 울려 퍼진다.

무엇 하나도 물체가 없어 거리감이 애매모호한 백색의 공간, 그 중심에 단 한 사람, 여자가 앉아 있었다.

아니, 한 사람이라는 말은 정확하지 않다.

주위에 부유하는 몇 마리의 요정들을 거느리고 있다. 그리고 여자와 요정의 입에서는 감정이 담기지 않은 평탄한 목소리가 서로를 무시하는 듯 잇따라 거듭된다.

마치 목소리가 아니라 기계가 울리는 소리 같았다. 입에서 쏟아지는 목소리가 전부 같은 목소리였다는 것도 이러한 섬뜩하다고도 말할 수 있는 무기질적인 분위기에 박차를 가한다.

"내방자 넘버 538의 특이성을 조기 대응 안건으로 인정. 시점 좌표의 되감기에 따른 리소스 해방에 기인하여 저위로 설정했었던 우선도를 재차 실행하는 리소스 수집률과 맞춰 고위로 재설정한다."

"내방자 넘버 538의 행동 예측. 합리성의 결여를 하계 생명체인데 다른 능력 부족으로 판정하고, 행동 로그에 의하여 책정, 우선도 저위의 특이 하계 생명체 두 개체의 소거를 목적으로 행동 중이라고 생각된다."

"유물 제거 시나리오를 재차 수정. 하계 단말 넘버 E57을 이용하여 내방자 넘버 538을 전장에서 격리, 하계 강림용 시퀀스에서 불확정 요소의 제거를 제안, 승인."

"하계 단말 넘버 6965에 의한 하계 강림용 시퀀스의 진행도, 현재 58퍼센트."

"진행도에 약간의 지연 있음, 동조율이 낮은 대체품이기에 능력에 부족이 있음으로 예측된다."

"계획 추진의 촉진을 위하여 하계 단말 넘버 E57을 통하여 하계 단말 넘버 6963에게 가호 결정을 양도. 세계수 씨앗의 보급을 앞당긴다."

머리 양쪽에 머리카락을 모아 경단을 만들었는데도 불구하고 바닥에 길게 퍼져 나가는 장발.

과하게 단정하다고 말할 수 있을 만큼 단정한 용모, 감정이 묻어나지 않아서 인형 같은 표정.

낙낙하게 신관복을 닮은 옷은 심플하면서도 장엄함과 신성함을 겸비하고 있었다.

그러나 특별히 두드러지는 부분이 다수 있는데도 단 하나의 인상이 여자의 전부를 덮어 가리고 있었다.

"강림 때까지 대상의 흔적이 자연 소거될 가능성, 극소. 의도적인 흔적 삭제가 실행되려고 할 경우의 긴급 강림 시퀀스는 스탠바이 모드로 기동 중."

"잉여 에너지를 감지의 강화에 유용, 신마력의 감지와 긴급 강림 시 접속 오차는 1포인트 미만. 동일한 현상이 발생했을 경우 현지의 신, 루나의 포박률은 83퍼센트."

그것은 백색.

압도적일 만큼 뚜렷한 백색.

머리카락도 눈도 피부도 옷의 색깔도 전부가 백색. 주위를 날아다니는 요정들도 백색.

공간 전체가 백색인데도, 아니, 공간 자체의 백색마저 온통 저 여자에게서 비롯된 것처럼 모든 색깔을 잊어버린 것처럼 강렬한 백색.

색감뿐 아니라 한 점의 얼룩도 용납하지 않을 것 같은 백색.

"획득이 완료되지 않은 세계 권한의 습득에 임할 때 지구의 신이 감행할 방해를 예측. 내방자 넘버 538에 의한 이레귤러 이외에 개입은 신의 맹약에 따라 불가능. 신규 개입의 가능성은 부정된다."

“지구의 신의 개입에 따른 계획 지연 공정 수는 897,561.”
“역시 현지의 신의 배제에 따라 지구의 신이 미칠 영향에 대항하기 위한 수단의 확충은 필수임.”
“계속해서 공정 수행을 위한 조정을 지속합니다.”
“신격을, 신격을, 신격을.”
“올바른 신의 책무를 다하기 위해.”
아무것도 없는 공간에서 단지 백색만 있는 목소리가 울려 퍼진다.

☆

“여어, 오랜만이군, 공주님.”
말꼬리만 다른 사람을 깔보듯 치켜 올라가는 말이 들려온 곳은 오를레아 왕국과 루나리아 법국의 국경 부근, 왕국 측 영토에 있는 요새의 작전실이었다.
““““…….””””
“현재 전황은…….” “원군 편성에 며칠은 더 걸린다.” “잠시 전선을 물려서 한시라도 빨리 남아 있는 소수의 국민 전체에게 씨앗을 심어 변혁을…….” “그래서는 늦어버린다. 훈련을 받지 않은 일반인에게 씨앗을 하사한들 대부분 나무 인형이 되잖은가.”
아무 전조도 없이 나타난 엔디미어를 보고 병사들은 놀란 기색도 없이 손에 든 창을 상대에게 겨눴다. 책상에 지도를 펼쳐 놓고 마족과의 전쟁에 임하여 작전을 상의하던 장교들도 역시 아무런 일도 없었던 것처럼 말을 계속한다.

오직 자신에게 하달된 역할만 내내 충실하게, 우직하게 실행한다.

그 자리에 있는 모든 인원이 취하는 망설임 없는 행동은 마치 정해 놓은 프로그램대로 움직이는 로봇 같았다.

다만 두 사람, 엔디미어와 한 소녀를 제외하고.

"엔디미어입니까. 여전히 추레한 방식으로 나타나는군요."

왕녀 알레시아는 평소와 마찬가지로 회색 로브를 입은 하이 엘프 남자를 차가운 시선으로 바라봤다.

전장 근방에서도 드레스 차림인 알레시아는 얼굴까지 감춰지는 근사한 금속 갑옷을 입은 인물과 나란히 부드러운 소파에 앉아 있었다.

"에이, 뭐, 괜찮잖아. 공주님이랑 내가 어디 보통 사인가?"

"……무슨 말을 해도 소용없겠죠. 그래서, 이번에는 언제 사라져 주는 겁니까? 급한 용무인지 뭔지는 벌써 끝났나요?"

"매정하셔라."

의뭉을 떠는 엔디미어와 얼음장 같은 알레시아.

"그래도 확실히 별로 느긋하게 다닐 처지는 못 되거든. 우리 신께서는 사람을 마구 부려 먹는다니까."

"그럼 빨리 용건을 마치면 되겠네요."

"아하핫, 너무 급하게 굴지 말래도. 여신님께 하사품을 받아 왔다고."

엔디미어가 알레시아에게 건넨 것은 투명한 유리구슬 같은 무엇인가였다.

소프트볼 정도 크기의 구체 중앙에는 옅고 하얀 빛을 두른 순백의 날개가 박혀 있었다.

"이것은……?"

"『가호 결정』, 법국에 있는 『신성 결정』과 같은 물건이야."

"『신성 결정』과? 그러면 이것은 대정령님, 아뇨, 루나리스 님의 마력이 담긴 물건이라는 말입니까?"

"그래, 맞아. 이것을 쓰면 세계수의 씨앗을 생산하는 속도가 대폭 올라간다는 말씀이야. 그 물건을 써서 계획을 더 빨리 진행해달라더라."

"흠, 뭔가 상황이 바뀌었나요?"

"이레귤리가 다시 이 세계에 돌아왔다던가?"

"이레귤러……. 아하, 전직 용사 말이군요."

알레시아는 별 흥미가 없다는 듯이 대답했다.

"맞아, 맞아. 덕분에 난 빠릿빠릿 허둥지둥 일에 치이는 신세가 된 거야. 그건 그렇고 댁도 꽤 많이 바뀌었네. 맨 처음에는 전직 용사한테 아주 집착을 했는데 말야."

"글쎄요? 그딴 괴물한테 더 이상 흥미는 없습니다. 왜냐하면……."

알레시아는 진심에서 배어난 미소를 띠고 옆쪽에 앉은 갑옷에 손을 가져갔다.

"지금 라무네시아 언니께서 계셔주시는걸요."

행복에 가득 차서, 진정 행복에 겨워하며 넋을 빼앗긴 웃음.

"……그래그래, 뭐, 방금 준 결정은 그 인형을 조율하는 데도 쓸모가, 어이쿠."

어디에선가 불쑥 소환된 강철의 가시나무가 엔디미어에게 덮쳐들었고, 그것을 엔디미어가 마력을 띤 검으로 튕겨 냈다.

“인형? 라무네시아 언니를 모욕하는 발언을 함부로 지껄인다면 다음에는 진심으로 분해해버리겠어요.”

“오오, 무서워, 무서워라. 미안해, 미안했어. 그 녀석은 소중하고 소중한 라무네시아 언니였지, 응.”

“네, 그렇고말고요. 우후후.”

험악했던 분위기가 녹아내리는 안개처럼 훅 사라지고, 다시 알레시아에게 부드러운 미소가 돌아온다.

“어이구, 거참. 진짜 마력의 지배만큼은 아주 최고급 솜씨가 됐네. 공감의 소질이 기막히게 뛰어났던 네 언니와는 정반대야. 어떤 의미론 잘 어울린다.”

사락사락, 모래인지 먼지인지 종잡을 수 없는 무엇인가가 되어 사라져 가는 수중의 검을 쳐다보면서 엔디미어는 웃었다.

“당연하죠, 라무네시아 언니와 저는 최고의 자매니까요.”

“좋아, 그러면 난 이만 다음 임지로 흘러가보실까. 흐흥흥~.”

엔디미어는 마지막으로 다른 사람을 깔보는 듯한 웃음을 짓더니 전이의 빛과 함께 사라졌다.

“……아핫, 아하핫, 아하하하하핫!!”

엔디미어가 사라진 뒤 나는 웃음을 견디지 못하고 소리 높였다.

“어떻게든 확보할 방법을 찾으려고 했던 물건이 이렇게 간단히 굴러 들어오다니……. 우후후훗.”

엔디미어가 놓고 간 『가호 결정』이라는 물건을 바라본다.

"이제 필요한 전부가 갖춰졌어. 아아, 역시, 드디어, 나는, 우리는……."

"……."

"조금 더, 조금만 더 참아요, 언니. 제가 기필코."

……언니를, 되살려 낼 테니까요.

"아이고, 딱히 눈치를 챈 것 같지도 않고, 슬슬 이 게임도 끝이구나. 뭐, 어쨌든 대충 재밌게 시간을 때웠겠다. 이만하면 됐지, 뭐."

감회가 깊다는 듯이 자그맣게 한숨을 한 번.

"자, 엔드 롤까지 열심히 분위기를 띄워줘. 최후의 용사 군."

제3장 시작된 복수

꿈을 꾸었다.

그 세계에서는 모든 사람이 구원받았다.

인간도 수인도 마족도 서로 싸우지 않는다.

어느 나라에서도 서로를 떠받쳐주고, 하루하루의 사건에 일희일비하면서 다들 웃음을 짓고 살아갔다.

나는 어느 날 레티시아의 마법 실험이 일으켰던 사고 때문에 이 세계로 소환당한다.

그리고 나는 원래 세계로 돌아가기 위해서 레티시아와 여행에 나선다.

당연히 맨 처음에는 지긋지긋하게 부딪치고, 쌈박질하고, 못된 소리를 하다가 사이좋아지고.

그러다가 평범하게 사랑을 한다.

용사도 없다. 마왕도 없다.

아무도 희생할 이유가 없다. 아무도 희생시킬 이유가 없다.

분명 그곳은 나에게 더없이 마음 편안한 세계.

깨어난 순간, 여운처럼 남은 감각이…… 메스꺼웠다.

너무나 편안해서, 너무나 달콤해서, 차마 공상의 하나로도 받아들일 수 없었다.

그래도 분명 이러는 것이 맞다. 못 받아들여야 한다.

나는 이 복수가 끝날 때까지, 바뀌지 않고.

아무에게도 결코 방해를 허락하지 않을 테니까.

이렇듯 걸쭉하게 끓어오르는 타르의 속을 밀어 헤치고 나아갈 테니까.

"……오늘도 특별한 변화는 없나."

찍찍스케에게서 받은 정보를 정리하고 숙소에서 혼자 한숨 쉬었다.

마족과 충돌하는 전선의 상황.

전투는 지속 중이고『폭염마인 아데리우스』가 또 난장을 치고 있다고 들었다.

"아데리우스가 날뛰고 있단 정보가 나온 이상은 레티시아가 그곳으로 갈 테지……. 당연히 리리아도 이 도시를 벗어날 거다."

던전 안에서 그 소문이 퍼지고 있음을 확인한 이후 이렇게 밖에 나왔다.

이 세계에 돌아온 직후, 레티시아와 우연히 마주쳤다.

리리아를 상대하겠다면 레티시아를 리리아에게서 떼어 놓을 필요가 있다.

따라서 레온이 보급 및 전력 보충을 목적으로 이 도시에 온다는 정보를 포착한 시점에서 우선은 레온을 타깃 삼아서 행동하기로 결정했다. 그 때문에 던전 안 수행 기간의 한계선은 아데리우스의 정보가 이 도시에 퍼져 나갈 때까지였다.

아데리우스의 위치가 소문으로 퍼져 나가면 레티시아는 그놈을 쫓아 도시를 벗어날 테니까.

마력이 관련된 모든 부문에서 치트급 능력을 갖춘 레티시아를 직접 감시할 수는 없었지만, 소문이 퍼져 나가는 단계에서 아마 도시를 떠났을 것이다.

마음껏 레온을 목표로 준비에 임할 수 있다.

'그렇다 해도 레티시아가 아데리우스에게 집중하고 있는 동안에 리리아까지 처리해야 하니까 여유가 많진 않겠군…….'

준비는 순조롭게 진행 중이다.

슬라요시의 힘을 빌려서 순조롭게 무대를 마련하고 있다.

모든 준비가 완료될 때까지 이제 얼마나 안 남았다.

"……마지막 일격은 이 녀석이지."

휘잇, 떠오르듯 나타난 심검을 손바닥 안에 쥔다.

손에 든 그것은【종변(種變)의 유인(誘刃)】.

작은 크기의 심검은 손잡이 양측에 큼직한 나이프 같은 두툼한 칼날이 달려 있었다.

그러나 그 칼날에 금속의 광채는 없고, 동물의 발톱처럼 반투명한 소재의 질감을 갖고 있었다. 칼날 내부는 텅 비어 있다. 그리고 그 칼날의 한쪽 내부에는 어떤 색깔이라고 꼽아 말할 수 없는 불가사의한 색채를 지닌 무엇인가가 담겨 있다. 그리고 그쪽의 손잡이 및 칼날의 장식 부분은 마찬가지로 몇 초마다 색조가 변화한다.

반대쪽에 무채색 배색의 빈 칼날과는 대조적이었다.

심검의 완성도를 다시 확인한 뒤 구성을 해제하고 자기 내면으로 돌려보낸다.

나는 몸을 던지다시피 침대로 등부터 털썩 자빠졌다.

"요정이 정녕 소중하다면, 뭐, 괜찮아."

【종변의 유인】은 전투에 적합하지 않은 칼이다.

칼날은 목검 수준까진 아니더라도 예리함이 없고, 자그만 크기 때문에 둔기와 비슷한 방식으로 사용할 수도 없다.

암기로 운용하려면 회수에 난점이 있다.

심검이 지니고 있는 능력도 즉효성이 없어서 전투 중 영향은 딱히 기대하지 못한다.

이 심검의 능력은 단 하나.

상대의 종족을 다른 부류로 변화시킨다. 다만 보름의 시간을 들여서.

전투 중 발동해도 즉효성은 없다.

게다가 바뀌는 것은 종족뿐. 혼에 깊이 각인된 스킬까지 삭제할 순 없다.

"그렇다면 너까지 싸잡아서 지워주마."

길드에서 이야기했던 S랭크 승격의 건.

반드시 레온은 그 자리에 나타난다. 나타나서 내 힘을 시험하려고 할 것이다.

그럼으로써 이 심검의 발동 조건이 충족된다.

【종변의 유인】의 발동 조건에는 상대의 마력이 필요하기 때문이다.

"아마도 네가 지키고 싶었던 요정과 싸잡아서."

레온, 너의 종족을 요정으로 변화시킨다.

그리고 요정이 된 너를…….

"크핫, 크하하핫, 크하하하하하하하핫!!"

아아, 기대된다.

네 얼굴이 고통에 젖어 일그러질 순간이.

무슨 일이 있어도 결국에는 죽이겠다고 이미 결정했지만, 마지막에 어떤 선택을 하려나 알고 싶어서 알고 싶어서 견딜 수가 없구나.

"하하핫, 하핫, 하. ……~~후유우우우우~~."

그날은 이미 직전까지 다가들었으니까.

☆

밝은 숲속을 우리는 평소처럼 날아다녔다.

나뭇잎 사이로 내리비치는 햇살이 무척 기분이 좋다. 우리들 요정의 일과, 산책이다.

"어라? 어라라? 그런데 어제는 하루 종일 낮잠만 자지 않았어?"

"아니야~ 어제는 대식가 대회를 열었잖아~. 고기를 잔뜩 먹었어~."

"아냐, 아냐. 고기를 잔뜩 먹여줬잖아? 마지막에 배가 빵 터져서 재미있었지~."

"낮잠 대회는 어제야. 그저께, 그저께. 어제였어~."

"맞아, 맞아. 역시 낮잠을 잘 땐 인간 가죽보단 폭신폭신한 강아지 가죽이 좋겠다고 다 같이 결정했잖아. 인간 가죽은 별로야, 별로~."

""""맞아, 맞아. 인간은 별로야, 별로~.""""

그렇게 생각하면 산책은 일과가 아니구나. 그럼 내일부터 산책을 일과로 하자.

그러던 때 철컥철컥 시끄러운 소리가 들렸다.

숲에는 없는 소리, 마물이 내지 않는 소리, 장난감이 다가올 때의 소리.

"장난감 왔다~!" "장난감 왔다~!" "장난감 왔다~!"

그 자리에 있던 우리 친구들 중 나도 포함해서 세 명이 손을 들었다.

"낮잠 잘래~?" "술래잡기 할래~?" "숨바꼭질 할래~?" "밥 먹을래~?"

나머지 다른 친구들은 흥미가 없는지 다른 놀이를 하려고 한다.

얼마 전 잔뜩 인간을 갖고 잔뜩 놀아서 잔뜩 질려버렸나 보다.

나도 질려버렸을까? 살짝? 질렸어? 아냐, 역시 인간은 진짜 진짜 재미있는 장난감이야! 왜냐하면 엄청난 바보 멍청이니까!!

속여서 골탕 먹이거나~ 꼭두각시를 만들어 이것저것 시킨 다음에 제정신을 돌려놓으면 굉장히 멋진 감정을 빨아 마실 수 있거든.

"가자, 어서 가자!" "우리만 갈까?" "가자, 얼른 가자!"

와아, 와아아~! 출바알~!

나를 포함한 세 명, 마력을 듬뿍 흡수해서 자란 나무들 사이를 누비면서 우리는 공중을 날았다. 별로 필요해서는 아니지만, 괜히 펄럭펄럭 날개도 흔들어본다.

"찾았다!" "찾았다!" "찾았다!"

나무 위에서 내려다봤더니 우리의 숲을 힘겹게 터벅터벅 걷는 인간을 발견했다.

너덜너덜한 외투를 입었고, 큰 자루를 든 장난감.

예전부터 때때로 이렇게 장난감이 우리의 숲에 헤매 들어왔다. 마력을 듬뿍 흡수해서 자란 약초를 채집하러 온다.

어라? 그런데 뭔가 이상하네? 뭔가 평소랑 다르네?

『나의 어여쁜 아가들아. 마음 가는 대로, 하고 싶은 대로 하려무나. 우리는 이 세계를 지켜주고 있는 은인이니까. 성황수(聖煌樹)가 있는 장소는 우리의 낙원. 우리의 화원. 마음껏 놀이를 찾아 놀려무나.』

문득 여왕님의 말씀을 떠올렸다.

나는 다른 친구들보다 살짝 더 대단하니까 여왕님과 자주 이야기를 나눈다.

살아 있는 인간을 악기로 써서 연주를 선보였을 때 『센스가 있구나』라며 머리를 쓰담쓰담해주셨고, 살짝이나마 여왕님의 가호를 받을 수 있었다.

그 이후 난 인간에 푹 빠져서 이래저래 갖고 놀았다. 그러니까 오늘도 평소처럼 인간을 데리고 놀고 싶은데.

어째서일까. 어째서일까. 어째서일까?

이상한 느낌이 들어. 놀고 싶은데도 놀고 싶지 않은걸. 어째서?

"가까이 가서 눈을 찢어줄까?" "이왕에 코도 같이 떼어주고?"

내가 낯설고 이상한 뭔가가 신경 쓰여서 멈춰 서 있는 동안에 다른 둘은 벌써 저기에 인간을 붙잡으러 갔다.

인간은 바보니까 우리가 모습을 드러내고 웃으며 다가가면 대부분이 무방비하게 멍하니 쳐다본다. 얘기를 걸어줘서 뭐가 기쁜지 웃고 있을 때 우리가 손을 콱 처박으면 놀람과 아픔 때문에 무척 재미있는 표정을 짓는다.

그리고 혼란과 함께 우리에게 달콤하고 달콤한 감정이 마구 뿜어 내준다.

우리는 그 감정을 냠냠 먹어서 기분이 좋아진다.

평소라면 그대로 놀이를 시작한다.

숲속에서 마물이랑 같이 술래잡기를 시킨다거나 독벌레가 잔뜩 있는 동굴에 맨몸으로 집어넣는다거나 가족 · 친구끼리 싸움을 붙인다거나.

그런 상황에 놓인 인간의 감정은 우리에게 무척 맛있어서 활력의 원천이 되어주는 네다가 최고의 오락거리지만, 그렇기는 한데…….

"앗! 다들 기다려!"

그때 나는 하늘의 계시 같은 기억이 번뜩였다.

맞아, 맞아. 저번에 여왕님이 말했어! 가끔 우리의 파장에 맞는 특별한 장난감이 있다고!

그런 인간은 본인이 선택하면 우리와 똑같이 요정이 될 수 있다고!

"기다려?" "더 기다려?"

내 말을 들은 두 친구도 멈춰줬다.

둘을 놔두고 나는 기쁜 마음으로 저 인간에게 가까이 다가갔다. 어쩌면 친구가 늘어날지도 모른다.

"있지, 있잖아. 인간아, 인간아."

"……."

기쁜 목소리로 말을 붙여도 인간은 깊숙이 후드를 뒤집어쓴 채 대답을 안 해준다.

"저기, 있잖아. 얘기하자? 우리한테 얼굴 보여줘."

다시 말을 건네도 대답은 웬걸, 후드 끝을 붙잡아 더 깊숙이 머리 숙인다. 긴소매에 검은 장갑. 안 더운 걸까? 괜찮은 걸까?

그건 그렇고 또 안 들렸을까? 목소리가 너무 작았나? 얼굴 앞까지 다가가면 설마 알아차려주겠지?

"어휴, 대답 좀 해!!" "무시하면 싫거든?" "진짜 싫거든?"

나는 다른 두 친구도 불러다가 인간의 후드에 달라붙어서 휙 걷어 올렸고…….

그 얼굴에 잡아먹혔다.

""""으엥……?""""

그곳에 있는 것은, 얼굴인 줄 알고 들여다봐서 목격한 것은 넓적넓적한 슬라임이었다.

얼굴이 꾸륵, 젤리 형상의 촉수로 바뀌어서 우리 목부터 아래에 휘감겼다.

그리고 그 순간, 우리의 몸에 격렬한 통증이 들이닥쳤다.

"흐갸아아아아아아아아아아악!!" "아파? 아파 아파 아파 아파아 아파파 아파아아앗?!" "녹아아, 노아버러어어꺼억?" "버버버버버, ……버버, 버, 버, ……버……!"

나 말고 둘은 모래 언덕에 놓아둔 한 조각 얼음처럼 눈 깜짝할 사이에 질량이 없는 마력 덩어리가 되어 촉수의 안쪽으로 녹아들어버렸다.

"아?! 어째서 어째서 어째서?!"

내 몸도 바짝바짝 녹아내리고 있다.

이상해, 이상해, 이상해!

'어, 어째서? 마력으로 온몸을 감싸 놨잖아, 대체 왜?!'

여왕님의 가호 덕분에 아직 난 버틸 수 있었지만, 그래도 조금씩 몸이 녹아든다.

그래도 나는 죽기 살기로 쥐어짜던 힘을 멈추고 몸을 움츠리고 말았다.

"『오, 이 녀석은 가호를 갖고 있구나. 운이 좋았어.』"

오싹, 짧은 목소리에 온몸이 붙박인 것처럼 굳어버렸으니까.

경계음이 머릿속에서 울려 퍼진다. 위험해, 위험해 위험해! 이 녀석, 위험하다고!!

여왕님의 가호가 이 녀석을 피해 도망치라고 말해준다.

'어떡하지, 어떡하지?! 도망쳐야 해, 도망쳐야 해!!'

자꾸 급해지는 마음과 달리 상황은 점점 더 어려워진다.

'앗, 맞아, 어떤 생물도 우리를 당할 순 없어!'

감정을 먹어 치운다, 마음을 먹어 치운다.

이제껏 줄곧 장난감들을 먹어 치웠던 것처럼 똑같이 하면.

'인간이든 마물이든 정신 쏙 빼내면 꼼짝도 못 하니까……!!'

우리가 감정을 먹는 데 복잡한 절차는 필요하지 않다.

단지 우리의 가까운 곳에 혼과 연결된 의식체가 있으면 된다.

특히 우리 요정의 날개는 힘의 집합체라서 지금이라면 가장 큰 힘으로 마음을 부술…….

"흐갸아아아아아아아아아아아아아아아아아아아아앗?!"

그 순간, 모든 사고가 싹 새카맣게 휩쓸려버렸다.

힘을 뻗쳐서 간 곳에 있었던 것은 어둡고 어둡고 어두운 캄캄한 색을 띤 감정.

울퉁불퉁하고 커다란 두 개의 바위가 바득바득 모서리와 모서리를 맞부딪치면서 쩌적쩌적 주위를 한데 휩쓸어 깨부수는 것 같다. 한 번도 보지 못했을 만큼 거무칙칙한 마음.

"『……흐음, 역시 망할 것이라니까. 멋대로 손을 뻗치지 말란 말이다.』"

"으갸아아가아가가아아아아아꺄가가가아아가각!"

무서워, 무서워, 무서워.

눈앞에서 괴물이 뼈를 깨물어 부수는 것 같아.

'어째서 못 벗어나는 거야?! 이제는 힘을 쓰는 것도 아닌데! 멈춰. 놓아줘 놓아줘 놓아줘어어!!'

죽기 살기로 도망치려는데도, 정신에 잠입하는 힘까지 해제했는데도, 그럼에도 이 칠흑빛 마음속 세계에서 빠져나갈 수 없다.

마치 끌려 들어가는 것처럼 붙들린 채.

눈이 뭉개졌다. 귀가 뜯어졌다. 코가 썩어서 떨어졌다.

왼쪽 손이, 왼쪽 다리가, 오른쪽 다리가, 왼쪽 손이, 자꾸자꾸 자꾸자꾸 떨어져 나간다.

내가, 나라는 존재 자체가 몸 끝부분부터 해체돼서 사라져 간다.

사라져 간다, 잡아먹혀서 사라져 간다.

사라져, 사라져, 사라져…….

“『안심해라, 쉽게 없애주진 않을 테니까. 이번에야말로 정성 들여서, 무슨 일이 있어도, 설령 세계를 건너다니더라도, 세계가 몇 번 재시작을 선택하더라도.』”

그래도 마지막까지, 끝까지 내 의식만 결국 사라져주질 않는다.

그리고 다시 꾸륵, 사라졌던 머리가 재생되어 생겨났다.

그곳에는 처음에 봤을 때와 달리 평범한 인간의 얼굴이 있었다.

……아니야. 전혀, 절대로 평범하지 않았다.

검은 머리카락에 검은 눈, 양쪽 다 땅속 구덩이 밑바닥의 어둠이 형태를 지닌 것 같은 색깔을 띠고 있었다.

“『혼이 낡아서 문드러질 만큼 혹사한 다음 죽여주마.』”

그렇게 나는 깨달았다.

나에게 남아 있는 이 감정을 인간들은 『절망』이라고 표현한다는 것을.

☆

알려지지 않은 깊숙한 숲속을 남몰래 괴물이 배회한다.

“『좋아, 멋지게 재료가 모여드는군.』”

요정을 먹고 부르르 몸을 떨었던 괴물의 얼굴에서 쇳소리와 비슷한 부자연스러운 목소리가 새어 나왔다.

그런데 그 목소리는 신기하게도 희색을 띠고 있었다.

“『이 몸을 조작하는 데도 꽤 익숙해졌어. 예상 이상으로 훌륭한 스킬이구나, 『점체빙의(粘體憑依)』.』”

“『뀨뼷!』”

“『그래, 도움이 많이 됐어, 슬라요시.』”

괴물은 이제 일단락 짓겠다는 듯이 배회하던 활동을 멈춘 뒤 제자리에 앉았다.

“『그러면 슬라요시, 다음 녀석을 만들자고.』”

“『뀨뼷.』”

그 말을 신호 삼아서 괴물은 더 이상 인간의 모습조차 취하지 않게 되었다.

꾸륵, 슬라임 본연의 부정형(不定形)으로 돌아간다.

풀썩풀썩 옷이 지면에 떨어졌다.

적, 청, 황, 녹, 백, 흑, 절조 없이 색을 흡수한 듯 보이는 점체는 마치 몸부림치는 것처럼 불규칙적으로 꿈틀거렸다.

『『『『『꾸뷰앗!』』』』』

이윽고 자기 안쪽에서 뭔가를 밀어내는 동작으로 또 다른 괴물을 만들어 낸다.

『『『『『꾸뷰꾸뷰게게게겍뷰아아게갸아아아아아아악!』』』』』

새롭게 태어난 괴물은 소름 끼친다고 표현하기 족한 외양을 갖고 있었다.

저 멀리 어두운 장소에서 본다면 혹시 거대한 거한으로 보였을지도 모르겠다. 두 짝이 달린 팔다리, 근골 우람한 몸체, 몸통에 비해 훨씬 큰 머리가 눈에 띈다.

그러나 인간과 공통되는 부분은 저게 전부였다.

흑녹색 피부로 축축하고 투명한 점액을 바닥에 흘리고 있고, 머리에 자라난 것은 조그마한 인간형 상반신, 재료로 쓰인 요정의 몸이었다.

목 주위에 머플러처럼 늘어뜨린 것 또한 요정의 몸인지라 평범한 인간이 목격한다면 저 기괴함에 앞서 사악함 때문에 몸이 꼼짝 못하도록 굳어버리지 않을까.

"『이제 서른 마리인가……. 좋아, 좋아. 이번에도 요정종이고『××포식』스킬이 붙어 있네.』"

즐겁게 중얼거린 것은 괴물을 만들어 내고 몸집이 폭삭 작아졌던 슬라임이었다.

바닥에 떨어진 옷 안에 들어가서 다시 인간 형태를 취한 뒤 중얼거리고 있다.

음색이 괴물을 만들어 내기 이전보다 명료해졌다.

"『어디 보자, 몇 마리나 더 만들 수 있을까.』"

『『『『『구와게겍뷰유뷰아아……!』』』』』

쿠웅, 쿠웅, 지면을 뒤흔들면서 새로 태어난 괴물들이 떠나간다.

그 뒷모습을 보고 웃는 괴물은 겉모습만 단정할 뿐 훨씬 더 괴물 같았다.

☆

그날은 예상한 대로 길드 마스터가 말했던 기간보다 빨리 찾아왔다.

『모험가, 카이토 님 일행이 여기 계신가? 이 숙소에 머물고 계시다 듣고 왔네만…….』

"……드디어 왔군."

높이 떠오른 태양의 빛이 비쳐 들어오는 숙소의 침대 위, 거리에서 눈에 띄어 사들인 잡동사니를 만지작거리고 있을 때 아래층에서 저런 목소리가 들려왔다.

지난 며칠간 내가 쭉 고대했던 말이다.

『예의를 모르는 작자가 왔군. 먼저 본인이 어디에서 온 누구인지 밝혀야지.』

『으음, 실례를 저질렀군. 나는 길드에서 온 전령일세. 손님께 드릴 말씀이 있사오니 길드에 방문해주십사 말을 전해줄 수 있겠나?』

『그러신가, 알아본 다음 우리 여관에 있는 손님이면 전달해주마.』

아래층에 들려오는 숙소 아저씨의 발언에서 나는 호감도가 올랐다.

손님의 정보를 철저하게 지켜주는 숙소는 그것만으로도 신뢰할 가치가 있다. 뭔가 사태가 커지더라도 이 숙소는 휘말리지 않기를 신경 써줘야겠다고 나는 마음먹었다.

오늘 길드에서 전령이 찾아온다는 것은 슬라요시 & 찍찍스케의 탐색망 덕택에 미리 파악했었다.

그러니까 오늘은 아침부터 전원이 이 방에서 각각 준비를 갖춘 채 대기하며 지내고 있었다.

"1주일인가, 생각보다 더 기다렸구나."

솔직히 사흘쯤이면 무난하게 소식이 올 거라고 예상했는데.

길드 마스터가 협의를 시도할 왕족이라면 지금 상황에서 레온밖에 없을 것이다.

불쑥 혼자서 무사 수행 여행을 떠났던 행적으로도 알 수 있지만, 황자 주제에 행동이 몹시 잽싼 녀석이다. 길드 마스터에게 얘기했던 내용을 감안하면 곧장 소환을 요구하리라고 예상했었다만…….

'복수를 위한 판짜기와 마이, 유토의 숨 돌리기에는 오히려 딱 적당했나…….'

정보 수집에 복수의 준비. 슬라요시와 찍찍스케가 둘 다 열심히 활동 중이다.

예기치 않게 기간이 늘어져버렸지만, 그만큼 준비를 진행하는 데 정성껏 시간을 들였던 데다 마이도 유토도 충분하게 편한 시간을 누릴 수 있었다.

이쪽 세계에 온 이후 휴식도 없이 쭉 수행에 절어 살았지만, 두 녀석 모두 조금이나마 느긋한 일상을 보낼 수 있어서 다행이었다.

유토는 외출해서 거리에 있는 서점을 돌아보거나 던전의 낮은 층계에서 훈련을 쌓는 등 활동적이었던 데 반하여 마이는 내게 찰싹 달라붙은 채 숙소에서 나가려고 하지 않았던 터라 조금은 걱정이었다.

향수병인가 싶었지만, 딱히 처방할 수단도 없기 때문에 다소의 어리광은 가만 받아줬다. 그 덕분일까. 요즘은 기분이 좋아 보이니 별 문제없겠지.

넉넉하게 쉬었던 반면에 나는 슬슬 기다리다가 좀이 쑤시는 지경이었지만.

"오라버니가 원한다면 기특한 여동생은 조금 더 오랫동안 오라버니와 나태하게 생활해도 괜찮겠다는 생각이 드는데요."

"아니, 안 되지. 지금도 충분히 실 만큼 많이 쉬었잖냐."

살짝 장난기를 담아서 말한 마이에게 한숨을 쉬며 받아친다.
이상하군, 원래 게으름 부리는 나를 혼내는 것이 오히려 마이의 역할이었는데.
"아하하. 뭐, 어때. 괜찮잖아. 계획대로 되면 앞으론 이렇게 마음 편하게 쉴 시간도 거의 못 만들 텐데."
마지막은 유토가 우리를 달래줬고, 그때 똑똑 문 두드리는 소리가 났다.
『누구 있나? 방금 막 누가 말을 전해달라던데.』
나는 대충 꺼내 놓았던 잡동사니들을 둥글 주머니에 던져 넣었다.
마찬가지로 마이는 유토에게 빌려서 읽던 약초학 책을 돌려줬고, 유토도 역시 읽고 있었던 동화 종류의 책을 덮어버렸다.
"자, 가자고. 장치를 마저 깔아야지."

길드에 도착해서 우리는 곧장 별실로 안내받았다.
방 안에서 기다리고 있었던 자는 예상대로의 인물이었다.
"오오, 잘 와주었소. 일단 거기에 앉아주시오."
한 명은 인자한 노인인 양 웃음을 짓는 길드 마스터.
"……."
그리고 다른 한 명, 방의 본주인 이상의 존재감을 지닌 남자가 있었다.
"……오호라, 과연."
사자 머리에 늠름한 체구를 보유한 남자, 레온.

그래서 죽이고 싶다.

"아니, 발레리아, 소개는 됐네. 쓸데없는 잡담에 시간을 쓸 여유는 없군."

소파에서 일어나 방 안에 들어온 우리의 앞쪽에 선다.

그래서 죽이고 싶다.

"내 이름은 레온. 이 나라의 제2황자라네."

단순한 위압감만 갖고 평범을 훌쩍 벗어난 고래 수인 발레리아보다 더한 거대함을 지니고 있는 듯한 착각마저 불러일으킨다.

그래서 죽이고 싶다.

"지금은 마족과 한창 전쟁 중이지. 게다가 과거에 전례가 없을 만큼 인류의 존망을 건 전쟁이다."

시름이 배어나는 진지한 표정, 결의를 마음속에 간직한 채 전진하고자 하는 상대의 표정.

그래서 죽이고 싶다.

"이러한 전시 상황에서 고위의 모험가 랭크를 원한다? 당연히 전장에 차출되리라는 것을 충분히 알면서 한 요청일 테지. 자네가 원하는 것은 영예인가, 보상인가, 혹은 싸움 자체인가. 어느 것이든 상관없다."

「올바름」을, 「정의」를, 「세계의 안위」를 위해서라고.

그래서 죽이고 싶다.

"자네들이 진정 강력한 전사임이 증명된다면 몹시 중요한 전력이 되지."

당연하다는 듯이 **개인**이 아닌 **다수**를 우선하는 고결함.

그래서 죽이고 싶다.

“다만 S랭크 이상의 모험가는 반드시 인류의 희망으로 자리매김할 수 있는 인물이어야 한다.”

분명히 본래 용사가 되어야 할 인물은 이 남자였을 것이다.

그래서 죽이고 싶다.

“아무쪼록 자네들이 자격에 어울리는 힘을 증명해주기를 나는 간절히 바란다네.”

이 남자라면 희생을 치르면서, 고통에 견디면서, 마음을 아파하면서.

그래서 죽이고 싶다.

“자네가 힘을 증명한다면 내가 책임을 지고 자네들에게 적합한 랭크를 부여하겠노라 약속하겠네.”

그럼에도 세계를 위함이라며 힘껏 전진할 테지.

그리고 그것이 세계를 위해서라면 자신의 몸이 썩어 문드러지는 위기에도 아랑곳하지 않을 것이다.

그런 고결한 영웅이니까.

그래서 죽이고 싶단 말이다.

“환영하지. 새로운 용사 후보여.”

그러니까. ……웃지 마라, 웃지 마라, 웃지 마라 웃지 마라 웃지 마라 웃지 말라고.

지금 당장에 내밀고 있는 저 손을 절단하고 싶다.

저 무뚝뚝한 얼굴에 나이프를 박아주고 싶다.

목청을 물어서 끊고, 팔다리를 떼어 던져버리고, 몸통을 짓밟아 뭉개 죽이고 싶다.

참아야 한다, 죽을힘을 다해서 참아야 한단 말이다.

그러니까 감히 웃는 얼굴을 보이지 마라, 감히 악수를 청하지 마라, 거만하게 협력을 요구하지 마라.

"물론, 나야말로. 우리에게도 완수하고 싶은 목표가 있으니까. 그 때문에 S랭크의 보험가라는 지위가 필요한 거야. 목숨을 걸어서 싸울 각오는 다지고 왔단 말씀이야."

아, 스스로도 내가 싫어지는구나.

제법, 감정 숨기는 재주가 능숙해져버렸다.

겉발림 말이나 지껄이고, 속내를 억눌러야 하니까, 이렇게 진짜 격정마저도 몸속 깊숙한 곳에.

꼭 필요하다는 이성과 알 바 아니라고 부르짖는 목소리.

그러니까, 맞아, 쌓아 올려야 한다. 하나하나, 하나하나, 하나하나.

깨달았을 때는 도저히 헤어 나오지 못하도록.

작고 자그만 송장을, 작고 자그만 해골의 산을, 작고 자그만 악의의 종자를.

이봐, 레온. 나는 이토록, 그야말로 몸이 타오르는 것처럼 애타는 심정으로 이곳까지 왔단 말이다.

그날 이후로 많은 고민을 했다. 많은 경험을 했다.

도망치고, 살해당하고, 되돌아오고, 죽이고, 복수하고.

너와 나눴던 마지막 대화는 돌이켜보면 위화감투성이다.

너는 아마도 내가 알지 못하는 이 세계의 근간과 관련된 무엇인가를 알고 있겠지.

그리고 그 무엇인가가 그날의 배반을 불러일으켰겠지.

그렇게 할 수밖에 없던 이유가, 네가 지니고 있는 고결함을 움직일 만한 이유가 아마도 있었겠지.

그래도 나는 너를 용서하지 않는다.

그럼에도 나는 절대로 너를 용서하지 않는다.

설령 너에게 어떤 이유가 존재할지라도 기필코 죽여주겠어.

그러니까 조금만 더 기다려줘라.

"그러니까 전장에서 잘 부탁하자."

그렇게 나는 놈이 내미는 손을 맞잡았다.

☆

"아이고, 황자. 제발 부탁이니까 중요 안건을 얼렁뚱땅 진행하지 말아주시오. 승격과 관련된 사안은 정확하게 설명을 해야 않겠소. 그렇잖아도 파격적인 특례를 억지로 밀어붙이는 처지인데 말이오."

한 차례 숨을 푹 내쉬더니 발레리아가 스리슬쩍 진행되던 대화를 제지하고 나섰다.

"음, 미안하네."

시무룩한 얼굴로 무뚝뚝하게 대답을 한 레온은 다시 소파에 기대 앉았다.

덧붙이자면 대화 나누는 동안에도 유토와 마이는 내내 침묵을 고수했다. 그러나 내 분노에 침식되면서 꽉 부르쥔 손이 바들바들 떨리고 있다.

소중한 동생과 절친이 나와 똑같은 장소까지 떨어졌다.

둘 모두 행복해지기를 바라건만……. 저런 태도를 기쁘게도 여기고 있는 자신이 비열하게 느껴진다.

그러나 이런 갈등마저도 내 마음속 표면을 살짝 어루만질 뿐 지금은 증오의 소용돌이에 휩쓸려서 사라졌다.

발각당할 순 없는 노릇이다. 진정해라.

살짝 숨을 들이마셔서 나는 의식을 분리했다.

"자, 황자가 말씀하셨겠다, 예상은 얼추 되었지 싶소. 랭크 승격의 건이라오. 특례로 A랭크, 전시하에만 S랭크로 대우하겠다는 이야기라오. 알고 있을 테지만, 길드 랭크를 올리는 것과 관련하여……."

위험도에 비례하는 보수가 좋은 의뢰의 알선, 고등급 비밀 정보의 개시, 귀족의 지위에 해당하는 권력, 길드에서 판매하는 소모품의 할인 등 발레리아는 세세하게 메리트를 늘어놓았다.

"마지막으로 고랭크 모험가에게는 길드의 지명으로 의뢰를 받아 수행해야 할 의무가 있소. 거부권이야 있다지만, 그럴 경우는 일정 기간 고랭크의 권한이 동결되는 손해를 가수해야 하오."

이게 마지막 설명이었는지 잠시 발언이 중단된다.

그 후 발레리아는 다시 팔짱을 끼고 말했다.

"아마 본 목적이 여기에 있을 테지만, 지금은 전쟁 중이잖소. 당연히 고랭크 모험가에게는 출정 의뢰가 할당되어 있소. S랭크 이상의 모험가는 모아 놓기보단 개별로 운용하는 게 더욱 많은 전과를 거둘 수 있는 관계로 병력 지휘권은 없지만, 그 대신 독립된 판단으로 움직일 수 있는 권한이 부여되오."

"그래, 알고말고. 짐작한 대로 전장에 나가는 게 목적이다. 죽이고 싶은 상대가 있어서 말이지."

"……흠. 과연 그랬군."

거짓말은 한 마디도 하지 않았다.

"그러면 랭크를 인증하는 시험에 대해서인데."

"힘을 증명하라는 소리잖아."

발레리아가 한 차례 고개를 끄덕였고, 나는 일어섰다.

"쓸데없는 잡담은 좋아하지 않아. 빨리 해치우자고. 그래, 난 누구와 싸우면 되나? 힘을 보여줘야 할 텐데?"

힐끗 발레리아에게 시선을 던진다.

말할 필요도 없이 상대로 나설 인물은 레온일 것이다. 이 자식은 그런 인간이다.

다만 그렇게 행동할 레온의 기질을 초대면인 내가 미리 알아차린다면 이상할 테니까 발레리아의 말을 기다린다.

'자, 여기부터다. 여기부터 다시 한 걸음이다.'

치명상에 다다를 독투성이 길을. 황폐한 죽음으로 향하는 길을.
그 고결함을 밟아 뭉개서 절망의 그릇에 네 목숨의 물방울을 들이붓겠다.
이것이 너를 위해서 준비한 마지막 장치다.
이번 한 단계만 완료되면 다음은 잘못 내디딘 길에서 굴러떨어져서 끝날 뿐.
'말해, 말해라, 빨리 말해라. 내가 상대하겠다고 어서 말하라고.'
"흠, 자네들의 시험 상대 말이다만……."
조금씩, 조금씩, 절망의 늪으로.
【종변의 유인】에 필요한 마력을 확보하기 위해.
느릿한 변질을 깨달았을 때는 더 이상 손쓸 도리가 없어지도록.
비슷하게나마 전투 상황에 끌어내야만 필요한 만큼 마력을 확보할 수 있다.
아픔을 받아들일 각오가 상대에게 없다면 능력은 발동하지 않는다.
'그럼으로써 시작된다. 계획대로, 너를…….'
그러니까, 그러니까…….

"오래 기다렸다! 어디, 나를 상대할 녀석은 누구이더냐?"
"갸르으!"
"짠, 짜잔~. 흐흥? 어라라~? 어라, 라라라~? 카이 군 발견~!"

그래, 물론 잘 알았다. 알고 있었다, 나는.
"흠, 왔는가."

언제나 취미 고약한 얼굴로 히죽히죽 웃음 지으면서 운명이라는 녀석은 불쑥 조커를 들이민다.

“여기, 자네들과 솜씨를 겨룰 상대가 왔군.”

‘……아, 젠장, 정말이지 젠장맞을이군. 정보 선점의 이점 거의 사라졌다고 생각하자마자 곧바로 이런 식인가.’

시선을 보낸 곳, 호흡을 멈춘 내 앞에 선다.

선명하게 불타오르는 심홍색 머리카락, 승부욕 어린 표정을 지은 레티시아.

또한 레티시아의 곁에서 파핫, 불을 뿜는 붉은 비늘의 드래곤 퍼피, 그렌.

밝게 빛나는 듯한 금색 머리카락에 가학적인 미소를 머금고 있는 노노릭.

‘분명 죽였을 텐데, 노노릭……. 어쩌자는 거냐.’

공회전하는 사고는 뜻밖의 사태를 맞아 최적해의 도출에 자꾸 실패한다.

불확정 요소, 불확정 요소, 불확정 요소, 불확정 요소.

그리고 무엇보다도 눈앞에 새침한 표정을 짓고 나타난 두 번째 재액의 상징.

“두 사람 모두 숙녀이면서 그런 태도는 낙제점이에요.”

노노릭보다는 갈색에 가까운 차분한 색깔의 금발 여자. 머리카락을 높은 위치에서 정리한 뒤 작은 포니테일을 만들어 놨다.

"……앗, 저쪽에 분위기 괜찮은 가게가 있네~. 봐, 봐봐, 예쁘게 분홍색으로."

"카랴아!"

"으아앗, 뭐하는 거야, 이 도마뱀아! 노노의 머리카락이 타면 어쩌려고~!!"

'어떻게 된 거냐, 어째서 레티시아가 아직 이 도시에 남아 있지……?!'

훈련장까지 이동하는 도중 즐겁게 담소하는 레티시아와 다른 두 녀석을 본다.

레티시아가 아데리우스의 정보를 듣고도 아직 이따위 도시에 머물고 있으리란 생각은 들지 않았다.

이 도시에 있을 리 없었다. 이 도시에 있을 리 없었을 텐데.

애당초 노노릭은 어떻게 살아 있지? 확실하게 숨통을 베어 갈라서 죽였는데도.

죽였단 말이다. 그런데 어째서, 대체 왜?

'아니, 생각할 건 이게 아니다. 제대로 사고해라.'

생각해야 할 문제는 무엇을 노리고 레티시아가 이런 행동에 나섰느냐다.

전쟁으로 이름을 날리는 것이 진정한 목적일 리 없었다. 반드시 오빠가 살해당했던 것의 복수로 연결된다.

'첫 번째 때 레티시아는 일반 병사들 틈에 섞여서 철저하게 몸을 숨겼다. 나를 포함해서 아무도 알아차리지 못했지. 이번에 같은 행동을 취하지 않은 이유가 뭐지?'

다른 두 사람의 몸집이 작은 까닭도 있어 차분한 인상까지 더하면 꽤나 어른스럽게 보인다.

'그래, 그렇다. 저 천연덕스러운 얼굴이지.'

사고에 치달리는 노이즈.

리리아, 그래, 리리아, 리리아! 리리아 리리아 리리아 리리아!!

기습이다. 머릿속에서 모든 의문이 사라진다.

레온과 함께 둘 다 한꺼번에 지금 이 자리에 있다니!!

강렬한 분노에 사고가 온통 휩쓸린다.

그래, 젠장, 이러니까 정말이지 신이란 것은 빌어먹을 새끼다.

☆

내가 혼란에 빠지든 말든 대화는 진행됐다.

레티시아도 역시 전쟁에서 이름을 날리기 위해 레온과 직접 담판을 지었다고 한다.

무슨 황당한 소리냐고 말할 틈도 없이 우왕좌왕하는 사이에 우리 세 사람은 길드가 소유하고 있는 훈련장에서 레티시아, 노노릭, 그리고 리리아와 전투를 실시하기로 결정이 났다.

"음음, 이 맛있는 냄새……. 언니, 저런 곳에 못 봤던 포장마차가……."

"막 점심 식사를 마쳤잖아요. 먹더라도 볼일을 마친 다음에 먹도록 하죠."

이전과 상황이 달라졌던 부분을 짚어본다면 노노릭인가?

다른 요인은 내가 용사가 아니게 되었다는 것일 텐데……. 전장에는 오를레아 왕국이 나 대신 옹립한 용사가 있다.

허수아비 따위에게 흥미는 없었다만, 전해 들었던 이야기로는 제법 활약하는 듯했다.

용사라는 말은 말판에 있다. 그렇다면 이 변화는 용사가 나 아닌 다른 녀석이 원인인가?

'제길, 상황 파악이 안 된다. 어떻게 하지, 어떻게 움직여야 하나.'

수중에 있는 정보로는 충분한 추론마저 세울 수 없다. 그렇다면 생각해야 할 것은 우리에 관한 문제뿐이었다.

그때, 어떻게든 거기까지 사고를 다시 정리한 시점에서 살짝살짝 소매 잡아당기는 손길이 느껴졌다.

"오라버니, 입을 안 열기로 약속했지만요. 어떻게 할 거예요?"

"처음 예정이랑 많이 어긋났잖아."

마이와 유토도 사전에 대화 나눴던 흐름과 달라지는 바람에 당황하는 기색이었다.

"여기까지 왔으면 아예 흐름을 따라갈 수밖에 없지. 너희는 아무튼 간에 시간을 끌면서, 또한 무리하지 않는 범위로 요란하게 싸워줘라."

더 이상은 생각할 시간이 이제 없었다.

길드의 문장이 각인된 건물이 벌써 눈앞까지 가까워졌다.

훈련장은 별 장식이 없는 투박한 구조로 되어 있었다.

원형의 투기장과 대충 구색만 갖춘 관객석.

많은 인원으로 전투를 치를 장소라기에는 다소 비좁지만, 이곳이 대도시가 아닌 적당한 규모의 도시에 불과하다는 점을 감안하면 오히려 훌륭한 편이었다.

아무래도 우리의 시험을 위해서 다른 사람들은 물려 놓은 듯 장내에 인기척은 없다.

"전투가 시작되면 곧장 좌우로 산개해. 마이가 리리아, 유토가 노노릭. ……레티시아의 상대는 내가 맡겠어. 이 방침만 염두에 두고 다음은 임기응변으로."

50미터 앞쪽에 있는 레티시아, 리리아, 노노릭을 주시하면서 짧게 방침만 전달했다.

무기를 사용하지 않는 레티시아는 끄응, 몸을 내뻗어서 유연 체조를 하고 있다. 평소에 입는 고딕 양식의 드레스가 팔랑팔랑 흔들거린다.

리리아는 철제 막대와 가시가 달린 철구를 쇠사슬로 연결한 무기, 흔히 말하는 플레일을 꺼내 들었다. 복장도 낙낙하게 장식이 일절 없는 메이드복이겠다, 아무래도 본직인 마술사로서 싸울 생각은 없는 듯했다.

그리고 노노릭은 일전에 마주쳤을 때와 변함없이 군복풍의 복장을 갖춘 채 즐거운 기색으로 두 자루의 검을 가볍게 맞대면서 챙챙 소리를 내고 있었다.

"오라버니, 그런 건 작전이라고 말하지 않아요. 결국 무작정 돌격이란 말이잖아요."

"그럼 내 상대는 저 아이구나……. 만만치 않겠네."

작전다운 작전은 아니지만, 능력의 사용법 습득과 스테이터스를 끌어올리기를 우선했던 까닭에 파티로서 연계를 취해 싸우는 훈련은 쌓지 않았다.

"뭔 작전이든 별로 의미가 없거든. 저 녀석들 상대로 그런 여유는 곧 사라질 거다."

"『그럼 이제부터 파티 랭크 승격 시험을 개시하겠소.』"

관람석에 서 있는 발레리아의 목소리가 훈련장에 울려 퍼진다.

"『아울러 이 시험은 자네들의 힘을 가늠하기 위한 자리라오. 승패와 관계없이 내용에 따라서는 양쪽 다 합격, 혹은 불합격을 받는 상황도 일어날 수 있는 만큼 두 파티는 모두 사력을 다해야겠소. 오오, 또한 말할 필요도 없겠으나 과한 공격은 엄금이라오. 어지간한 부상은 길드에서 대기시킨 회복술사가 즉각 치유해줄 테지만, 거기에도 한도가 있지 않겠소. 그럼, 개시하시오!』"

부우우우우우웅!! 개시의 신호로서 낮은 울음소리가 울려 퍼진다.

그 소리가 들린 순간, 우리는 세 사람 모두 반사적으로 달려 나갔다.

내가 똑바로 거리를 좁혀 뛰쳐나가고, 마이와 유토는 좌우로 커다랗게 우회해서 달음박질친다.

정석대로 따르면 돌격을 감행하는 내게 레티시아가 견제 공격을 날리는 한편 좌우로 나뉜 두 사람을 나머지 인원이 경계해야 할 테지만…….

"카이 군~!! 아하하핫! 이런 곳에서 만날 줄이야!!"

"크윽, 쳇!"

그러나 정석 따위는 알 바 아니라는 듯이 노노릭이 나를 목표로 뛰쳐나왔다.

서로가 겨눈 검이 맞부딪치며 둔탁한 금속음과 함께 불꽃이 흩날린다.

【시초의 심검】과 【뇌창의 눈물 칼】이 노노릭의 두 자루 백검과 맞물리고 맞민다.

'노노릭 말고 다른 둘은……. 제길, 역시 쉽게 갈 수가 없구나!'

일순간 시선을 떼자 레티시아와 마이가, 리리아와 유토가 각각 부딪치는 광경이 보였다.

맨 처음 상정했던 구도와 완전히 다른 조합이다.

팀 단위로 연계를 취해야 하는 전투로 흘러가는 것이 가장 위험했던지라 최악은 모면했지만, 역시 쉽게는 풀어낼 수가 없겠다.

"아앗! 한눈판다!!"

부웅, 고무가 늘어나는 듯한 유연함으로 하얀 칼날의 찌르기가 닥쳐들었고, 아슬아슬하게 회피한 내 뺨에 검압으로 칼자국이 새겨졌다.

"큭!! 으, 으랏차!!"

'이 자식! 왜 더 강해진 건데!!'

세차게 검을 휘둘러서 강제로 거리를 벌리고자 했다.

그러나 노노릭은 내 검을 흘려 쳐내고 달라붙어서 거리를 벌려주지 않는다.

"이번에는 절대 안 헤어질 거야!!"

"치근대지 마라!!"

내 능력치는 마지막에 싸웠을 때에 비해 상당히 많이 올라갔다. 그럼에도 불구하고 살짝만 힘을 덜 쓰면 그 빈틈을 적확하게 찔러 들어온다.

즉 이것은 능력치가 아닌 순수한 검술 기량의 차이였다.

"아하하하핫!! 즐겁네, 즐거워라! 줄곧 기다렸거든?"

"방해하지 말래도! 어떻게 살아 있는 거냐, 이 자식아!!"

"사랑에 빠진 소녀는 어떤 장해물도 극복하는 법이야!"

"징글맞은 소리 좀 작작 지껄여라!! 『루뇌(淚雷)』!!"

"와, 와앗, 여, 얼, 려, 얼, 하다아~!"

빈틈을 노리는 날카로운 시선과 끊임없는 검극의 폭풍.

내가 날린 세 가닥의 전격도 당황하는 내색조차 않은 채 몸을 구부리고 비틀어 피하면서 역시 거리를 벌려주지 않는다.

"아하하핫!! 이거야, 이거! 가랑이에 바짝바짝 열나는 느낌♪"

"거짓말이지! 뭐냐, 웬 몸놀림이!!"

할짝, 쓸데없이 요염하게 노노릭이 입술을 혀로 훑는다.

'진짜 거슬린다, 이 자식!!'

죽여서는 안 된다. 주위에 피해를 발생시켜도 안 된다. 조정에 주의를 할애해야 하는 큰 기술은 쓰지 못한다.

순수하게 검으로 제압할 수밖에 없다. 게다가 죽여도 죽지 않는 상대를.

"눈물이 날 것 같다! 이 자식 도대체 뭔데!!"

승리가 목적은 아니었다. 그러나 가장 중요한 목적을 완수하기 위한 경로는 여전히 닫혀 있었다.

☆

'벌써 예정이 틀어져버렸잖아요, 오라버니!'

전투 개시를 알리는 목소리와 동시에 레티시아 씨를 상대하겠다고 말하며 달려 나갔던 오라버니는 곧장 노노릭이라는 이름의 소녀와 접전을 벌이고 있습니다.

개시 2초 만에 작전 폐기라니요. 플래그 회수가 너무 빠르지 않나요, 오라버니.

연속되는 검극은 멎을 낌새가 없고, 오라버니는 저곳에서 움직이지 못할 것 같습니다.

'그렇다면 제 상대는…… 저 여자군요.'

마왕 레티시아.

이 세계에서 가장 가까이 오라버니의 곁에 있었던 오라버니의 연인.

확실히 귀엽네요. 응, 미소녀라고 부르는 데 아무 지장이 없겠어요. 마음씨도 아마 문제없겠죠.

……그렇지만, 판단과 수용은 다른 문제입니다.

마침 절호의 기회니까요, 몸소 부딪쳐서 확인하도록 하죠.

"흐흥~ 흥, 나의 상대는 그대인가? 우선 살짝 솜씨를 보자꾸나."

"아! 흐읏!!"

비처럼 날아드는 수십 발의 석창, 서둘러 바람을 두른 언월도로 쳐올려서 날려버립니다.

미처 전조를 감지도 못 하도록 신속한 마법 발동과 치밀한 컨트롤

은 과연 마(魔)의 왕이라 불릴 만큼 뛰어난 기량을 느낄 수 있었습니다.

'그래도, 대응이 아예 불가능한 정도는 아니에요. 아무튼 가능한 한 요란하게 싸워야 하면 근거리보다 원거리에서 마법전을…… 앗?!'

"느리잖느냐!"

"빨랏?!"

상대에게 의식이 소홀해졌던 사고와 요격 동작의 사각을 파고들며 글자 그대로 날아서 거리를 좁혀 옵니다.

뒤쪽으로 분출한 바람을 이용하는 속도 앞에서 제법 떨어져 있던 거리가 거의 한순간에 사라졌습니다.

즉각 칼날을 돌려 언월도를 내리 휘둘렀습니다.

"어설프군, 어설프구나. 에잇!"

"크?!"

그러나 빨간 머리카락이 쭉 선을 긋는 것처럼 소녀는 흡사 순간이동과 다를 바 없이 부자연스럽게 바로 옆쪽에 비켜서서 칼날의 궤적을 피했습니다. 곧이어 쭉 뻗어 나오는 것처럼 불꽃을 두른 주먹이 들이닥칩니다.

'안 돼요! 가만 버텨도 부러져버려!'

열풍이 살갗을 어루만지고, 직전에 주먹을 막아 낸 언월도의 자루가 삐걱삐걱 불길한 소리를 내고 있습니다.

"가려줘, 『암뢰풍(闇雷風)』!!"

무기가 한계를 맞이하기 전에 바람의 힘을 써서 상대의 힘을 흘려보내고자 공중에 뛰어오릅니다. 그와 동시에 자전을 두른 검은색 바람이 퍼져 나가며 상대의 시야와 행동을 방해했습니다.
"괜찮은 대응이로구나. 하나……."
"앗, 어떻게?!"
만화처럼 갑자기 등 뒤에서 나타난 레티시아가 전기에 감싸인 듯 따닥따닥 소리가 나는 다리를 치켜들고 있었습니다.
"나를 맞상대하기에는 아직 실력이 조금 부족하구나."
'이미 늦었어……!!'
치켜 올라간 다리에 기껏해야 무기의 자루를 갖다 대는 것이 고작이었습니다.
그런데도 촉박한 저항마저 비웃듯 레티시아의 다리가 한층 더 높이 파지지직 소리를 내며 언월도의 자루를 투과합니다.
"끄으앗?!"
묵직한 일격을 정통으로 맞아 아무런 저항도 못한 채 바닥에 나가떨어졌습니다.
"도대체, 뭐죠, 방금 공격은……. 진짜 반칙이잖아요……."
"안심하거라, 나는 마음씨 넓은 여자이니라. 가르침을 베풀어주마."
작은 가슴을 당당하게 내민 레티시아가 어린아이처럼 보입니다.
그렇지만요…….
'이래서는, 괜히 솜씨를 시험하겠다고 쓸데없는 생각을 했다면 눈 깜짝할 틈에 당해버렸겠네요.'

☆

검극의 합(合)은 이미 이백을 넘어섰다.

『신체 조작』과 『마력 조작』을 이용한 신체 강화도, 『천구』 및 『신각』 스킬을 이용한 다각 공격도, 『사고 가속』에 『시각 진화』를 조합한 반응 속도의 강화도, 『기척 은폐』 및 빈틈이 적은 심검의 능력을 쓰는 불의의 공습까지 구사하고 있다.

"아하하하핫!! 즐겁네, 즐거워라! 음후후훗♪"

그런데도 무릎 꿇리지 못한다. 사방에 울려 퍼지는 검극이 멎질 않는다.

물론 전력을 발휘하지는 않았다. 그럼에도 노노릭의 실력에 맞춰야 하는 바람에 당초 예정했던 수준보다 높은 레벨의 전투력을 과시해야 하는 상황에 처했다.

마이와 레티시아, 유토와 리리아도 원했던 대로 요란하게 대결을 벌여주고 있는데도 나는 노노릭을 물리치지 못했을 뿐 아니라 레온의 곁에 다가갈 기회마저 아직 만들어 내지 못했다.

'어떻게 하지? 경계당할 위험을 각오하고 본 실력을 끌어낼까? 그렇게 하면 혼란을 틈타 레온에게 가까이 접근……. 안 된다. 지나치게 뻔한 수작은 내가 오히려 의심을 산다. 레온과 리리아를 갈라놓지 않는 상황에서는 너무 위험해.'

검극은 유지에 머무른 채 나머지 여력으로 작전을 궁리한다.

그러나 좋은 방안은 떠오르지 않았다. 잔재주 쪽 기술은 이미 모조리 시도했다.

'제기랄, 지금 단계에서 방해를 받을 순…… 아차!!'

"거봐, 자꾸 한눈파니까 실수하는 거잖아?"

맑은 종소리 같은 검극의 속에 일순간이나마 탁한 소리가 섞였다.

조바심 때문일까, 망설임 때문일까. 휘두르는 검 한 수가 어긋났다. 사소한 일격 때문에 압도적으로 형세가 불리해지고 말았다. 이제 공격 몇 번이면 나는 노노릭에게 패배한다.

'망설일 틈이 없잖냐!! 이렇게 된 이상 조금 억지더라도 관객석에 레온이 있는 곳에다가 직접…….'

사실상 이번 검의 대결은 나의 패배다.

그러나 복수의 발판마저 잃을 순 없는 노릇이다.

내가 결심을 굳힌 그때였다.

"냐~하핫! 아직껏 애먹고 있는 게냐, 노노릭! 자, 거들어주마!!"

불쑥 생억지를 부리며 울려 퍼지는 목소리.

그와 동시에 순간적으로 대량의 마력이 주입된 탁구공 사이즈의 불꽃 구슬이 무수히 날아들었다.

"으앗?!" "엑!"

그 화염구를 피하기 위해서 나는 노노릭과 거리를 벌렸다.

'마이가 당했나?! 어쨌든 기회가 왔다!!'

"끙."

나와 노노릭의 사이를 지나 날아간 화염구는 곧장 레온을 포착했다.

"어이쿠, 안 되지, 안 돼."

레온이 막 날아드는 화염구에 대비하여 태세를 갖췄지만, 레온이 요격을 실행하기 전에 레티시아가 화염구의 폭풍을 조작하여 궤도를 위쪽 방향으로 꺾었다.

그러나 갑작스러운 궤도 변경으로 화염구가 다다른 곳은 레온의 바로 위, 관객석의 지붕이었다.

"위험해!!"

폭발과 함께 큼지막한 파편이 레온에게 낙하하는 광경이 보였기에 나는 흡사 레온을 돕겠다는 듯 흉내 내면서 달렸다.

레온은 물론 이만한 돌발 사태에 동요하는 남자가 아니다.

"흠! 『사자포탄(獅子砲彈)』!!"

레온의 주먹에 모인 마력이 빛을 발출한다.

밀어 친 주먹에서 발출된 마력이 사자의 얼굴처럼 선화(線畫)를 형성하면서 추락하는 파편들을 날려버렸다.

배 속 깊숙한 곳을 뒤흔드는 듯한 굉음과 함께 파편은 물론이거니와 반쯤 붕괴된 지붕마저 싹 날려버려서 맑은 푸른색 하늘이 내다보인다.

"레온 황자! 다친 덴 없으시오?!"

"별일 아니네. 그나저나 미안하게 됐네, 카이토 공. 뜻하지 않게 승부를 중단시켜버렸군."

레온은 안부를 묻는 발레리아를 제지한 뒤 나를 돌아봤다.

"아뇨, 안 다쳤다니 다행입니다."

『천구』를 써서 관객석에 도착한 뒤 나는 고개를 가로저었다.

"그렇다 해도 승부에 찬물을 끼얹은 셈이잖나. 다만 적당한 시점이었군."

"그렇소. 더 이상 건물이 파손되면 곤란하다오. 본래 목적은 이미 충분하게 이뤘소."

다시 훈련장 안에 발레리아의 목소리가 울려 퍼진다.

"후유, 시험은 종료라오. 우선 이동하겠소."

훈련장은 대결을 시작했을 때와 비교하면 이곳저곳이 엉망이었다.

마이는 레티시아에게 당한 뒤 기절한 모습이다.

한편 유토는 리리아와 줄곧 전투를 진행했는지 양쪽 다 살짝만 지친 기색을 보인 채 차림새를 정돈했다.

레티시아와 노노릭은 기운이 넘쳐나는 듯 장난치는 분위기로 싸우고 있다.

"자, 나는 이후에 다른 예정이 있군. 시험의 합불은 발레리아에게서 전달받으면 될 터인데……. 뭐, 결과는 굳이 말해줄 필요가 없겠군. 전장에서 만나면 잘 부탁하겠네."

"그래, 잘 부탁하자고."

훗, 무뚝뚝하게 웃는 레온에게 나도 속내를 감춘 채 웃어줬다.

뜻밖의 불상사만 이어지던 가운데 결국 최후의 순간이 오기 전에 유리하게 이용할 수 있는 전개가 찾아와줬다.

'마력 채집은 무사히 마쳤다. 마지막 열쇠는 이렇게 손에 넣었다.'

조금 더, 이제 조금만 더.

네가 캄캄한 어둠 밑바닥에 떨어질 때까지, 이제 조금만 더 기다리면 된다.

☆

"……으응, 음, 여기는……."

"오, 일어났냐."

팟, 빛이 비치는 것처럼 의식이 또렷해졌습니다.

눈을 뜨자 오라버니의 얼굴이 보였습니다.

"오라버니, 이곳은 대체……. 저는……."

간소한 침대에서 몸을 일으키고 주위를 둘러봅니다. 낯선 방 안의 광경에 살짝 혼란이 일어납니다.

"여기는 길드에서 내준 방이다. 기절한 네가 깨어날 때까지 잠시 쉬어야 할 테니까 신세 좀 졌지."

오라버니는 침대 옆 의자에 앉아서 펼쳐져 있는 책을 팔락거리며 넘겼습니다.

"기절……. 그랬, 군요. 죄송해요, 오라버니. 저는……."

모의전의 내용을 떠올립니다.

'아무것도 통하지 않았어…….'

완벽하게 손바닥 위에서 놀아났을 뿐 제대로 된 반격 한 번도 못 했습니다.

저는 얼굴을 들어 올릴 수가 없어서 고개 숙이고 말았습니다.

"대충 네 머릿속 생각이 짐작이야 된다만……. 지금은 사과할 때가 아니잖냐."

"아얏?!"

그러나 오라버니는 머리카락을 붙잡아서 거칠게 얼굴을 들게 만들었습니다.

"고개 숙이지 말란 말이다."

처음으로 오라버니에게서 받은 난폭한 처사에 심장이 꾹 죄어듭니다.

실망시켰다, 버림받는다. 그런 공포로 인해 눈자위에 눈물이 떠오릅니다.

그렇지만…….

"안다니까, 내 작전과 달리 대결의 구도가 어긋났다든가 이기기 위한 싸움이 아니었다든가 이런 변명은 필요하지 않을 거다. 여유 부리다가 전부 간파당하고 철저하게 손바닥 위에서 놀아났다는 게 부끄러운 거잖냐?"

틀렸습니다. 저런 행동을 오라버니가 할 리가 없었습니다.

나지막하게, 강하게 오라버니의 목소리가 울려 퍼집니다. 꿰뚫어 보는 듯한 눈동자가 저를 주시합니다.

『안심하거라, 나는 마음씨 넓은 여자이니라. 가르침을 베풀어주마.』『이런, 이런, 동작이 크구나. 반사 신경만 갖고 무기를 휘두르기 때문이니라.』『더 시야를 넓게 가져서 모든 것을 관찰하거라. 거리에 구애되지 않는 만능형일수록 더더욱 관찰력을 단련해야 맞지 않겠느냐.』『상대를 잘 보란 말이다, 상대를. 혼자 실력을 뽐내는 전투가 동격 이상에게도 통할 것 같더냐?』『슬슬 마쳐야겠군, 더 힘껏 절차탁마하거라.』

머리에 스치는 것은 레티시아에게 지적당했던 말들.

하나하나, 자만을 자각해야 했던 말.

"그렇다면 고개 숙이지 마라. 지쳐서 고개 숙이는 건 괜찮아. 휴식을 위해 아래를 보는 것도 괜찮아."

제게 실망했던 게 아니었습니다. 저를 버리려는 게 아니었습니다.

다만 다정한 말로 위로해주지도 않았습니다.

"근데 말이다, 부끄럽다는 생각이 들었을 때만큼은 고개 숙이지 마라! 똑바로 앞을 쳐다봐라. 자신을 돌아봐라. 눈 돌리는 행동이 용납될 만큼 이 세계는 만만하지 않아. 단지 위로만 받고 싶다는 어리광을 용납할 만큼 편안한 길은 걸어갈 수 없어."

"……으."

나아가라, 나아가라, 나아가라, 나아가라고, 냅다 떠미는 듯한 세기로 등을 때립니다.

"열심히 잘 싸웠다는 괜한 소리는 않겠다. 다음에는 분명 괜찮으리라는 장담은 못 하겠다. 실패했다는 생각이 들면 용서를 구할 대상은 다른 사람이 아니라 자기 자신이지. 맞잖아?"

"오라버니는, 심술쟁이예요. 예쁜 여동생에게 창피를 주는걸요."

꾹, 입술을 깨물었습니다.

단호한 말은 도망칠 길을 봉인해버렸습니다.

"여동생은 조금 더 다정하게 타일러줘야 착한 오라버니잖아요."

"유감이군. 착한 오라버니는 꽤나 전부터 품절 상태라서."

"……거짓말쟁이예요. 거짓말쟁이 오라버니예요."

"그러냐."

훗, 오라버니의 얼굴에 살짝 웃음이 떠올랐습니다.

"어때, 내가 반한 여자는 진짜 굉장했지?"

"……다음에는 안 질 거예요."

"그래, 잘해봐라. 뭐, 되도록 레티시아와 안 싸워주길 바라고 싶기는 한데."

"저기 말이에요, 상처받은 여동생한테 여자 친구 자랑은 너무하잖아요. 못된 오라버니예요."

"그 부분은 그게 말이다, 음. 어쩔 수 없어."

"전혀 설명이 안 되잖아요. ……오빤 바보야."

저는 눈물을 보이고 싶지 않아서 오라버니에게 안겨 들었습니다.

거칠게 머리를 붙잡았던 손은 어느 사이인가 마냥 다정하게 머리카락을 쓰다듬고 있었습니다.

"자, 슬슬 나가보실까."

결국 여동생에게 약하고 약한 오라버니는 제가 진정할 때까지 줄곧 다정하게 머리카락을 쓰다듬어줬습니다.

직전에 난폭하게 머리를 붙잡혔던 탓인지 평소보다 기분 좋게 느꼈습니다.

……난폭한 손길도 아주 나쁘기만 하진 않네요.

"그나저나 유토 오빠는요?"

"유토는 아까 먼저 숙소로 돌아갔어. 리리아를 혼자 감당하기에는 아직 버거웠나 봐, 숙소에서 쉰다더라. 걸어서 숙소로 돌아갈 만큼 체력은 남아 있었으니까 말이야."

침대 숫자는 여유가 있었겠지만, 딱히 다쳐서 못 움직이는 지경도 아닌 사람에게 사용을 허락할 만큼 관대하지는 않은 듯합니다.

"아, 맞아. 어쨌든 목적은 달성했어. 이게 S랭크 모험가의 증명이지. 잃어버리지 마라."

오라버니가 금속으로 테두리를 장식한 붉은색 플레이트를 목에 걸어줬습니다.

"이제 전장에 당당하게 잠입할 수 있는 대의명분은 확보한 거야. 이다음은 수확을 기다리는 것뿐이지."

저는 침대에서 일어나 함께 문을 열고 밖으로 나갔습니다.

끼익끼익 소리가 나는 목제 계단을 내려가서 수점 겸 식당이 병설되어 있는 길드의 접수처로 나옵니다.

"음하하하하핫! 여봐라, 이 고기 요리를 한 접시 더 가져오거라!"

"저기, 저기, 거기 오빠야. 노노랑 재밌는 거 하지 않을래?"

그때 귀에 익은 목소리가 들려왔습니다.

"오? 오오오! 이제야 내려왔구나아!"

마실 것을 한 손에 들고 휙휙 휘두르는 저 사람은 레티시아 씨였습니다.

무의식중에 움찔, 몸이 굳어지는 게 살짝은 트라우마가……. 앗, 안 됩니다. 방금 막 오라버니가 등을 밀어줬는데 힘을 내야죠.

"……식사 중인가?"

"그러하다, 좋은 운동을 하지 않았더냐. 마땅히 연료를 보급해야지. 너희도 여기에 앉도록 해라. 이곳의 요리는 제법 맛이 좋구나."

레티시아 씨는 활짝 웃으면서 고기가 붙은 뼈를 쥐고 흔들었습니다.

아, 향신료와 살짝 탄 양념의 맛있는 냄새가…….

"아니, 별로 밥은『꼬르륵』……먹고 가야겠군."

제, 제 배는 아무 소리도 안 냈어요. 그럼요, 착한 여동생은 어떻게 된 일인지 전혀 모르겠네요.

그러나 시간대는 점심 식사에 마침 알맞은 무렵이었습니다.

오라버니와 저, 2인분의 식사를 주문하고 자리에 앉자 곧 요리가 나와서 오래 기다리지는 않았습니다.

"아까는 미안했구나. 마지막은 살짝 손을 과하게 써버렸군. 후유증이 남을 상처는 나름 피했다만, 어디, 괜찮았더냐?"

"아, 아녜요. 잠깐 정신을 잃어버렸지만, 가벼운 타박상이랑 찰과상 정도라서……."

"그렇구나. 잠시 실례하마."

"아, 이거……."

파앗, 취옥색의 빛이 제 온몸을 휘감았습니다.

그리고 찰나가 채 지나기도 전에 은근한 아픔이 남은 몸에서 통증이 사라졌습니다.

그뿐 아니라 어쩐지 피부가 매끄러워진 것 같기도…….

"이제 되었느니라."

"아앗~ 치사해~! 노노도 걸어주라. 이거 효과면 피부 윤기가 달라진단 말야."

"에잇, 이 녀석아, 불쑥 손을 내밀지 말란 말이다! 걸어줄 테니 진정하거라."

"응응, 산뜻한 느낌~♪"

"거참, 대책 없구나."

노노릭 씨에게도 저와 똑같이 취옥색이 깃듭니다.

“그래, 너희는 이제부터 어찌할 계획이더냐? 우리는 물자를 마련하는 대로 전장에 나갈 예정이다만…….”

“우리는 잠시 더 이 도시에서 머무를 예정이다. 너희와 대결한 덕에 아직은 힘이 부족하다는 생각이 들더라고.”

“그런가. 아니, 뭘. 나름대로 귀한 인연이잖느냐. 함께 다닌다면 어떨까 싶었을 뿐이니라. 그나저나, 흠, 수행을 더 하겠다는데 어쩔 수 없지. 끄읏, 잘 먹었다, 잘 먹었어.”

빈 접시에 딸그락, 스푼을 내려놓습니다.

“자, 우리는 슬슬 가련다. 전장에서 다시 만난다면 잘 부탁하지. 이 녀석, 노노릭.”

“엥? 노노는 아직 움직이기 싫은데~.”

“어, 허. 물품 매입차 외출한 언니에게서 『심화』가 들어왔단 말이다. 어서 가자니까.”

짤랑짤랑, 동전 몇 개를 놓아두고 레티시아 씨는 노노릭 씨를 잡아 끌면서 일어섰습니다.

“또 보자꾸나.”

“바이바이~♪”

오라버니가 가볍게 손을 들어서 대답하기에 저도 허둥지둥 손을 살짝 흔들었습니다.

딸랑, 문에 매달린 종이 울리면서 두 사람은 이곳을 떠나 사라졌습니다.

“……후유, 아직 여기에 남아 있었다는 건 알았지만, 저쪽에서 먼저 알은척하다니."

"노노릭 씨도 아는 사이였네요, 오라버니."

"그래. ……분명히 내 손으로 죽였어, 죽였을 텐데. 도대체 왜 살아 있는지, 쯧. 검을 맞대본 느낌으론 나를 특별히 원망하는 것 같지도 않고."

"어떻게 할 건가요, 이제부터. 노노릭 씨도, 리리아 씨도. ……레티시아 씨는, 어떻게."

"……어떻게 하고 말 것도 없어. 레온과 레티시아 쪽 일행 양쪽을 동시에 상대할 만한 전력은 없으니까. 레티시아는 자기들끼리 먼저 도시를 떠날 분위기니까 쓸데없는 짓 말고 가만히 기다리면 그만이지."

"……."

"계획을 위한 불씨는 오늘 붙인다. 레온이 피어오르는 연기를 알아차렸을 무렵에는 레티시아도 이 도시에 없어. 레티시아에 대한 대응은 다음에 다시 고민하면 된다. 그 밖에도 살펴봐야 할 문제가 많이 있잖냐."

오라버니는 그렇게 말한 뒤 스푼을 내려놓았습니다.

그 후도 식사를 이어 나가다가 이윽고 배가 적당히 차올랐을 때 탁자 위 접시가 모두 비었습니다.

"자, 우리도 돌아가자. 때마침 멋진 이야기도 끝난 것 같고."

"멋진 이야기? 뭐예요?"

"음, 도착한 다음 유토랑 같이 말해줄게."

식사를 마치고 일어서서 출구로 향합니다.

"아? 오라버니?"

“…….”

그러나 오라버니는 출입구 부근에서 노인과 스쳐 지나간 이후에 멈춰 서버렸습니다.

“할아버지, 또 왔어요?”

“……의뢰는.”

저희와 스쳐 지나간 후 노인은 의뢰인이 줄지어 서 있는 카운터 쪽에 다가갔습니다.

“의뢰는, 누가 받아주었는가?”

“아니요, 아직 저쪽에 그냥 붙어 있어요.”

“그런가…….”

노인은 짤막하게 말한 뒤 주점의 구석 자리를 향해 움직였습니다.

“저 노인분과 무슨 일이라도 있었나요? 오라버니.”

“……아니, 아무것도 아니야.”

그렇게 말한 뒤 오라버니는 이번에는 돌아보지 않고 길드에서 나갔습니다.

☆

“후유. 어이구, 어이구.”

모험가 길드 2층의 가장 안쪽에 있는 길드 마스터용 집무실.

S급 모험가 여섯 명 몫의 신규 등록에 부수되는 수속 서류를 정리하면서 발레리아는 한숨 쉬었다.

“이제 얼추 처리는 끝났겠다, 드디어 한숨 돌릴 수 있겠군.”

전시하라는 특수한 상황에서 업무가 갑절로 늘어났던 발레리아는 불쑥 솟아난 또 다른 난제가 마무리됐다는 해방감을 느끼는 모습이었다.

“자, 그럼 식사나 챙겨 먹도록 할까.”

곧이어 의자에서 일어서려고 한 바로 그때였다. 발레리아의 책상에 놓여 있었던 새 모양 장식물이 받침대에서 톡 떨어졌다.

“……어이구, 또 골칫거리인가.”

발레리아는 다시 한 번 한숨 쉬었다.

서랍 안쪽, 마력을 차단하는 상자 안쪽에 넣어 두었던 마도구를 꺼낸다.

받침대 딸린 수정 구슬 비슷한 모양의 물건이 엷게 빛을 발출하고 있었다.

『발레리아, 발레리아. 어서 대답하세요.』

“예이 예이, 오래 기다리셨소. 요정 여왕님.”

마도구에서 목소리가 울려 퍼지고, 발레리아는 마도구에다 대고 대답을 한다.

『제물을 준비하세요. 마력 소양이 높고, 가능한 한 무구한 인원으로.』

“알겠소. 그래, 이번에는 몇 명이면 되오? 저번과 마찬가지로 다섯 명 정도면 괜찮으시겠소?”

발레리아는 역시나 이런 요구였나 생각하면서 그렇게 대답했다.

요정 여왕과 연락을 취하기 위해 건네받았던 마도구.

『서른 마리쯤 마련하세요.』

“서, 서른이나 말이오?”

그러나 예상보다 훨씬 더 많은 숫자였기에 발레리아는 말문이 턱 막혔다.

『네, 그렇게 해요.』

"정말로 꼭 서른이나 필요하시오? 그만한 숫자면 수월하게 준비할 수가 없단 말이오."

『필요합니다. 그러나 이유를 당신이 알 필요는 없습니다. 다음 만월의 밤까지 숲에 데려다줘요. 기다리겠습니다.』

부웅, 평소처럼 자기 멋대로 요구만 전달한 뒤 통신은 끊어졌다.

"흐아아아아아아, 또 바빠지겠구나. 다음 만월의 밤이라니, 몇 날 남지도 않았잖은가. 레온 황자는 바보 귀족들에게서 병사를 끌어내야 할 교섭 때문에 바쁘니만큼 결국은 또 잔업만 늘어나겠어."

깊이 한숨을 내쉬면서 의기소침한 모습으로 마도구를 다시 갈무리한 다음 발레리아는 방에서 나갔다.

그 광경을 훔쳐보는 한 마리의 쥐를 알아차리지 못한 채 식사를 하기 위해서 아래층 주점으로 느긋하게 내려간다.

단장 눈물짓는 공범자

미나리스와 슈리아는 바깥 세계와 격리된 공간에서 체력을 모두 소모한 뒤 털썩 쓰러져 있었다.

"허억, 허억, 허억." "히흑, 히흑, 히흑."

전면이 회색을 띠는 큐브 형태의 공간 안, 두 사람은 온몸을 바닥에 내맡긴 채 숨을 가다듬고 있었다.

"흠, 벌써 한계인가? 이 몸께서 친히 상대해주고 있건마는 이런 꼬락서니라니, 만 번을 죽어야 마땅하구나."

그런 두 사람을 내려다보고 언짢은 표정으로 오만불손한 말을 내뱉는 남자가 있었다.

신장이 제법 큰 남자는 호화로운 모피 코트를 몸에 걸친 차림새로 올백 스타일의 회색 머리카락을 쓸어 만졌다.

"가라트 군, 과격하닷~!"

"다물어라, 잉여신. 네 녀석의 부탁 때문에 이렇듯 내가 몸소 지도를 해주고 있지 않은가."

가라트라고 불린 남자는 실실거리며 놀리는 루나에게 언짢은 기색으로 코웃음을 쳤다.

"진조 흡혈귀인 나에게 이런 도움까지 받는 주제에 되레 성장이 늦은 축이잖은가. 다만, 뭐, 더 이상은 몸이 안 움직여질 테지. 흥,

나약한 것들."

"힘들 수밖에 없지 않을까? 이제껏 쭉 휴식도 없이 훈련, 훈련, 훈련……. 재미없단 말이야~! 심~심~하~단~ 말~이~닷~!"

"네 녀석의 시간 때우기 따위 알 바 아니다. 애당초 지금 이러한 상황을 초래했던 원흉은 네 녀석의 모자란 힘이 아닌가. 그런 주제에 뭘 실실거리고 있나."

"으윽, 가라트 군이 괴롭혀어~!"

"……쳇, 잉여신이. 뭐, 되었다. 일단 휴식 시간을……."

""읏!! 아아아이이아아아아아아앗!!""

혀를 차는 가라트의 말은, 그러나 미나리스와 슈리아의 목소리에 의해 차단당했다.

"느, 느껴집니다……. 주인님! 주인님이 계세요……!" "트, 틀림없어요, 아윽, 다행이어요, 다행이어요오~!!"

화들짝 놀라면서 몸을 일으키는 두 사람. 미나리스는 그곳에 없는 누군가의 몸을 부둥켜안는 것처럼, 슈리아는 철철 둑이 터진 것처럼 눈물 흘린다.

"……갑자기 무슨 짓인가, 이 녀석들은."

가라트는 얼굴의 주름이 더욱 깊어지면서도 그저 묵묵히 두 사람의 상태를 지켜봤다.

한편 루나는 응응거리며 고개를 끄덕이고 있다.

눈물을 닦지도 못한 채 마냥 울기만 하던 두 사람은 이윽고 울다 지쳤는지 제자리에서 잠들어버렸다.

"어휴~ 못써요, 못써. 이렇게 자면 감기 걸리잖니?"

루나는 언제 챙겨 놓았는지 손에 든 모포를 마주 누워서 잠들어 있는 미나리스와 슈리아에게 덮어줬다.

훈련 때문에 옷가지가 너덜너덜한 데다가 머리카락은 흐트러졌고 얼굴도 지저분해졌지만, 잠든 두 사람의 안색을 살펴보면 무척 행복한 표정을 짓고 있다.

"이번에는 꼭 지켜 내면 좋겠네."

"……."

잠든 두 사람을 바라보면서 루나가 나직하게 중얼댄 말을 듣고도 가라트는 웬일로 아무 타박을 놓지 않았다.

제4장 깊디깊은 숲과 대지의 비명

S랭크 모험가가 되고 며칠간, 우리는 숙소의 방 안에서 계획에 대해 상의를 했다.

레티시아는 모의전 종료 후 곧장 도시를 떠났다. 레온에게 받은 소개장을 챙겨서 전장에 나갔을 것이다. 또한【종변의 유인】의 영향에 놓인 레온은 자각하지 못한 채 조금씩 신체가 요정종과 가깝게 변화하고 있다.

이미 책동하고 있는 계획이지만 조금이라도 더 유쾌한 복수가 될 수 있도록, 기다리는 동안에도 추후 활동에 대해 점검과 수정을 거듭하고 있었다.

"저기, 카이토, 어차피 폭주를 유도할 테면 도시에서 저지르는 게 좋지 않을까? 그 남자가 진짜 고결한 인물이라면 더욱 큰 타격을 기대할 수 있지 싶은데……."

"아니, 못 쓰는 방법이다. 효과가 아주 없다는 말은 못 하겠지만, 비용 대 효과가 너무 나쁜 데다가 사람이 늘어나면 불확정 요소도 늘어나지. 내 미래 지식은 더 이상 도움이 되지 않는 이상 어떤 방해를 받게 될지 예상할 수 없어."

죽이고 싶은 대상은 레온 하나다. 유토의 말을 따르자면 역시 무관계한 인간이 너무 과하게 휘말린다.

“우리가 순식간에 제압할 수 있을 실력이라면 문제없겠지만 레온은 강하다고. 주변은 아랑곳 않고 전력을 다해 충돌하게 된다면 승부가 어느 쪽으로 기울어질지 장담을 못할 만큼 말이지. 그렇게 됐을 때 우리는 아무리 잘 봐줘도 중범죄자잖냐. 애써 획득한 S급 모험가 자격이 무의미해지지.”

뭐, 모험가 자격이야 이미 별 의미가 없는 상황이다만.

애당초 신분을 숨긴 채 잠입하리라 예상했던 레티시아의 동향을 더욱 수월하게 파악하기 위해서 군 내부에서 행사할 수 있는 권한을 가지려 했는데, 벌써 기묘한 인연을 맺어버렸다.

그뿐 아니라 내가 용사의 지위를 버린 탓인지 그 녀석은 S급 모험가라는 눈에 띄는 신분을 획득했다.

“그래도 그건 첫 번째 때의 경험이잖아? 지금이라면 아직…….”

“오히려 더 많이 강해졌더라. 아마 내 여행에 시간을 빼앗기지 않아서겠지.”

조금 얄궂은 말이지만 여기저기 『용사의 의무』라며 사람들을 돕고 다녔던 나를 따라다는 대신에 오직 힘을 키우는 데 주력했던 결과겠지. 두 번째 세계에서는 내가 아니라 레온 본인에게 맞춘 수행도 쌓았을 테고.

“뭐, 어쨌든 확실히 살짝 부족하다는 느낌은 든단 말이지……. 어떤 방법이든 더욱 큰 고통을 줄 수 있다면 좋을 텐데…….”

그때 문득 마가 낀 것처럼 황당한 생각이 머릿속에 떠올랐다.

……만약에 레티시아를 우리 동료로 끌어들일 수 있다면 복수가 더욱 훌륭하게 마무리되지 않겠나.

레티시아가 힘을 보탠다면, 레온과 깊은 관계에 있다 추측되는 리리아까지 더해서 죽음을 선사할 수 있다면 더욱…….

'뭘 생각하는 거냐, 난. 레티시아의 언니를 죽이려고 하는 주제에, 모순되잖냐.'

그때 끼익, 가볍게 나무 부딪치는 소리가 나면서 문이 열렸다.

"오라버니, 유토 오빠, 요리가 다 끝나서 가져왔어요."

마이가 쟁반에다가 큰 접시 요리를 담아서 들고 방으로 돌아왔다.

어디까지나 경향 수준이지만, 수인은 세밀한 맛은 둘째로 치고 양이 많은 요리를 선호한다. 그런 입맛을 맞춘 까닭인지 포장마차에서 끼니를 때우려고 들면 어디에 있는 곳이든 단조로운 맛의 요리만 잔뜩이다.

그런고로 포장마차 요리도 슬슬 질렸던 터라 각자가 차례차례 요리 당번을 맡기로 했다. 오늘의 요리 당번은 마이였고, 대화 도중에 잠시 빠진 뒤 아래층에서 점심 식사를 만들어 온 거다. 덧붙이자면 메뉴는 몇 가지 향신료를 사용한 마파두부 비슷한 요리였다.

"그나저나, 무슨 이야기를 하고 있었나요?"

우리는 식사를 하며 마이가 없는 동안에 이야기했던 내용을 쭉 알려줬다.

"아하……. 그러면 역시 오라버니는 대죄의 검을 못 쓰는 건가요? 오라버니의 필살기 같은 수단이죠?"

"현재 상황에서는 어렵군. 사자 수인은 코가 발달된 탓에 속임수로 피를 마시게 만들 필요가 있는 『질투』는 난점이 많아. 『나태』는 힘을 발휘하기 위한 저주받은 무기가 없고. 『색욕』은 레온 수준의 실력자라면 상자에 가두기 전에 충분히 회피할 테지. 『오만』은 패널티가 무거워서 추후 활동에 지장이 발생할 가능성이 높아. 『폭식』은 능력의 방향성이 개인을 대상으로 하는 게 아니라서."

나는 자신이 사용할 수 있는 대죄 시리즈의 심검에 대해 쭉 문제점을 꼽았다.

아직 획득하지 못한 『탐욕』과 『분노』의 심검이라면 혹시나 지금 상황에 적합한 능력을 갖고 있을지도 모르겠지만, 자기 유리한 대로 망상이나 해 봤자 당장에 힘이 생겨나는 것도 아니다.

'미나리스와 슈리아와 합류하지 못했던 게 역시 뼈아프군. 독과 환술을 구사하는 미나리스, 마력체에 간섭할 수 있는 고양이는 물론 심지어 꿈의 내용에도 간섭할 수 있는 곰을 사역하는 슈리아. 그녀석들과 합류했다면 얼마나 든든했을까…….'

무사히 살아는 있을 것이다.

S랭크 모험가가 열람 가능한 정보에는 미나리스와 슈리아에 관한 정보는 없었다. 이 도시에서 조사할 수 있는 범위에 미나리스와 슈리아의 정보는 없었다.

그럼에도 이 세계에 돌아온 이후 하루하루마다 미나리스와 슈리아와 맺은 계약이 힘을 되찾아 가는 느낌을 받는다.

두 사람이 가까운 곳에 있거나, 조금 더 기다려서 계약의 힘이 강해지면 계약을 통해 『심화』로 연락을 취하는 것도 가능할 테지.

'먼저 레온에게 복수를 완수한다. 그럼 복수의 계약도 활성화되겠지. 그러니까 지금은 눈앞의 목표에 집중하자.'

"결국 복수할 때는 진검 승부로 맞붙는 방법밖에 없을 거다. 죽이지 않고 무력화시키려면 고생깨나 해야 할 테지만. 뭐, 감당하겠어, 기꺼이."

딸그락, 빈 접시에 놓인 스푼이 소리를 냈다.

"자, 그럼 마지막으로 가볍게 한숨 자 둘까. 오늘이 만월의 밤이잖냐. 발레리아도 곧 움직일 거다."

정말이지. 끝까지 결탁의 흔적이 안 보였던 탓에 발레리아와 요정은 아무 관계가 없는 것인가 몹시 의아했다만, 역시 생각했던 대로 맞아떨어졌다.

"그 자식도 끔찍하게 죽여주겠어."

☆

빛 이끼가 밝혀주는 지하도를 지나간 곳은 만월이 비추이는 밤의 숲.

마력 농도가 짙은 숲속에서 만월의 빛을 받아다 쬐는 나무들이 엷게 빛나는 마력 반응을 나타내고 있다.

몇 초마다 살짝씩 색감이 바뀌는 숲속은 신비적이라는 표현마저 사용할 수 있는 아름다운 광경이었다.

"후유, 언제 와도 만월이 밤을 맞이한 이 숲은 아름답구나."

요정들의 장난질이며 요정 여왕의 과도한 주문만 아니었다면 단 맛을 안주로 술이라도 마시고 싶은 장소였다.

"언니야, 어디 가는 거야……?" "나, 졸려……." "으아앙, 으아아앙!" "……." "다리 아파라……." "자, 조금만 더 힘내."

'으음, 그리고, 이런 아이들이 없었다면 말이지.'

나의 주위에는 열 살도 먹지 않았을 작은 인영이 서른 명. 작은 인영들은 아이에게 안겨 있는 갓난아이를 포함해서 여러 인종이 뒤섞여 있는데, 모두 하나같이 초라한 차림새였다.

'아이고, 이런. 이렇게 많은 숫자면 단지 데리고 움직이는 것도 귀찮은 일이구나.'

요정 여왕 베리벨이 부정기적으로 요구하는 『투정질』 때문에 비밀리에 만들어 놓은 통로, 도시와 숲을 연결하는 샛길.

철저하게 처리를 마친 덕분에 지금은 나만이 알고 있는 이 지름길은 흙 마법으로 길어 다니기 수월하게 정비된 일직선의 길이었지만, 거리가 제법 된다.

다수의 아이들을 데리고 걸으려니까 노구에는 살짝 버겁구나.

게다가 밤의 싸늘한 공기는 노인의 폐에 부담을 주지 않는가.

"이 녀석들아, 어서 가자꾸나."

"하, 할아버지, 여기, 어디야?"

"흠, 떠들지 말고 조용히 따라오라고 설명했을 텐데."

전쟁이 터진 까닭에 일가친척을 여읜 고아는 많다. 이곳에 있는 아이는 도시 구석에서 쪼그려 앉아 있었던 저런 아이들이었다.

요정이 취향껏 내건 『무구한 사람』이라는 조건도, 약간의 먹거리와 돈을 보여주면 금세 따라오는 어리석음도 아이가 더욱 수월하게 충족할 수 있기 때문에 안성맞춤이었지.

게다가 아이라면…….

"그, 그래도, 숲속에 온다는 말은 하나도 못 들었는데……. 다른 아이들도……."

"아이고, 거참, 시끄럽구나. 듣기 싫으니 다물거라."

사람들 눈만 사라지면 뒷일은 어떻게든 해치울 수 있잖은가.

"어? 꺄악?!"

더러운 손으로 옷자락을 붙잡고 있던 소년을 뿌리친다.

그리고 대기시켜 놓았던 마법을 기동했다.

철커덕철커덕 소리를 내며 구현된 마력 쇠사슬은 주위에 있던 아이들의 손목에 묶여서 연결됐다.

내 팔에는 모든 쇠사슬이 한데 묶여서 한 가닥의 사슬이 쥐여 있었다.

"길드 마스터라는 지위는 속박이 참 많아서 곤란하다니까. 어린애를 상대할 때도 체면을 신경 써야 하지 않는가."

지위에 어울리는 사치를 충분히 누리고 있는 만큼 불만이야 없지만 말이지.

"자, 예정보다 많이 늦어졌겠다, 빨리 이동해야겠구나."

어린아이의 걸음에 맞춘 이동 속도로 지하도를 걸어온 탓에 평소와 달리 꽤 지체됐다.

시간 감각이 사람과 다른 요정이래도 녀석들이 보통 변덕스러워야지.

괜히 짜증을 부릴 근거는 조금이라도 안 내주는 게 상책이다.

"풀어줘, 갑자기 왜……!" "할아버지?!" "아파앗!!" "싫어, 싫어 싫어 싫어엇!!" "으으아아아아아앙! 아아아아앙!!"

바득바득 아이들을 잡아끌면서 숲속을 나아간다.

요정 여왕이라는 이름에 어울리게 초연한 태도로 일관하는 베리벨이 이번에는 안달 난 모습을 보였잖은가. 후딱 아이들을 넘겨주고 몸을 빼내는 것이 상책이지.

“으음, 나도 나이를 먹었구나. 아이 목소리가 귀청을 울리는군.”

“어째서?! 어째서 이런 짓을 하는 거야……?!”

“요정 여왕과 맺은 계약이란다. 내가 편하게 출세하는 대가로 요정 여왕의 요구를 따라주겠다고 약속한 게지.”

반항하는 아이들을 강제로 잡아끌면서 언제나 요정 여왕과 밀회를 가질 때 이용했던 장소로 걷는다.

아기가 포함되긴 했어도 여느 때처럼 다섯, 여섯 명이 아니라 서른이나 잔뜩 끌어가려니까 제법 중노동이구나.

“드디어 도착했군.”

잠시 후 도착한 곳은 숲 안쪽에 몇몇 돌기둥이 쓰러져서 원을 그리고 있는 살짝 트인 장소.

“이보게나, 베리벨……. 으음?”

그곳의 중앙으로 가려던 때, 불현듯 잡아끄는 쇠사슬에 돌아오는 저항이 강해졌다.

“뭐냐? 사슬이 나무에 걸리기라도 했나?”

고개 돌려서 보면 뒤편에는 사슬에 묶인 아이들이 서 있다.

‘……뭐지? 분위기가 이상하구나.’

방금 전까지 잡아끄는 대로 따라오던 아이들이 머리를 숙인 채 나란히 한 줄로 직립해 있다.

아파, 아파, 떠들어 대던 아이며 손위 형제자매의 등에 업혀 있었던 갓난아이까지.

그리고 입가가 움직이지 않음에도 불구하고 땅속 밑바닥에서 기어 나오는 듯한 목소리가 솟아난다.

“응? 어째서?”

외모와 마찬가지 어린애 같은 새된 목소리, 혹은 잔뜩 쉰 노인과 같은 목소리.

“응? 어째서?” “응? 어째서?” “응? 어째서?” “응? 어째서?”

마치 사전에 약속이라도 한 것처럼 천천히 아이들이 목을 꺾는다.

언제 바꿔치기를 당했는지 알 수 없다만, 이것들은 명백하게 사람이 아니었다.

“……큰일 났구나. 요정들이 함정을 파 놓았는가.”

‘꽤나 둔해졌나 보구나. 설마 이 지경으로 수작을 부릴 때까지 못 알아차릴 줄이야.’

젊은 무렵에 헤치고 나온 수많은 수라장에서 느꼈던 어둠 너머의 끈적끈적 젖은 눈길에 주시당하는 죽음의 기척.

“어째서.” “응? 어째서야.” “대체 어째서.” “어째서?” “어째서.”

뿜어 나오는 땀에 습기를 띠는 피부.

이미 아이들로 분장한 괴물의 목은 생물의 구조상 말이 안 되는 각도까지 돌아가 있다.

“흥! 무엇이 목적인지 모르겠구나. 그렇다 한들 나 발레리아, 결코 쉽사리 당해주지는…… 무어냐?!”

뽈록, 부풀어 오른 지면에서 튀어나온 것은 뼈만 남은 인간의 손.

괴물과 아직 연결된 쇠사슬을 이용하려던 때에 어린아이의 신체로 짐작되는 작은 손뼈가 내 다리를 붙잡았다.

"쳇, 언데드인가?! 걸리적거리…… 으극?!"

처음에는 미약한 힘이었다. 그러나 뿌리치려고 하자마자 갑자기 힘이 강해진다.

그뿐 아니라 마치 물이 갑자기 끓어넘치는 것처럼 볼록볼록 지면에서 수많은 손이 뻗어 나온다.

"꺼흑, 이, 이것은?!"

"너를 원망하는 사람들이다. 그 녀석들은."

"……읏?!"

일순간 온몸이 꽁꽁 묶인 것처럼 움직여지지 않았다.

저 말은 어둠에 휘감겨 있는 몹시도 두꺼운 죽음의 말뚝처럼 내 몸을 꿰어 박았다.

"요정 여왕은 네게 제물을 요구했지. 추악한 장난질에 쓸 장난감으로, 더욱 큰 힘을 위한 공물로, 증식을 목적으로 하는 묘목으로."

"그, 목소리는……! 끄가각!!"

최근에 막 들었던 목소리.

그러나 목소리의 주인 때문에 놀랄 틈조차 없이 둑이 터지는 듯한 기세로 기어 나오는 수많은 뼈가 휘감기고 달라붙더니 차마 믿기지 않는 강한 힘으로 재 피부를 잡아떼거나 혹은 물어뜯기 시작했다.

"놓아라! 언데드 따위가 나를……?! 무, 무어냐?!"

마구 들러붙는 스켈레톤 놈들을 때려 부수고자 주먹을 휘둘렀지만, 마치 이곳에 실체가 존재하지 않는 양 주먹이 허공을 가른다.

“이, 이것은, 평범한 스켈레톤이, 끄으그극!!”

“원한은 속박된다. 부조리를 예비하는 세계에, 자신들을 농락한 요정들에게, 자신들을 지옥에 밀어 넣었던 너에게. 이 숲에서, 나무들의 마력에 뒤덮여 숨죽이면서도 바래지지 않고 스러지지 않겠다며 악착같이 버텼던 거다.”

아프다, 아프다, 아프다, 아프다!

투둑, 살점이 찢겨 나간다. 깨물고 씹고 질척거리는 소리가 난다.

‘어, 어째서냐! 탄력성이 뛰어난 나의 피부가 이리도 속절없이…….’

사각사각사각, 상처 부위에서 온몸으로 서리가 뿌리를 내리는 듯한 냉기가 파고든다.

—잡아먹힌다, 살점 하나까지 물어뜯긴다.

“네 녀석이! 네 녀석들이 무슨 수작을 부렸구나!!”

혼란에 빠진 와중에도 대답을 찾아 눈앞의 3인조에게 소리친다.

“아니? 우리는 아무것도 안 했어. 너를 상대하기에 어울리는 건 우리가 아니잖냐. 그러니까 우리는 단지 힘을 빌려줬을 뿐이다.”

“““…….”””

S랭크 모험가의 지위를 갖고 전장에 나서고 싶다면서 시험을 치르고자 왔던 3인조.

한 걸음 앞에 나서는 리더 사내의 지독하게 싸늘한 얼음장 같은 목소리.

“용서 못 하겠냐고 물어봤더니 죽어서도 결코 용서할 수 없다며

도와달라더라. 그래서 몸을 만들어줬다. 지울 수 없는 증오를 더욱 단단하게 다진 찰나의 몸을 말이다."

그렇게 말한 뒤 남자는 엷게 미소 지었다.

싸늘하게, 싸늘하게, 오직 싸늘하게, 길가의 해충을 내려다보는 혐오의 눈빛으로.

"설령 자신들에게 아무것도 남지 않는다 한들 하다못해 불합리하게 자신들을 착취했던 상대의 모든 것을 빼앗기 위한 힘을. 그 녀석들은 언데드가 아니다. 지금 한순간만큼은, 내가 힘을 빌려주고 있는 찰나 동안만 형체를 얻은 원념의 덩어리다."

"크, 레이스인가?! 그렇다면 이따위 것들! 마력을 둘러 후려치면!!"

마력체의 일종인 레이스라면 신체 강화의 응용으로 주먹에 마력을 실어 가격함으로써 흩어버릴 수 있다.

흩어져야 할 터인데…….

"끄그그각!! 어, 어째서냔 말이다?!"

그러나 특기 분야인 물 속성을 불어넣은 주먹을 아무리 내리 휘둘러도 돌아오는 것은 방금 전과 마찬가지로 허공을 가르는 감촉과 붉은 물소리를 함께 울리며 둔중하게 퍼져 나가는 얼어붙을 것 같은 통증뿐.

"고작 레이스 따위와 똑같이 취급하지 마라. 그 녀석들은 이미 살아가는 데 전혀 집착하질 않아. 오로지 증오의 대상 하나만 물어뜯고 잡아먹고 싶은 순수한 원념이니까."

"——~~~~!! 까불지 마라, 애새끼가!!"

이 시점에서 드디어 자신이 죽음을 맞이할 수 있다는 실감이 강렬하게 끓어올랐다.

전장을 떠나 평화에 마냥 절어서 살아왔던 감각이 한순간에 사라져버린다.

분노가, 또한 죽음의 늪에 잠기다가 헤쳐 나왔던 경험이 일시적으로 아픔마저 잊게 만들어줄 만큼 사고를 새빨갛게 달군다.

자기 내부의 마력을 온몸 구석구석에 쭉 퍼뜨림으로써 전신의 세포를 활성화시켰다.

마법 분야에 약점을 타고나는 수인이 다른 인종에게 대항하기 위하여 만들어 냈던 비장의 수단.

"—『수화(獸化)』아아아아아아!!"

그것은 압도적인 전투력을 수인에게 선사한다.

신체 능력의 절대적인 강화.

단순하면서도 명쾌한 능력은 그만큼 강력하기에 이제껏 몇 번이고 나의 목숨을 구원해줬다.

설령 어떠한 궁지에 빠진다 한들 이 힘을 발휘하여 뚫고 나오지 못한 위험은 없었다.

'요정 여왕과 계약을 맺어 얻은 이 힘이 있다면, 이따위 상황쯤이야!!'

허다한 위험을 감수하면서 요정들과 친분을 맺어 획득할 수 있었던 현재의 지위 및 레온 황자와의 연줄, 그리고 수인의 정점에 진좌하는 이 힘.

그러나.

“어휴~ 저질러버렸네.”

비웃음 담긴 목소리는 마치 사냥감을 괴롭히려는 잔학한 괴물 같았다.

그리고 그 목소리가 뚫어 내려던 길을 다시 가로막는다.

“““““끄게게게게게게게겍!!”””””

“크가가가가앗?! 어, 어째서냐?!”

힘이 팽창하다가 말고 뭔가에 흡수당한 것처럼 사라져 간다.

마치 환희하듯, 분노하듯, 비애가 가득한 듯 들려오는 목소리를 해골 놈들이 내질렀다.

“그 녀석들은 원념이 깊으면 깊을수록, 상대가 미우면 미울수록 강력한 힘을 발휘한다. 봐라, 굳이 요정의 힘까지 빌려서 가짜 수화를 사용한 탓에 원념이 괜히 더 격해졌잖냐.”

히죽히죽 웃음 지으며 읊조리는 말.

“““““깔깔깔깔깔깔깔깔깔깔깔깔!!”””””

겹겹이 울려 퍼지는 유열 가득한, 가득 차오른 두개골의 홍소.

내 몸을 뜯어 먹어서 막 뜯어 먹은 혈육을 흡수하는 양 백자색 뼈가 검붉은 색으로 물들어 간다.

“뭐, 뭐냔 말이다, 이게!! 무슨 수작을, 무슨 수작을, 무슨 수작을 부렸나! 이딴 황당무계한 힘이 어디에 있나! 『수화』! 『수화』! 『수화』아아아아아아앗! 어째서냐아아아아앗!”

힘. 수많은 희생을 치러서 손에 넣었던 힘.

그것이 미처 편린마저 내보이지도 못한 채 봉인당하, 아니, 모조리 잡아먹히고 있다.

발악해도 발악해도 땅바닥에서 뻗쳐 나오는 손뼈를 뿌리치지 못하고, 숫자를 불린 두개골들은 마침내 목 아래를 전부 뒤덮었다.

게다가 도중부터는 마치 고통만 주려는 듯이 조금씩, 조금씩 몸의 표면을 제 이빨로 뜯어 삼킨다.

"까불지 마라, 까불지 마가갸가각!! 꺽, 이, 이봐! 나를 구해주어라, 요정 놈들아!! 계약 위반이잖나! 도대체 얼마나 많은 편의를 봐주었단 말인가!! 내게 히, 힘을……."

몸부림치고 몸부림치며 죽을힘을 다해서 뿌리치려고 하는 죽음의 그림자.

그것이 한 발짝 한 발짝 바닥을 기어 다가옴에 따라 아픔과 공포와 혼란으로 머릿속이 하얗게 물들어 간다.

그렇지만 곧 전부가 끝난다. 결국은 끝을 맞이하리라.

"뷰뤄러어어러어러어러어어러러러어어어어어어!!"

딸깍딸깍 소리를 내면서 기어 나온 것은 내 몸보다 거대한 해골바가지.

다른 해골보다 더욱더 소름 끼치도록 검붉은 빛깔, 또한 청자색의 무엇인가가 혈관처럼 맥박을 치면서 기어 돌아다니고 있다.

"머, 멈춰주시오……. 시, 싫다. 어째서냔 말이다. 어째서 이런 꼴을 당해야 하나."

응축된 죽음의 집합체가 커다랗게 입을 벌린다.

"멈춰, 멈춰, 멈춰, 멈춰라!! 너, 너희들! 나를 살려, 살려주시게!!"

앞뒤를 가릴 정신도 없어서 현재 상황을 초래한 당사자에게 용서를 구한다.

"랭크 시험에서도 편의를 봐주지 않았소!! 요정의 가호도 내가 주선을 책임지겠소! 내가 감당할 수 있는 대가는 뭐든 다 치르겠소! 죽고 싶지 않아, 죽고 싶지 않단 말이다!!"

"살려달라는군, 어떡할래? 얘들아."

"자비를 베풀 이유가 전혀 없네요." "나도 마찬가지야, 이 세계의 인간들 따위 죄다 죽어버려야 해."

둘 다 곧장 막말을 내뱉는다.

"들었지? 유감이네."

박정한 미소를 지은 채 남자도 역시 막말을 내뱉었다.

"게다가 말야, 도움을 청하려면 상대가 틀려먹었잖냐? 용서를 구해야 할 상대는 우리가 아니잖냐?"

"바, 바보인가! 이따위 것들, 이딴 괴물에게 말이 통할 리가!!"

"뭐야, 제대로 알고 있었잖아."

고오오오, 해골바가지는 신음 소리와 비슷한 어떤 목소리를 내지른 뒤 나를 집어삼켰다.

그리고 남자는 한층 더 그윽하게 미소 지었다.

"사죄가 통하지 않는 상대란 건 말이다, 진짜 괴물이거든. 괴물이 돼도 상관없겠다 절망한 인간이라고. 그런데 어쩌겠냐. ……이대로 괴물에게 잡아먹혀서 죽어버려라."

"까불, 까불지 마라! 나는, 나는 길드 마스터다! 누가아아아아아,

꺼흐흑!!"

마지막에 들린 것은 우지끈 뼈가 부서지는 소리와 혈육 뭉개지는 물소리.

그리고 어디에선가, 누구인가 알지 못할 수많은 목소리가 한데 겹치는 비웃음 소리였다.

☆

"자, 다음은 슬슬 해충 퇴치의 시간을 가져보실까."

모조리 씹어 먹힌 발레리아의 주검을 끝까지 확인한 뒤 나는 도중부터 상황을 엿보고 있던 기척을 향해 말을 건넸다.

"……어리석기는."

마치 하늘에서 내려오듯이 나타난 것은 규격 외로 커다란 한 명의 요정.

흑색과 백색이 소용돌이치는 수정을 품에 안았고, 두 눈의 아래에 눈물점이 있는 다섯 살 정도의 작은 여자아이.

달빛을 받아 빛나는 하얗고 긴 머리카락과 등에서 커다랗게 펼쳐지는 날개가 아니라면 겉모습만큼은 평범한 여자아이로 보인다.

"잘 지냈나? 오랜만이군, 베리벨."

"저것이……." "요정 여왕."

그러나 발산되는 분위기가 사람의 부류와 명백하게 달랐다.

다른 세계의 주민, 잔학한 향락 속 세계의 여왕.

첫 번째 세계에서는 저 날개 한쪽을 잘라줬지만, 전투 중 정신이 없어 놓쳐버렸다.

“그래 봤자 너는 기억을 못 할 테지만…….”

“아니요, 기억합니다. 세계의 반역자여.”

“엉? ……무슨 소리야?”

예상을 벗어나는 대답이었기에 나는 눈에 힘을 주었다.

“글쎄요, 딱히 대단한 말은 아닙니다. 어차피, 이제 아무것도 멈추지 않아. 드디어 움직이게 될 날이 왔어. 아아, 드디어, 드디어 드디어 드디어…….”

“……뭐냐, 너.”

무엇인가에 도취한 미소를 짓고 베리벨은 몹시 어여쁘다는 듯이 손에 든 수정을 쓰다듬었다.

“우후후, 드디어 이 역할도 끝나는구나. 응, 정말, 정말로 멋진 날이야.”

“……뭐, 됐다. 예정한 대로 이번에는 꼭 너를 박살 내련다. 뭘, 시간은 아직 넉넉하다고. 여유롭게 정보를 토해줄 수 있을 거다.”

“이 몸의 역할도 필요가 없어지지……. 이제야 사라질 수 있겠어.”

베리벨은 요정 여왕만 가지고 있는 선조의 비보, 수정을 무엇인가에 바치듯 들어 올렸다.

“큭, 너 설마!! 멈춰라!!”

즉각 움직이는 것보다 빨리 수정이 날카로운 소리와 함께 깨져 나갔다.

그 순간, 베리벨의 몸이 허공에서 분해되는 것처럼 입자로 바뀌어서 사라져 간다.

"이 자식……."

"가엾고 어리석고 무지한 용사, 아무쪼록 평안하기를. 사자 왕자와 마의 종자에게 안부 전해줘요."

요정 여왕은 진정 행복하다는 표정을 지은 채 마지막에 미소를 남기고 형체가 사라졌다.

"오, 오라버니? 이게 도대체." "……."

나는 사라져 가는 베리벨의 흔적을 노려봤다.

"……쳇, 지금은, 아직 괜찮아. 우선 레온에게 집중하자."

조바심을 내뱉는 것처럼 나는 말했다.

베리벨에게는 내가 알지 못하는 비밀이 있었는지도 모르겠다. 레온이 베리벨을 구한 까닭도 저런 부분에서 뭔가 이유가 있었던 건가.

'……상관없다. 어쨌든 간에 내 목적은 바뀌지 않아.'

"……다음은 너다, 레온. 절대로 놓치지 않는다."

그때는 이미 눈앞까지 다가왔다.

☆

레온 가일드.

자기 이름의 유래를 알고 싶다고 생각했던 것이 몇 살 때였던가.

레온이라는 이름이 금사자 수인으로 왕가에 태어나는 황자에게 붙여지는 것이 오래도록 이어진 관습임을 들었을 때부터였다.

오랜 관습이라기에 성의 지하에 있는 서고에서 고서를 찾아 읽다가 어린 시절의 내게 『고문서를 읽는다』라는 취미가 생겼다.

고문서에는 많은 정보가 적혀 있었다. 물론 황당무계한 이야기가 잔뜩이고 모순된 이야기도 많았지만, 그러나 그러한 정보를 서로 연관시켜서 진실을 유추하는 과정은 즐거웠다.

그래, 그때까지는 정말 단순한 취미였다. 『이런 진실이 있을지도 몰라』라면서 몽상이나 즐기는 취미. 그런 생각이 바뀐 것은 부정을 저지른 탓에 숙정당했던 어느 귀족 가문에서 압수한 책 한 권과 만났을 때부터였다.

그 책은 내용이 무슨 까닭인지 암호화되어 있었던 터라 시간을 들여 해복한 결과 판명된 것은 『신의 힘이 잠들어 있는 장소』에 관해 쓴 책이라는 사실이었다.

제법 공들인 고문서를 다 읽어 냈다는 달성감에 나는 고양됐었다. 게다가 해독을 마쳤을 때 『신의 힘이 잠들어 있는 장소』라는 곳이 우연하게도 근처에 위치함을 알 수 있었고…….

그 결과, 나는 신의 힘 일부를 손에 넣었다.

그와 동시에 이제껏 웃어넘겼을 뿐 단순한 취미였던 유추가 갑자기 현실미를 갖고 다가왔다.

나는 무사 수행의 여행에 나섰다. 서고에서 알게 된 오래된 관습 중 견문을 넓히기 위해 세계를 돌아보라는 내용이 있었기에 그것을 끌어내다가 방패막이로 삼았다.

고문서에 기록되어 있는 각지의 유적 조사를 진행하던 중 어렴풋이나마 실체를 알게 된 되풀이되는 역사의 구도, 거기에 가려져 있는 모종의 존재.

부정할 근거를 찾으면 찾을수록 추론을 뒷받침하는 요소가 갖춰진다. 그러던 도중 난 리리아와 만났고, 우리의 시대에서도 역시 저것이 되풀이됨을 알았다.

이 세계가 파괴되고 언젠가 찌꺼기 같은 죽음의 세계가 되어버림을 알았다. 그리고 그날까지 이 세계의 주민들은 속절없이 꼭두각시처럼 죽고 죽이는 행위를 지속하게 될 것이다.

마왕이 태어났다면 머지않아 이 세계에도 용사가 나타난다. 그리고 또다시 과거와 마찬가지로 전쟁이 벌어지고, 그리고 또다시 한 걸음 이 세계는 죽음에 가까워진다.

신을 위하여 목숨 바치고. 신이 예비한 상황에 휩쓸려서 줄곧 농락당하고. 수많은 사람들이 죽어 나간다.

……그런 세계는 절대 올바르지 않다. 그런 세계는 잘못됐다.

따라서 나와 리리아는 신을 죽이고자 결심했다.

어딘가의 누군가가 행동하지 않는다면, 진실을 알게 된 누군가가 행동하지 않는다면.

가만히 두고 본다면 언젠가 세계가 망가져버린다.

“발레리아가 실종됐다?”

“네, 넷. 닷새쯤 전에 행적이 뚝 사라져버렸습니다.”

귀족들과 협의를 잘 마쳐서 원군을 거느리고 전장으로 돌아가기 전 들렀던 길드.

영예와 돈을 추구하여 전장에 나선 모험가들의 영향을 받아 최근은 몹시 조용해졌다는 곳이지만, 무슨 까닭인지 직원들이 어수선하게 오가고 있는 분위기였다.

그래서 응대를 위해 나타난 부길드 마스터에게 물었더니 실종 중이라는 대답이 돌아왔다.

"짚이는 장소는 전부 찾아봤습니다만, 단서 하나도 없는 상황인지라 뭐라 말씀도 못 드리겠습니다."

"편지나 말을 남기지도 않았다는 건가?"

"예, 빈민가 쪽에 나타났다는 것이 마지막 목격 정보입니다."

"빈민가에 뭔가 소동이 일어났었나?"

"일단 조사를 진행했습니다만, 별다른 특이 사항은 보고받지 못했습니다. 하지만, 그게, 그곳은 난폭한 인물이 많아 평소에도 늘 뭔가 사건이 터지는 게 일상인 환경이온지라……."

"적어도 건물이 붕괴되는 수준의 소동은 없었다는 말이군."

왕족 앞에서 위축된 까닭이지 식은땀을 흘리다가 부길드 마스터는 긴장을 내비치며 답했다.

'역시 강제를 당해 끌려갔을 가능성은 없겠군. 다소 쇠하였다지만 수화를 사용 가능한 발레리아가 단서 하나도 남기지 않은 채 사라졌다. 그렇다면 요정과 얽힌 문제인가?'

아무에게도 알리지 않고 사라졌다면 본인의 의도에 따른 행동이라 가정하는 것이 합리적이다.

그렇다면 여느 때처럼 요정의 투정질을 받아주려고 갔을 가능성이 있다.

'빈민가에는 리리아가 만들어 놓은 도시의 바깥, 요정의 숲으로 이어지는 비밀 지름길이 있다. 그러면…….'

"최근 숲 부근에서 뭔가 이변은 없었나?"

"숲? 요정의 숲 말씀입니까?"

"그래."

"최근에 자주 술주정뱅이 나무꾼 녀석들이 숲 안쪽에서 이상한 마물을 봤다며 길드 주점에 나타나 떠들어 대던 소리를 들었을 뿐 달리 짚이는 문제는 없습니다."

갑자기 화제가 바뀐 바람에 다소 당황하면서도 부길드 마스터는 순순히 대답했다.

"그런가."

요정의 숲에서 뭔가 뜻밖의 트러블이 발생했을 가능성이 높겠군.

'베리벨의 심기라도 거슬렀나?'

무구한 아이의 모습을 지닌 채 인간들을 완전히 깔보는 요정들의 여왕을 떠올린다.

그 인간이 아닌 변덕쟁이는 열매를 잡아서 떼는 가벼운 마음으로 사람의 생명을 잡아 뜯는다.

비록 발레리아가 요정 여왕과 계약을 체결했다지만, 그런 관계만 믿고 안심할 수 있는 존재가 아니었다.

왜냐하면 요정들은 진조 흡혈귀와 마찬가지로 신이 직접 만들어 낸 생물이니까.

"……."

'좋지 않군. 그러나 계약까지 맺어 둔 상대를 대뜸 죽이지도 않을 터. ……역시나 내가 직접 찾아가서 보는 게 확실한가.'

발레리아의 안부에는 솔직한 심정으로 관심이 없다. 그 자는 마음의 근간이 자기를 위한 욕구로 가득 차 있다.

어쨌든 간에 누군가가 희생해야 할 필요가 있었다지만, 요정들에게 죄 없는 사람들을 제물로 바친 대가로 힘을 얻어서 출세한 지위를 즐겁게 향유하고 있다.

설령 나 또한 한 패거리로 전락했을지라도 굳이 걱정해줄 의리는 없다. 그러나 요정들에게 무슨 문제가 발생했다면 서둘러서 조사할 필요가 있겠다.

'아직 우리에게는 용맥(龍脈)을 억제할 만한 수단도, 실체가 없는 요정에게서 신의 힘을 빼앗기 위한 계획도 마련되지 않았다.'

요정은 이 세계를 찬탈했던 신의 사자다.

신의 지배력을 강화하는 동시에 이 별의 용맥을 관리하는 역할도 담당하고 있다. 특수한 마력체라는 이유 덕분에 본래 관리자여야 할 신의 힘 일부를 다룰 수 있고, 용맥을 억제할 수 있다.

그것들이 사라져서 용맥이 흐트러지면 세계 이곳저곳에서 마력의 정체와 분류가 발생한다. 그 결과로 마물의 대범람 및 강력한 개체의 발생, 아울러 비정상적 기상 현상에 신음하게 될 지역도 나타나리라.

그런 사태가 벌어지면 혼란은 필연적이다. 따라서 이 도시의 주민들에게는 면목 없지만, 요정들이 저지르는 만행을 뻔히 알면서도 적극 박멸할 수가 없는 입장에 처했다.

무엇보다 몇 안 되는 신과 관련된 단서 중 하나잖은가. 게다가 의사소통을 취할 수 있고 소재지도 확실한 녀석들이다.

'전승에 기록된 신의 시나리오대로 우리 세대에서도 마왕 휘하의 마족과 용사 휘하의 인류는 전쟁을 개시했다.'

이미 유예 기간은 얼마 남지 않았다.

'왕국은 자국 내부에서 가호를 받은 인간을 용사로 선출했다던데, 아마도 기만 정보일 테지. 마왕이 진짜인 이상 용사도 역시 진짜, 전승을 따르자면 다른 세계에서 신의 힘을 획득하여 우리의 세계를 찾아온 인간이리라.'

그렇기는 한데 왕국의 용사와는 아직껏 끝내 접촉을 하지 못했다. 백은색 풀 플레이트 갑옷을 착용했다는 것뿐 신상과 여타 정보는 묘연할 뿐 알아낼 수가 없었다. 남자인가 여자인가, 성별마저도 확인을 하지 못했다.

항상 알레시아 왕녀가 곁에 붙어 있기에 정보를 파악할 수가 없었다.

이런 상황에 요정이라는 귀중한 정보원을 잃어버릴 순 없는 노릇이었다.

언젠가 적대하게 된다 하여도 지금은 아직 평상시처럼 버텨줘야 한다.

"시간 내줘서 고맙군. 이만 실례하겠네."

나는 길드에서 나온 뒤 부하에게 전장에 선행하도록 지시 내리고 혼자 숲을 목적지로 삼아 걸어 나아갔다.

"이것은……."

모래가 깔린 바닥을 지나 토지의 마력에 영향을 받아 일그러진 성장을 이룬 나무들 무성한 숲으로 발을 들여놓았다.

숲의 가장 깊숙한 곳 샘물에 있을 요정 여왕과 대화 나누기 위해서 안쪽, 더 안쪽으로 전진하는 와중에 무엇 때문인지 출처를 알 수 없는 은근한 위화감은 더욱 강해지기만 한다.

"뭔가 일어나기는 했군."

요정의 숲은 바깥쪽 둘레 부분은 모래가 깔린 바닥이지만, 안쪽으로 진입하면 점점 더 지면이 마력을 짙게 함유하는 것을 제외하면 평범한 흙으로 바뀐다. 또한 마력초만 잔뜩 자라났다는 것과 짙은 마력을 받아 성장한 나무들의 외형을 제외하면 평범한 숲 같기도 하다.

언뜻 보기에는 저번에 이곳을 찾았을 때와 숲의 양상은 바뀌지 않은 듯 여겨졌다.

그러나 수인의 직감이 숲의 이변을 민감하게 감지하고 있었다.

'이곳에 올 때까지 한 마리도 요정을 보지 못했다.'

요정은 기본적으로 감지할 수가 없는 존재다.

그것들 스스로가 모습을 드러낸다면 경우가 달라지겠지만, 모습을 감춘 요정을 찾아내려면 신의 힘을 제 몸에 지니고 있거나 특수한 감지계 스킬을 갖고 있어야 한다.

내 경우는 어릴 적 손에 넣었던 힘의 파편을 쓰는 동안은 전자이고, 그렇지 않을 때는 후자였다.

내가 가지고 있는 「절대 후각」이라는 스킬이라면 요정의 위치도 냄새로 추적할 수 있다. 그러나 나의 후각에 요정의 존재는 끝내 확인되지 않았다.

신의 힘은 내 입장에서도 리스크가 높은 터라 무턱대고 사용해 봤자 상황이 호전되리라는 생각은 들지 않는다.

"게다가 가끔 남아서 느껴지는 이 냄새……. 요정과 비슷한데도 확실하게 다른 종류군."

물씬 코를 자극하는 냄새는 요정과 비슷하게 달콤한 꽃향기이다. 그러나 요정의 냄새를 독화(毒花)의 꿀에 비유하자면 이 냄새는 독화를 쓴 향수와 같은 냄새다.

어느 쪽이든 지독하기는 매한가지였다.

'그나저나 이런 상황이면 마력 이론의 천재인 리리아가 마왕과 함께 떠나갔다는 게 정말 타이밍이 안 좋았군.'

이상 사태가 발생했다는 것은 명백해졌지만, 후각으로 원인을 규명하기에는 역부족이다. 신의 힘을 해방한들 장시간 그 상태를 유지할 수 있지도 않다.

마력 자체에 대한 깊은 지식과 통찰력을 지닌 「탐마안(探魔眼)」이라는 고유 스킬을 가지고 있는 연인이 이곳에 함께하지 않음을 유감스럽게 느낄 뿐이다.

'게다가 지난 며칠은 아무래도 몸 상태가 불안정했지……. 일단 물러나야 하는가?'

주위 경계는 철저히 유지한 채 사색한다.

최근 들어서 아무래도 몸 상태의 좋고 나쁨의 굴곡이 커질 때가 많았다.

몹시 상태가 좋은 날이 있고, 상태가 안 좋은 날도 있다. 전투 중이나 던전 등 위험한 때는 대체로 상태가 좋아 문제없다만, 금은재보가 잔뜩인 귀족의 개인 저택 내부에 있을 때는 몹시 몸이 나른한 느낌이다.

이제껏 이런 경험이 없었던 터라 요즘은 줄곧 찝찝한 위화감에 시달리고 있다.

"……아니, 웬 마뜩잖은 생각인가. 애당초 지금처럼 몸 상태가 좋은 시기에 아무 단서도 얻지 못한 채 물러난다는 것이 더욱 이상하지."

사실 지금도 도시에서 벗어나 숲속을 나아갈수록 몸 상태가 좋아짐을 느낀다.

아마도 스스로 느낀 것보다 더욱 깨닫지 못한 사이에 조바심이며 불안을 느끼고 있었는지도 모르겠다.

나는 고개를 흔들고 자기 내면의 경계도를 끌어올리는 데서 마무리한 뒤 다시 앞으로 나아갔다.

그리고 붉은 석양의 빛이 점점 더 푸른색을 띠기 시작했을 무렵. 숲의 가장 깊숙한 곳, 가장 마력 농도가 짙고, 마력이 녹아들어서 변질된 물이 솟아 나오는 샘에 도착했다.

샘의 중앙에는 요정수라고 불리는 나무가 적, 청, 녹, 황, 백, 흑, 절조 없이 갖가지 색깔로 물든 잎을 매달고 있었다.

이곳은 요정향이라고 불리는 장소였다.

처음으로 왔던 시기는 6년 전. 문헌을 보고 유추해서 요정의 실재

함과 요정이 진정 신의 힘을 보유한 사자인지 확인하러 온 적이 있었다.

그때 요정 여왕 베리벨은 졸린 기색으로 미소를 짓고, 요정수의 앞쪽에 둥실둥실 떠 있는 마력초의 꽃으로 짠 옥좌에 앉아 있었다.

요정의 성질이 사악함에 있음을 금세 깨달았다.

그리고 그 옥좌에 앉은 자의 사악함 역시 이제야 겨우.

"반가워, 잘 와줬다. 멋진 황혼이구나, 레온."

"……그래, 아무래도 함정에 빠진 것 같군."

그 옥좌에는 한 명의 남자가 앉아 있었다.

던전에서 용 토벌의 업적을 달성함으로써 획득한 소재를 매각했던 공적을 내세워 S급 모험가가 되었던 남자.

옥좌의 양옆에는 저자의 파티 멤버인 두 인물도 있었다.

그리고 더 안쪽에는 추한 괴물이 마치 왕을 섬기는 기사처럼 쭉 늘어서 있다.

어떻게 봐도 평화롭게 대화를 나누려는 분위기가 아니었고 찌릿찌릿한 전장의 기세가 느껴졌다.

나는 숲에 들어오기 전 장비했던 애용 무기, 아다만타이트와 미스릴을 배합한 마도 합금으로 만든 너클을 고쳐 쥐었다.

카이토라는 이름이었던가. 저 남자는 쓱 일어서서 마치 무엇인가에 도취된 모습으로 커다랗게 두 손을 펼쳤다.

"자, 시작하자, 레온! 여기가 너의 종착점! 어디에도 갈 수 없는 지옥의 밑바닥이다!!"

그렇게 말한 뒤 괴물들을 복종시키는 사악한 왕은 마치 세계 자체를 멸시하는 듯한 비웃음 소리를 내질렀다.

"저 괴물들이 너의 부하라는 말인가. 일단 묻겠는데 너희의 정체는 뭐지? 이 숲의 요정들은 어떻게 했나."

"글쎄, 궁금한가?"

처음부터 딱히 기대는 하지 않았다만, 대답할 뜻은 없는 듯싶다.

스킬인지 뭔지 알 수 없는 어떤 수단을 써서 허공을 걸어 샘물의 부근까지 다가온다.

"그게 대답인가. 그렇다면 어쩔 수 없겠군. 너를 때려눕혀서 정체와 목적을 알아내도록 하지."

"자신 있으면 마음껏 해봐라. 먼저 제1단계다. 네가 원했던 힘, 무력으로 정면에서 철저하게 박살 내주마."

다음 순간, 각자의 발아래에서 폭발이 일어나는 것처럼 지면이 터져 나갔고 금속을 찢어발기는 듯한 날카로운 소리가 울려 퍼졌다.

"다른 녀석들은 안 덤빌 작정인가?"

"맞아, 이렇게 너와 맞붙는 건 나뿐이다. 저 녀석들이 나설 차례는 아직 나중이거든!!"

훈련장 때와 마찬가지로 고유 능력이라 짐작되는 수법을 써서 어느새 두 자루의 검을 손에 쥐고 있었다.

깡깡깡깡깡깡!! 금속끼리 맞부딪치는 타격음이 울려 퍼진다.

"큭, 훈련장에서 봤을 때보다 빠르구나!"

"아하하핫! 당연한 소리 지껄이지 마라! 난 참고 참고 또 참다가! 이제야 겨우 여기까지 다다랐단 말이닷!!"

훈련장에서는 실력을 감춘 것인가. 경이적인 속도로 검을 휘둘러서 권법의 변화에 따라붙는다.

그러나 그 이상으로 신경 쓰이는 것은 눈앞의 남자에게서 신에게 속한 힘이 느껴진다는 사실이었다.

신에게 속한 힘이란 신에게 직접 영향을 받은 힘이라는 뜻. 가능하면 동료로 받아들이거나, 하다못해 협력 관계를 구축하고 싶다.

'그러나, 이 눈빛. 누구의 원망도 사지 않았던 삶을 살아왔다는 생각은 안 한다만, 이토록 뿌리가 깊은 원한이라니…….'

"네 녀석, 그 힘! 어디에서 손에 넣었나!! 나를 공격하여, 무엇을 이룰 셈인가!"

"네놈에게, 대답할, 의무가 없군!! 네가 지금 알아도 되는 것은! 내가 널 산산조각 부수고 싶을 만큼 원망한다는 것 하나뿐이다!!"

일단 거리를 벌리기 위해서 힘을 실어다가 주먹을 내찌르자 카이토는 너클의 격철을 검날로 막아 내더니 드득드득 지면을 파헤치면서 후방으로 물러났다.

"……화해의 길은 정녕코 없단 말이군."

"흥, 무슨 헛소리냐."

"그런가, 역시 복수인가. 기억은 나지 않는다만……. 내게도 목적이 있다. 네 힘의 출처도, 요정들의 안부도, 너의 뒤쪽에 요정과 비슷한 냄새가 나는 괴물의 정체까지도, 무력으로 답을 받아 내겠다."

온몸에 마력을 가득 끌어올리자 심장이 부르짖듯 커다랗게 맥동한다.

이것은 내가 획득했던 신의 힘 일부분.

수인의 정점에 서는 힘에서 더욱 안쪽의 문을 여는 힘.

"으음, 이토록 마력 농도가 높은 장소라면 평소보다 더욱 상태가 좋아지는군."

흘러넘치는 마력이 자신을 중심으로 소용돌이를 만들어 낸다.

"신의 힘을 보유한 상대에게 감히 여력을 남길 순 없지 않겠는가. 다소 거칠게 손을 쓰겠다! 사지의 뼈가 박살이 날 테니 각오해라!"

방심하지 않는 눈으로 이쪽을 노려보는 남자를 앞에 두고도 이것으로 자신의 가치는 흔들리지 않으리라고 확신한다.

"『신수화(神獸化)』아아아아아아아아아아아아아아아아앗!!"

순간, 온몸에 가득 차오른 마력이 요동을 친다. 세포 하나하나가 다시 구성되는 것처럼 활성화되며 힘이 넘쳐난다.

송곳니가 뻗어 나오고, 손톱이 더욱 예리해지고, 갈기가 흘러넘치는 마력 때문에 일렁일렁 곤두선다.

그럼에도 미처 제어되지 못한 마력이 주위로 터져 나감에 따라 마치 벼락을 두른 것처럼 따닥따닥 소리가 났다.

오감이 예리해지고 제육감이라고도 표현할 수 있을 감각이 확장

된다.

이 상태에 돌입하면 단순한 수화 이상으로 몸의 잠재력을 끌어낼 수 있다.

리리아의 설명에 따르자면 육체 일부가 실체가 아닌 마력적인 장치로 전환되면서 주위 마력을 자연적으로 흡수한 뒤 자기 힘으로 변환할 수 있다고 했다.

거의 무진장으로 공급되는 마력 덕택에 신체 능력은 자기 마력만 쓰는 수화와 비할 수준이 못 된다.

신수화를 쓰면 신의 힘끼리 반발하는 까닭인지 자신의 스테이터스를 확인할 수 없게 되지만, 감각적으로는 통상 강화치의 다섯 배 정도 능력이 올라갔다.

이 상태를 보여주기만 해도 대부분의 생물은 본능적인 공포에 전의를 잃어버린다.

폭력적인 본능에 지배되는 마물도 도망치는 경우가 많았다만…….

"흠, 그러한 얼굴을 마주하는 경험은 처음이군."

눈앞의 남자는 얼굴에 비틀린 미소를 붙인 채 여전히 웃고 있었다.

그뿐 아니라 진심으로 기쁘다는 듯이 더욱더 미소가 그윽해진다.

끈적끈적한 환희의 표정은 바짝 조린 설탕처럼 점점 더 강렬하게 응축된다.

"그야 어쩔 수 없잖냐. 진짜 실력을 발휘해주는 게 기쁘단 말이다."

"그렇다면 하다못해 순식간에 나가떨어지진 마라. 못 버텨준다면 힘을 쓴 의미가 없으니."

카이토의 눈은 깊디깊은 어둠 밑바닥에 가라앉은 듯 보인다. 혹시 진정한 힘을 개방하면 피아의 전력 차이를 깨닫고 항복의 길을 선택해주지 않을까 기대했다만, 유감스럽게도 나의 바람은 어긋나고 말았다.

그러나 결과는 달라지지 않는다. 상대가 한 가닥 희망을 붙잡고 싶었다면 내가 이 기술을 사용하기 전에 결판을 내야 할 필요가 있었다. 마력으로 가득 찬 장소 덕분인지 신수화도 평소보다 더욱 큰 힘이 온몸에 넘쳐흐르고 있다.

틀림없이 이제껏 겪은 최고의 기세와 정순함이었다.

"자, 간다, 큭!!"

"『오버 리미트, 풀 오버』."

순간, 연녹색의 빛을 두른 남자가 사라졌다.

채앵, 날카로움과 둔탁함이 한데 뒤섞인 금속음이 울려 퍼진다.

"큭!"

방금 전과는 비교도 되지 않는 속도로 들이닥치는 칼날에는 방금 전까지였다면 미처 반응하지 못하고 일검을 격중당했을 예리함이 있었다.

"『플래시 체인지』."

그것은 분명 혼신의 일격이었다. 다만 한 번으로 끝나는 일격이 아니었다.

"큭, 으읍, 끅!"

상하좌우 전후, 반발하며 쳐올린다, 추락하며 내려 벤다, 어루만

지듯 쳐내고, 비틀어 찔러 넣고, 회전하며 가격하고, 집어삼킬 듯 좁혀 든다.

전 방향에서 들이닥치는 검의 궤도.

그러나 그게 전부가 아니었다.

"네 녀석, 무슨 마술인가, 이게……!!"

일검, 일검, 눈앞의 남자가 검을 휘두를 때마다 손에 든 무기가 뒤바뀐다.

외날의 장검, 굵은 대검, 까맣게 칠된 나이프, 두꺼운 곡도, 수정처럼 투명한 칼날의 검, 여러 칼날을 겹친 검, 창처럼 긴 검, 너클과 비슷한 검…….

길이가 다르다, 형상이 다르다, 무게가 다르다, 칼자루가 다르다, 휘두르는 방법도 다르다.

똑바로 잡고 찌르는가 싶더니 역수의 올려 치기로 바뀌어 있고, 분명 장검을 막아 냈는데도 별안간 맞대고 있는 칼날이 단검으로 바뀐다.

무수히 많은 형상의 검이 각 무기에 최적화된 검법으로 덮쳐든다.

그것만으로도 비정상적이었다. 얼마나 많은 주검을 쌓아 올렸기에 이런 수준의 영역에 다다를 수 있는가 상상도 되지 않았다.

다만 더욱더 비정상적이고 기괴하고 섬뜩한 것은 힘을 발휘하는 방식이었다.

까각까각 까각까각, 금속이 단말마를 내지르는 것이 아닌가 싶은 소리에 뒤섞여서 분명히 나의 귀에는 어느 소리가 와 닿고 있었다.

—우직우직우직, 남자의 뼈 부러지는 소리가.

—트득트득트득, 남자의 살점 뜯어지는 소리가.

"제정신인가! 네놈!"

원리는 대충 상상이 간다.

한 번 검을 휘두를 때마다 망가지는 몸은, 그러나 다음 순간에는 목숨을 갉아먹겠다는 듯 강력한 일격을 구사하고 있다.

몸을 지키기 위해 본능으로 제한하는 몸의 리미터를 해제하고, 강제로 힘을 끌어내는 결과이리라.

당연히 반동을 미처 견디지 못하는 몸은 일격마다 파괴되지만, 그 피해를 항상 회복하면서 싸우고 있다.

'원리는 알겠지만 인간이 정녕 이러한 기술을 활용할 수 있단 말인가?!'

"큭!! 아차!"

예상 밖의 속도에 허를 찔려서 첫 번째 공격을 불리하게 받아 시작됐던 충돌은 파격적인 힘과 속도와 격한 몰아치기 때문에 태세를 가다듬을 여유가 없이 치명적인 빈틈을 노출시켰다.

두꺼운 가시가 달린 육각봉 같은 무기에 복부를 세차게 가격당하고, 콰쾅!! 결국은 인간의 몸에서 나는 소리 같지도 않은 타격음과 함께 날아가버린다.

20미터 가까이 날아간 끝에 부딪친 나무줄기를 꺾어서 겨우 멈췄다.

"몸 상태는 너 혼자만 좋은 줄 알았냐?"

"……퉤."

조롱의 말을 던지는 카이토에게 대답하는 대신 입속에 쓱 번져 나오는 피를 내뱉은 뒤 일어섰다.

“이쯤이야 금방 낫는다.”

허세가 아니라 신수화 상태라면 회복 속도도 폭발적으로 상승된다.

찰과상 따위야 몇 초도 걸리지 않아 완치였다.

“그렇겠지. 벌써 끝나버려서야, 웃기는 이야기지.”

자기 몸까지 망가뜨리면서 내게 가했던 일격. 그것이 다소의 고통만 주는 결과로 끝났음에도 불구하고 눈앞의 남자는 히죽히죽 섬뜩한 미소를 무너뜨리지 않는다.

“그딴 게 전부가 아니잖냐. 이딴 게 전부가 아니잖냐. 더 많이, 더 더 더 많이, 진짜 실력을 끌어내라, 전력을 끌어내라, 한계까지 힘을 토해 내라. 너의 최대치를 보여줘라. 그게 아니라면 의미가 없다!”

사소한 공방의 득실 따위는 아무 관심도 없다는 듯이 카이토가 소리 높인다.

“아아아아아아아앗! 네가 갈망하는 『힘』이란 놈을 결정적으로 조롱하고 더럽히고 짓밟은 다음 결국에 가선 비참하게 죽여주겠다!!”

용암의 늪 밑바닥에서 부글부글 끓어 나오는 듯한 목소리.

두르고 있는 연녹색의 빛마저 마치 맹독을 지닌 안개처럼 보인다.

아픔을 견디는 인내력과 자기 신체를 도구로 간주하는 기이한 정신성.

저곳에 선 자는 분명 인간의 형체를 갖고 있지만, 이미 인간이 아니었다.

인간보다 훨씬 더 추악한 마물과 가까웠다.

그러나.

"짖어 대지 마라, 애송이."

그러나, 그래서 어쩌라는 말인가.

"내게는 완수해야 할 사명이 있다. 이룩하겠노라 결심한 각오가 있다."

이 녀석은 재화를 만들어 내는 괴물이다.
이 녀석은 재액을 초래하는 괴물이다.

"세계와 미래를 지키기 위해 우리는 싸우고 있다. 누가 상대일지라도 쓰러질 순 없는 노릇이지."

우습구나. 싸울 각오는 옛적부터 다져 놓았다.
신의 지위에 있는 대상을 죽일 작정이란 말이다. 눈앞에 있고, 공격할 수 있는 상대를 두려워할 이유가 대체 무엇이겠는가.

"어떠한 원한이 있는지 모르겠다만, 네놈과는 짊어지고 있는 무게가 다르다……! 수천수만의 목숨을 위해 싸우는 내가! 고작 망집에 사로잡힌 상대에게 어찌 패배할 수 있단 말인가!!"

어떤 수단을 동원해서든 신 살해를 달성한다. 그러지 않는다면 세계가 멸망하기에.

우리가 짊어지고 있는 이상으로 무거운 짐이 존재할 리 없었다.
그러나.

"그래, 맞아. 그거야."

그러나 역시 괴물은 어떠한 역설 앞에서도 괴물에 불과했다.
"우리는 그 눈에 살해당했다. 용서 안 한다, 용서 안 한다, 용서 안 한다, 용서 안 한다. 절대 용서하지 않는다. 세계가 다 뭐냐, 미래가 다 뭐냐."
더할 나위가 없을 만큼 증오라는 감정을 자기 몸 전체로 쏟아붓고 있는 남자는, 그러나 한참 더 깊숙이 추락하는 것처럼 모든 증오를 자신의 곁에 끌어당겼다.
딱딱하게 굳은 거무칙칙한 빛깔의 감정은 맞닿는 전부를 부슬부슬 용해시키려는 듯이 농도가 더욱더 짙어진다.
"자, 수다 시간은 일단 끝이다. 밤은 길면서 짧지. 어서 대결을 이어 나가자고."
보라색 석양은 밤을 향하여 바뀌고, 가라앉은 태양의 빛은 싸늘한 달빛으로 바뀐다.
마력을 띤 물이 발하는 엷은 광휘와 어우러져서 주변은 제법 밝았다.

……그런 까닭에 한층 더 깊숙이 그림자가 도드라진다.

카이토가 오른손에 든 물결치는 칼날을 지닌 검에서 화륵, 검은색 불꽃이 뿜어 나왔다.

반대편 손에 든 초승달 형태를 지닌 수십의 칼날을 겹쳐 놓은 검에서는 푸른 뇌광이 지지직, 지지직, 소리를 내며 허공을 찢는다.

"그렇군, 더는 방심하지 않는다. 모든 무력과 정신력을 다 바쳐서 네놈을 박살 내겠다."

온몸에 퍼뜨려 놓은 마력을 더욱 고속으로 순환시키면서 전투에 대비한다.

자기 주먹을 맞부딪치자 두 팔의 주위에 보라색 나선이 나타났다.

"『중격(重擊), 사자강격(獅子剛擊)』!!"

본래 수화를 마친 수인은 마법을 사용할 수 없지만, 신의 힘이 가미된 신수화는 그러한 제한을 넘어서서 영역 바깥의 힘을 수월하게 행사할 수 있다.

사용하는 것은 수인 특유의 마력이 아니기 때문에 자기 몸을 벗어나면 금세 확산되는 성질도 없다.

힘껏 내지른 주먹에서 사자를 본뜬 힘의 덩어리가 공기를 파쇄하면서 전진한다.

"『유니즌, 흑염청뢰참(黑炎青雷斬)』!!"

그러나 내가 기술을 구사하는 것과 거의 동시에 카이토도 역시 검을 휘둘렀다.

청색 벼락을 두른 검은 불꽃이 공기를 찢어발기면서 다가든다.

정확히 벌어져 있던 거리의 중앙에서 충돌한 두 힘은 이곳에 있던 인물들에게 일순간의 공백과 같은 정적을 강요한 뒤 몸속 밑바닥까지 뒤흔드는 굉음을 쏟아 내더니 성대하게 흙먼지를 피워 올렸다.

그리고 그 다음 순간에는 또다시 큰 금속음과 함께 시야가 트인다.

일말의 과장도 없이 전력으로 휘두른 주먹이 그에 뒤지지 않는 위력의 참격과 맞부딪쳤다.

"하아아아아아아아아앗!!"

"카아아아아아아아아앗!!"

도려낸 것처럼 가라앉은 지면의 밑바닥에서 진력을 다한 전투의 막이 드디어 올라갔다.

☆

그래, 강하구나.

"으리야아아앗!!"

"흥!!"

검섬(劍閃)의 도중 두 번 심검을 교체하고 거기에 맞춰 궤도도 바꿔봤지만, 결국 적중되기 직전에 레온의 주먹에 막혀버렸다.

"윽, 크윽."

중력 마법을 팔에 휘감은 레온의 주먹은 묵직했기에 회복이 이루어져도 곧장 드득드득 뼈에 금이 갔다.

익숙할 대로 익숙해진 격통이 온몸을 치달리지만, 전투에 더욱 깊숙이 몰두하는 과정에서 멀리 사라져 간다.

"『풍극(風棘)』! 『빙조(氷爪)』!!"

오른손에 든 【풍형(風荊)의 초검(草劍)】으로 상대의 사각에서 무수히 많은 바람의 가시를, 왼손에 든 【설표(雪豹)의 단인(短刃)】으로 땅바닥에서 솟구쳐 올라오는 얼음 발톱을 생성하여 공격한다.

"걸리적거린다!!"

그러나 레온은 바람 가시를 등에서 튕긴 중력파로 흩뜨려버렸고, 얼음 발톱은 역시 중력 마법을 두른 다리로 걷어차서 부쉈다.

그런 공방을 도대체 얼마나 많이 주고받았을까.

주위는 전투의 여파 때문에 땅바닥은 뒤집어졌고, 나무는 베여 쓰러지거나 부서져서 꺾여 나갔다.

서로의 힘은 거의 대등했던 터라 레온의 몸에는 칼에 베였던 증거로 핏자국과 그 밖에 심검으로 인한 상처가 새겨져 있었고, 장비도 너덜너덜하게 망가졌다.

당연히 나도 비슷하게 상응하는 곤경에 몰려 있었다.

【취록(翠綠)의 정검(晶劍)】보다 회복에 더욱 특화된 【선도(仙桃)의 소검(蘇劍)】의 힘 덕택에 몸 전체는 회복되어 있었지만, 마력 소비가 격렬했고 갑옷과 옷은 너덜너덜했다.

그리고 무엇보다 상처가 남지 않아도 체력은 줄곧 소비되고 있었다.

레온도 나도 상시 회복을 지속했던 까닭에 기진맥진해도 양쪽 다 눈에 띄는 상처는 없다.

그러나 이번 대결도 결착의 때가 다가들고 있었다.

"『중격(重擊), 아련격권(牙連擊拳)』!"

"크, 꺼억, 크으윽!!"

애당초 변환(變幻)이 자유롭고 예측 불가능한 궤도를 그리는 검섬으로 공세를 점유할 수 있었지만, 압도적인 전투 센스를 가지고 있는 레온은 전투를 지속하는 와중에 내 공격에도 점차 익숙해지기 시작했다.

강화된 반사 신경이 점점 더 내 공격에 최적화됨에 따라서 점점 더 공격이 먹히지 않게 된다.

그런 몫만큼 발생한 여유가 레온의 공격에 예리함을 부여했고, 전투의 천칭이 레온 쪽으로 기울어지기 시작했었다.

'하지만, 아직이다……! 아직 패배할 순 없단 말이다!!'

더욱 강하게 최고의 전투를 연출해야만 한다.

레온이 이번 전투에서 자기 한계 이상의 힘을 발휘할 수 있도록 거들어줘야 한다.

그러한 이유 때문에 굳이 복수를 개시할 곳을 요정종으로 바뀌는 과정에 있는 레온이 가장 큰 힘을 발휘할 수 있는 요정향, 요정수의 앞, 또한 저 녀석이 보유하고 있는 신수화를 더욱 활성화해주는 마력이 가득 차오른 이 장소를 선택했다.

"죽어라아아아아아아아앗!!"

지금 한순간만, 복수든 뭐든 전부를 내팽개쳤다.

절망도, 분노도, 실망도, 고통도, 증오도.

단지 상대를 베어버리는 것만 생각한다.

자칫 죽여 버리면 복수를 실행할 수 없다는 사고에도 뚜껑을 덮는다.

일섬, 이섬, 삼섬, 사섬, 오섬, 육섬, 칠섬, 팔섬, 구섬, 십섬.

불꽃을, 바람을, 물을, 흙을, 얼음을, 벼락을.

보다 무겁게, 보다 빠르게, 보다 더 많은 공격을 펼친다.

온몸을 깊숙하게 가라앉히는 것처럼 검을 휘두르고, 목숨 전부를 쏟아붓는 것처럼 심검에 내재되어 있는 힘을 끌어낸다.

"으, 크윽! 으음, 아직껏 이런 힘을!!"

핏방울이 마구 흩날리면서 어지러운 공격이 레온에게 격중됐다.

전투의 흐름이 레온에게 기울어졌다는 것은 레온 본인이 잘 알고 있었을 테지.

그 때문에 더더욱 신중하게 상황을 살피고 있었을 레온은 더욱 격렬해지는 내 공격을 고통스러워하며 막아 냈다. 그러나 결국 상대가 냉정함만 견지한다면 역시 내 입장이 더욱 불리하다.

"흐앗!!"

단 일격, 레온의 정확하고 날카로운 일격이 내 검을 튕겨 냈다.

"윽, 아차?!"

"거기다!!"

예상 밖의 강력한 반격에 허물어지는 자세, 곧장 예리하게 노리고 들어오는 레온의 주먹이 들이닥친다.

승부를 판가름하려는 일격을 본 나는 사고하기보다 앞서 오히려 한 걸음을 깊숙하게 파고들었다. 거기에 망설임은 없다. 왜냐하면 이렇게 되길 바라고 공방을 유도했기 때문이다.

레온도 물론 몰리는 입장에 있었던 터라 곧바로 내 빈틈을 노리고 덤벼들었겠지만, 즉각 이것이 내가 의도한 상황임을 깨달았다. 그러나 이런 타이밍에서는 더 이상 물러날 수 없다.

내 참격이 레온에게 적중되는 것이 먼저인가, 레온의 주먹이 내게 격중되는 것이 먼저인가.

'죽인다 죽인다 죽인다 죽인다!! 베여라앗!!'

1초가 무한하게 연장되는 것 같은 감각 속에서 참격과 권격이 교차한다.

그리고.

"죽어어어어어어엇!!"

"크악……!!"

핏방울이 흩날리는 곳은 레온의 팔이 달렸던 위치였다.

왼쪽 주먹을 아슬아슬하게 직전에 회피한 뒤 손에 든 심검으로 레온의 오른팔을 절단했다.

그러나 승부의 행방을 장악한 쪽은…….

"아직이다아아아앗!!"

이빨을 부득 노출시키면서 당장에라도 물어뜯을 것 같은 형상의 레온은 분명 확실하게 절단되었던 팔을 지면에 떨어지기보다도 빨리 재생시키고 이어 붙였다.

그리고 전력을 다 쏟아서 검을 휘둘렀던 까닭에 움직이지 못하고 있는 내 몸을 레온의 주먹이 포착했다.

아슬아슬하게 간신히 두 팔을 내미는 데 성공했을 뿐 우지직우지직, 거듭거듭 들었던 소리와 함께 날아가 버린다.

"윽, 크악!!"

충격 때문에 머리가 새하얗게 표백된다.

아마도 2, 3초 정도의 시간이나마 완전하게 의식이 날아갔었다.

"오라버니!" "카이토!!"

작전대로 나와 레온의 대결을 지켜보고 있었던 두 녀석이 무의식 중에 소리 지른다.

'전부 다 알잖냐……. 괜히 걱정한다고 소리 지르지 마라.'

두 녀석의 목소리에 이끌린 듯 의식이 돌아왔을 때는 눈앞에 레온이 장승처럼 우뚝 서 있었다.

"……쳇."

거의 정통으로 직격을 당한지라 여파가 팔에 담겨 있었던 마력째 몸속으로 흘러들었다. 그 때문에 회복이 잘 이루어지지 않는다.

회복에 집중해도 몇 분은 일어설 수 있을 것 같지가 않았다.

"나의 승리다."

"훗, 예상은 했다지만 정면으로 맞부딪치면 이렇게 되는구나."

비록 전성기에 가까운 능력을 되찾았을지언정 1대1로, 게다가 레온의 힘이 불어나도록 환경까지 갖춰줬는데 그럼에도 내가 승리할 수 있다면…….

이제까지 판을 짜왔던 의미가 없다.

"맞아. 너의 승리다. 1대1의 순수한 승부였어."

"……네놈, 무슨 생각이지."

역시나 뭔가 예감을 받은 듯 경계하는 분위기로 얼굴을 찡그리는 레온.

그러나 이미 늦었다.

"하하하, 조금 더 승리의 우월감에 잠겨 있었다면 좋았을 텐데! 네가 승리했잖냐!! 자신의 힘을 갈고닦아서! 원했던 대로 내 힘을 발판 삼아서 더욱 큰 힘을 휘두를 수 있게 되었다! 전성기와 거의 손색이 없는 힘을 되찾은 용사의 힘을 넘어서서!"

"뭐라! 용사의 힘이라고?!"

더는 지체할 수 없다.

"자, 레온. 너는 힘을 증명해서 대결에 승리했다. 그러니까 너는 이 자리에서 힘의 대가로 고통 속에서 사라져버려라!! 마이이이이이이이잇!! 유토오오오오오오오옷!!"

"큭, 이제 와서 합세하겠단 말인가!!"

레온은 내게 주의를 떼지 않은 채 마이와 유토에게 경계심 어린 눈빛을 보낸다.

"……오라버니의 적은 죽어버려." "지치도록 기다렸다고."

그러나 레온이 뭔가 행동을 하기보다 빨리 마이와 유토는 독의 바람을 두른 언월도와 소름 끼치는 마물의 발톱으로 요정수에 흠집을 냈다.

신체 대부분이 요정종으로 변환되었고, 신수화 상태로 요정수가 방출하는 마력을 직접 몸 안에 받아들이고 있는 레온의 눈앞에서.

"흐어끼으아어아아어아아아아아아아아아아아악?!"

레온이 이제껏 들은 적 없는 처참한 목소리로 비명 지른다.

“하하핫, 아하하하하핫!! 너는 끝장이다! 승리했는데도, 죽을 고비를 버텨서 나와 대결한 끝에 승리를 거두고도! 그토록 강한 힘을 얻었는데도 너보다 훨씬 약한 마이와 유토에게 직접 손을 쓰지도 못한 채 이 자리에서 전부를 잃어버리는 거다!!”

“이것은! 대체……!”

마치 물에 허우적거리며 신음하는 듯 가슴을 거머쥐고 무릎 꿇은 레온은 마이와 유토를 향해 공격을 펼치려고 했다.

그러나 중력파를 쏘아 내려고 했던 레온의 주먹에서 급속도로 마력이 무산된다.

“네놈! 나에게 무슨 짓을 저질렀나!!”

“【종변의 유인】을 써줬지.”

“무슨……. 끄가가가가가갹?!”

나는 비틀거리며 일어섰다. 온몸이 아파 비명을 질러 대지만, 이미 몸 상태 따위야 아무래도 상관없었다.

“못 알아듣겠지? 안심해라. 지금 다 기억나게 만들어주마.”

고통에 젖어 무릎을 꿇는 레온의 눈앞에서 【팔목(八目)의 투본검(透本劍)】을 번쩍 치켜든다.

그리고 레온의 어깻죽지에 검을 깊숙이 박아 넣었다.

“으그윽, 끄갸아앗, 끄봐뱌가갸각?!”

고통에 들볶이는 레온은 다시 머리를 감싸 쥐고 나자빠졌다.

“용사? 이곳은, 나는, 아니, 크아아앗, 뭐냐, 뭐냔 말이다!!”

“그래, 맞아, 레온. 맞다고, 나야. 내가 용사야. 이 세계에 강제로 소환당했었고, 너희가 제멋대로 이용한 끝에 죽여버렸던 용사가 돌아왔다."

자신이 알지 못하는 기억, 그러나 자기 기억임을 깨닫게 되는 기억 때문에 레온의 얼굴이 더욱더 뒤틀렸다.

"카이토……. 그래, 카이토 카이토 카이토, 네 녀석이이이이이이잇!!"

"아하하하하하핫! 오랜만이다, 레온!! 아아아아아앗!! 재회의 순간은 어째서 매번 이토록 흥분되는 걸까아!!"

"무슨 짓을 했나! 뭐냐, 이 상황은! 너는 내가! 우리가카가아아아아아아아아악!!"

또다시 마이의 언월도와 유토의 마물 발톱이 요정수에 흠집을 낸다.

"끼부와아아아아악!!" "카후이익, 카휘익, 카휘익 카휘익!!"

주위를 둘러싸고 있던 마물들도 흥분해서 떠들어 댄다.

"이 아픔은……. 그런가, 【종변의 유인】……! 마력이 짙은 장소에서 몸 상태가 좋아졌던 이유는 육체가 요정종으로 변화하는 과정에 있었기 때문인가카갸가가각!!"

요정수가 마이의 언월도에 맞아 부식되면서 투둑투둑 나뭇조각을 흩뿌린다. 수십의 머리를 가진 마물의 힘을 흡수했던 유토가 나뭇가지와 잎을 씹어 으깨서 산산조각을 낸다.

"맞다, 요정종은 힘의 근원이 요정수에 있잖냐. 요정수에 흠집이 나면 주위의 요정에게서 힘을 회수한다. 대책도 마련하지 않은 너라면 요정수의 영향에서 벗어날 수가 없어. 신수화를 써서 요정종처럼 마력 입자를 훤히 드러내고 있는 상태면 더더욱 그렇지."

지금 레온은 온몸에 관 형태의 막대가 틀어박힌 채 피를 빨리는 듯한 통증이 온몸을 덮쳐들고 있을 것이다.

“그래, 어떤 기분이지? 저기 두 녀석과 네가 붙는다면 확실하게 네가 승리하겠지만……. 지금의 너는 이 고통에서 절대 벗어날 수 없지. 그저 바닥을 나뒹구는 구더기에 불과하다.”

아픈 몸을 일으켜서 고통스러워하는 레온을 본다.

“괴로울 테지? 고통스러울 테지? 어떠냐, 힘을 잃어 가는 감각은.”

피 맛밖에 나지 않는 입속이 마치 행복의 결정을 머금은 것 같다.

“괴로워해라.”

“캬아아아아아아아아아악!!”

“괴로워해라.”

“꺼흑, 카아아악!!”

“괴로워해라.”

“끄걱, 허꺼걱, 으윽!!”

조금씩 조금씩 조금씩 요정수는 마이와 유토의 손에 깎여 나갔고, 그때마다 레온의 고통으로 가득 찬 목소리가 터져 나온다.

줄곧 갈구했던 목소리. 아아, 이리도 기분이 유쾌할 수가.

“잘한다, 힘껏 몸부림쳐라. 날개를 뽑힌 요정처럼.”

그렇게 요정수가 한 줄기의 작은 가지처럼 작아졌을 무렵, 내 몸도 움직일 수 있을 정도로 회복됐다.

물론 여전히 만신창이였지만 최후의 마무리를 감당할 만한 힘은 여유가 있다.

“멈춰, 라……. 요정수가 죽으면, 요정은 힘의 대부분을 잃는다……! 그렇게 되면 수많은 사람들이 위험에 노출된단 말이다……!”

“그래서 어쩌라는 거냐. 그러니까 나더러 기쁜 마음으로 희생해 달란 말이냐?”

“그런 소리는, 하지 않았다. 누구든 자진해서 책임을 져야…….”

“그딴 책임이야말로 아예 상관이 없군. 악의든 간에 선의든 간에!! 네가 내버렸잖냐!! 죄짓지도 않은 사람이 괴로워하든 말든 아랑곳 않고 내버렸다! 그러니까…….”

천천히, 풀솜으로 목을 조르듯.

“이번에는 내가 내버리겠다.”

우지끈, 요정수를 꺾어버렸다.

“카아아아케아가아나오아오아악그갸가아아아아……?!”

순간, 망가진 스피커처럼 레온이 비명 지른다.

“끅, 꺽, 흐……. 흐……. 흐…….”

온몸을 땀에 적셔서 빈사지경이라는 말이 딱 들어맞는 모습.

이리도 멋진 광경이 또 있을까.

그러나 아직이다, 아직 멀었다.

더욱 더욱 더욱 더욱더, 네가 바랐던 힘을 더럽혀주마.

“자, 다음 스테이지다. 너를…….”

“용납할 수 없습니다. 몇 안 되는 저의 동지인지라.”

그때, 레온에게 가까이 돌아가려고 했을 때, 귀에 익은 여자의 목소리가 들렸다.

"아!! 어째서 저 여자가……!"

"벌써 예전에 도시를 떠났을 텐데……!"

그 인물의 등장에 마이와 유토가 동요해서 소리 높인다.

물론 동요한 것은 나도 마찬가지였다. 왜냐하면 저곳에는 여기에 나타날 수 없어야 하는 녀석이 있었으니까.

"리리아아아……!! 네 년이, 어떻게 이런 곳까지 기어들어 왔나!!"

그 자리에 나타난 자는 이미 도시에서 떠났을 인물.

어른의 색향이 풍겨 나오는 전투용 감색 로브를 나부끼고 있고, 캄캄한 밤에 녹아드는 듯 반들반들한 머릿결.

리리아 루우 헐스톤이 저곳에 있었다.

☆

리리아 루우 헐스톤.

마족의 나라, 왕의 측실에게서 존재를 허락받지 못할 불륜으로 태어난 아이였던 나는 어릴 적부터 다른 사람들에게는 보이지 않는 것이 보였다.

어떠한 입자 같았던 그것은 한데 모여들거나 흩어지거나 여러 색깔 및 형태로 변화하면서 도처에 퍼져 있었다.

허공에 있는 것 이외에도 식물과 벌레, 동물, 그리고 사람의 내부에도 있었다.

그렇지만 나만이 볼 수 있는 입자를 보고 떠올리는 것은 자신의 방 안쪽에서 창문 바깥으로 내다보이는 풍경.

역대 마왕님들이 제 몸을 바쳐 마족에게 가호를 주는 존재로 다시 태어났다는 증거.

『마황수』.

모든 빛을 집어삼킬 듯한 검은색 나무껍질에 항상 붉은빛을 발하는 혈관 비슷한 관이 휘감겨 있는 거대한 수목.

하늘을 꿰뚫을 기세로 우뚝 서 있는 나무의 가지에는 죽은 나무처럼 단 한 장의 잎사귀도 달려 있지 않다. 그런 주제에 마치 거대한 괴물이라도 되는 양 불가사의한 생명력이 가득 차오른 듯 보인다.

그리고 마황수는 주위며 지면에서 다양한 색깔과 형태를 지닌 그것들을 빨아들이고, 더욱 더욱더 세밀하고 작은 하얀 가루와 같은 입자로 바꿔서 하늘로 뿜어 올린다.

그것이 무엇인가 나는 알 수 없었다. 그렇지만 그 광경이 나는 싫었다.

딱히 이유를 분명하게 알진 못했지만, 그 광경을 바라볼 때면 어쩐지 땅바닥이 무너져서 없어져버릴 것 같은 기분이 들었다.

뿜어내는 무엇인가가 마치 비명을 지르는 듯이 보였다.

마왕성에서는 마황수가 몇 그루나 보인다. 그래서 나는 태어났던 장소가 별로 좋아지지 않았다.

"『이것은 마력을 직접 관측할 수 있는 스킬 같군요.』"

내가 봐왔던 다른 사람에게는 보이지 않는 무엇인가는 태어났을 때부터 갖고 있었던 고유 스킬 『마안시(魔眼視)』로 관측 가능한 마력의 실체라고 잠정 결론이 났다.

'아니야……. 그렇지 않아.'

다만 저것이 올바른 해석이 아니라는 사실을 나는 본능으로 알 수 있었다.

그렇지만 굳이 속내를 털어놓지는 않았다.

마력이 안 보이는 것도 아닌 데다가 마력이 아니라면 대체 무엇이냐고 질문받았을 때 나는 대답하지 못할 테니까.

비록 난 부정의 소산이었지만『아이에게는 죄가 없다』라는 사유로 직접 벌받지는 않았다.

그러나 명명을 마친 후 발각되었던 탓에 왕족의 성씨는 지울 수가 없었다.

나는 공적으로는 성에 소속된 노마술사의 업둥이가 되었고, 노마술사가 제작한 스테이터스 은폐 마도구를 착용한 채 단지 리리아로서 고용인의 교육을 받았다.

마술에 뛰어난 마족 중에서 나는 평범한 수준의 재능밖에 없었지만,『마안시』스킬 덕분에 좋은 평가를 받았다.

내가 교육을 다 받았을 무렵, 마왕 부부가 덜컥 죽었다.

그 직전에 나는 왕에게 부름을 받았었다.

용건은『리리아』가 아니라『리리아 루우 헐스톤』으로 돌아오지 않겠냐는 내용이었다.

자신이 죽기 전 양녀로 들인다면 이름을 숨기지 않고도 살아갈 수 있다면서.

그 무렵에는 주위에서 전해 들었던 이야기며 호기심에 져서 은폐

용 마도구를 벗었을 때 알게 된 자신의 본명을 통해 대강의 사정은 눈치를 챘던 입장이었기에 혼란에 빠지지는 않았다.

그러나 나는 평범하게 『리리아』로 남기를 선택했다.

『리리아 루우 헐스톤』이 되어 왕족의 지위를 되찾는 대신 평범한 『리리아』이자 노마술사의 자식으로 살고 싶다는 바람을 가졌기 때문이었다.

다만 이러한 용건은 둘째 치고, 살아 있는 누구를 마주해도 볼 수 있었던 마력과 비슷한 무엇인가가 죽음을 앞둔 마왕님의 안쪽에서는 전혀 보이지 않았다는 데 놀랐다.

경험칙(經驗則)에 불과했지만 강한 사람 및 운 좋은 사람은 몸속에 보유하고 있는 입자의 양이 유난히 많았다.

그것은 임종의 순간에도 변함없었다.

따라서 무력 부문에서 역사상 유례가 없다는 평가를 받는 마왕님은 대량의 입자를 보유하고 있을 줄 예상했었다.

그야말로 마황수와 비견될 만큼.

그날 집에 돌아온 뒤 나를 부모처럼 돌봐줬던 노마술사와 대화를 나눴다.

노마술사는 한 차례 곤란해하는 표정을 짓더니 곧 온화한 미소로 『고맙구나』라고 말해줬다.

『마안시』로 본 마왕님의 상태에 대해서도 이야기했더니 노마술사는 살짝 서글픈 표정을 짓고 『그 녀석은 요령을 부릴 줄 모른다니까』라고 중얼거렸다.

얼마 뒤 정식으로 마왕님의 병사가 발표되었고, 안부인도 뒤를 좇듯이 영면에 들었다.

다음 대 마왕의 자리에는 본래 천재라고 소문이 자자했던 마왕님의 장남이 앉게 되었다.

즉위식에서 봤을 때 처음에는 다른 사람인 줄 알았다. 그렇게 착각할 수밖에 없을 만큼 장남이 몸 안쪽에 보유하는 마력과 비슷한 무엇인가가 증대되어 있었기 때문이다.

그것을 본 나는 노마술사의 말을 떠올리고 죽은 마왕님은 왕이 될 아들에게 힘을 남겨준 것이 아닐까 생각해봤다.

"언니?"

그리고 나는 막 철들었던 레티시아의 측근이 됐다.

이후 몇 년 동안이 나에게 있어 가장 따뜻했던 시간이었다. 레티시아의 성장을 지켜보고, 휴일에는 노마술사의 연구를 돕는 나날들.

그렇지만 언제부터인가 노마술사의 분위기가 이상해지기 시작했다.

언제나 쫓겨 다니는 듯한 모습으로 뭔가에 홀린 사람처럼 연구실 안에 틀어박혔고, 끝내는 거주 지역을 떠나 마황수의 뿌리 부근에서 지내기까지 했다.

눈은 움푹 파였고, 볼은 홀쭉해졌고, 얼굴에는 한층 더 깊숙한 주름이 새겨졌다.

그 귀기가 서린 모습을 걱정하면서도 지켜볼 수밖에 없었다.

연구를 돕고 싶다고 말해도 어째서인지 완고하게 받아들여주지 않았다. 그렇게 마음 불안한 나날이 이어지던 어느 날, 급속도로 늙어버렸던 노마술사는 실험 중 마력이 폭주를 일으키는 바람에 치명상을 입었다.

우연히 안부를 살피러 방문했던 내가 달려갔을 때는 이미 어떻게 손을 써도 살릴 수 없는 상태였다.

옮게 입을 벌린 노마술사가 최후에 무슨 말을 남겼는지 나는 알 수 없었다.

나는 짧은 휴가를 받아 노마술사가 연구했던 자료를 조사했다.

그리고 나는, 내가 『마안시』로 볼 수 있었던 입자의 정체를 알게 되었다.

☆

노마술사가 연구했던 것은 마력 본연의 성질, 그리고 마왕핵이라 불리는 오직 마왕만 보유하고 있는 특수한 마핵에 관해서였다.

마력이란 무엇인가. 어째서 마법으로서 불꽃과 물, 바람과 흙으로 전환될 수 있는가. 마력이 정체된 곳에서 갑작스럽게 강력한 마물이 태어나는 것은 어째서인가. 신체 강화 및 주술과 같이 직접 물체를 만들어 내지 않는 마법은 어떠한 방식으로 마력이 작용하는가.

노마술사는 마력을 『어떤 형태로도 성질을 전환할 수 있는 높은 에너지 입자의 집합체』라고 정의했다. 마법이란 마력을 분해해서 순수한 에너지체가 된 힘을 다른 현상으로 재구축하는 기술이라고.

내가 마안시로 관측할 수 있었던 광경에 관해 들었던 노마술사는 무수한 실험의 끝에 저러한 결론에 다다랐고, 이때 마력이 분해되어 발생하는 입자를 만물을 떠받치는 힘이라고 간주한 뒤 『세계의 힘』이라고 일컬었다.

또한 그것은 이 세계에 있어 변질하는 모든 것에 깃든 물질이며, 레벨이 높고 능력이 뛰어난 인물일수록 많은 『세계의 힘』을 갖고 있었다. 경험치라는 형태로 일정 이상 축적한 『세계의 힘』을 흡수함으로써 능력을 향상시킨다고 가정할 수 있겠다.

나 자신의 지난 경험이며 어릴 적부터 줄곧 겪었던 『마안시』로 보인 대상에 대한 감각과 빈틈없이 맞물렸던지라 대번에 납득이 됐다.

"……여기까지는, 괜찮아. 다만……."

나는 식물의 관찰 일기로 위장한 노마술사의 마력 관련 연구 자료를 덮고 책장에 꽂은 뒤 마찬가지로 위장된 다른 한 권의 마왕핵에 대한 연구 자료를 펼쳤다.

역대 마왕 중에는 마왕핵이라고 불리는 마핵을 지닌 자들이 있었다.

마왕핵을 지닌 마왕은 단 한 사람의 예외도 없이 마족으로서 비범한 힘을 발휘하며 역사에 이름을 남겨 놓았다.

그러나 마왕핵을 보유한 마왕이 나타났을 때는 인간들은 반드시 신탁을 받아 이세계에서 신의 힘을 제 몸에 받아들인 용사를 소환하고, 최후에는 마왕과 용사가 맞부딪치는 결말을 맞이했다.

마왕핵을 지닌 마왕이 이계의 용사에게 승리하면 마왕은 예외 없이 마황수로 자신의 몸을 변모시킨다. 마왕이 직접 용사를 쓰러뜨리지 않거나 용사가 죽는 장소에 동석하지 않는 경우에도 몇 년이 지나지 않아 마황수로 변화한다고 한다.

마황수가 된 마왕은 마족의 본거지인 이곳 대륙까지 자력으로 이동해서 뿌리를 박고 더 이상은 움직이지 못하게 된다. 그리고 한동안은 거뭇한 잎과 새빨간 나무 열매를 맺고 또 맺는 한편으로 땅속 깊숙한 곳의 마력을 빨아 올려서 마와 관련된 자들의 힘을 강화한다.

그것이 마황수의 표면적인 활동.

그러나, 다만 실험의 결과 마황수는 빨아 올리는 마력 대부분을 『세계의 힘』으로 분해해서 어딘가로 보낸다는 사실이 밝혀졌다.

시간이 흘러가면 열매를 맺지 않고 잎을 떨어뜨리고 죽은 나무와 같은 모습으로 바뀌지만, 그리되고도 마황수는 이 세계에서 비롯된 마력을 빨아들여서 어딘가로 『세계의 힘』을 계속 보내고 있다.

이계에서 온 신탁의 용사가 마왕을 처단하기 위해 나타난다는 사실을 같이 감안하면 쌍을 이루는 마왕의 존재는 신탁을 내리는 신의 적에 해당하는 상대, 이를테면 마신에게 힘을 보내고 있을 것이다.

즉 마왕과 용사란 결국…… 아니, 인류 대 마족이라는 구도 자체가 신이 예비한 대리전쟁의 무대이다.

그러나 중요한 것은 그게 아니었다.

마왕이 승리하면 마황수가 『세계의 힘』을 마신에게 보낸다.

용사가 승리하면 이 세계에서 마왕을 처단할 수 있을 만큼 방대한 『세계의 힘』이 축적된 힘을 보유한 채 이세계로 귀환한다.

이 세계에서 『세계의 힘』은 오직 손실만을 강요받게 된다.

이대로 가면 언젠가 이 세계는 『세계의 힘』 전부를 잃고 죽음의 세계로 바뀌어버리리라.

연구서에 기록된 것은 저러한 내용이었다.

노마술사는 신에게 범접하기 위한 힘을 어떻게든 손에 넣고자 위험을 무릅쓰다가 죽고 말았다.

따라서 나는 신을 처단한 힘을 손에 넣겠다고 결심했다.

신도 마신도 이 세계를 지킬 의도가 정녕 없다면 하다못해 단 한 사람은 노마술사가 이루고자 했던 뜻을 이어받아야 할 테니까.

그 때문에 나는 인간과의 주전론을 쭉 주장해왔던 폭염마인 아데리우스를 부채질해서, 독선적인 사룡을 부추겨서, 마왕핵을 손에 넣기 위하여 레티시아의 오빠마저 죽였다.

'결국 마왕핵은 레티시아의 오빠가 손쓴 안배 때문에 레티시아의 소유가 되어버렸습니다만……. 그러나 마왕핵과 용사의 힘, 이렇듯 두 가지는 확실하게 신의 힘, 신과 이어지는 힘일 겁니다.'

레온이라는 믿음직한 동지도 만들었지만, 아직껏 신을 도모하기 위한 실마리는 확실하게 잡지 못했다.

이 복수의 여행 도중에 세계의 위기에 대해 레티시아에게 이야기하는 리스크를 짊어지면서까지 협력을 얻어 냈다. 물론 아데리우스와 사룡을 부추겼던 행적은 감추면서.

내가 레티시아의 오빠, 선대 마왕 본인의 마핵을 거두어들였다는 사실도.

'게다가 지금은…….'

법국에 있는 신성 결정.

그것도 역시 신에게 이어지는 힘을 지닌 물건일 가능성이 높다.

'다시 이용해드리겠습니다, 폭염마인 아데리우스.'

또 한 권의 연구서도 갈무리한 뒤 숙소의 의자에 혼자 앉아서 입꼬리를 끌어 올린다.

오빠를 죽인 폭염마인 아데리우스를 노리고 있는 레티시아.

혼란이 발생하는 틈을 파고들어서 어떻게든 신성 결정을 손에 넣도록 하죠.

그때 숙소의 문에서 똑똑 노크 소리가 났다.

"어머, 생각보다 꽤 빨랐군요."

레티시아와 노노릭은『길거리 음식 섭렵이야말로 처음 방문한 도시의 묘미이니라!』라며 장보기 겸 거리를 돌아다니고 있습니다. 돌아올 때까지 조금 더 시간이 걸릴 텐데요. 누구일까요…….

"응? 아무도 없다……? 이 쪽지는……? 앗!!"

『요정이 위험에 처했다. 도우러 가지 않는다면 요정은 죽어 절멸하리라.』

주워 든 쪽지에 쓰여 있는 의미심장한 내용. 평소였다면 피식 웃어넘겼을 텐데 이 편지에는 요정의 날개가 같이 묶여 있었다.

'레티시아에게 연락은…….『심화』는 연결이 안 되는군요. 또 노노릭과 수상쩍은 마력이 가득 들어찬 마도구 상점이라도 구경하고 있겠죠……. 어쩔 수 없군요, 글이나마 남겨 놓고 이동합시다.'

나는 일순간 망설인 끝에 결단했다. 이 쪽지를 마냥 무시할 순 없었다.

레티시아에게 행선지를 적은 종이를 남긴 뒤 나는 숙소에서 나왔다.

"……."

그런 나를 그림자 속에서 살펴보는 누군가의 존재를 깨닫지도 못한 채.

☆

"레온, 무사하…… 꽤 심각하군요."

서둘러 이동해서 도착했던 요정의 숲에서는 예상 밖의 사태가 벌어지는 와중이었습니다.

마안시로 본 시야 속에 요정의 모습은 없었고, 도착한 장소에서는 레온이 살해당하기 직전이었습니다.

허둥지둥 구조를 위해 개입했습니다만, 상황을 파악할 수가 없습니다.

신수화를 쓴 레온이 패배했다는 것은 자기 눈으로 목격하고도 믿기지 않은 사태였습니다.

"어째서, 그대가 이곳에……."

"설명은 나중에 하죠. 아무튼 이 상황을 처리하는 게 먼저잖아요."

만신창이의 모습이면서도 번뜩이는 시선을 숨기려는 내색조차 않고 이쪽을 노려보는 남자.

분명 카이토라고 했던가요.

"……그나저나 도망치고 싶어도 어느 정도는 상대를 해드려야겠군요."

자연스럽게 퇴로를 막는 위치로 마이와 유토라는 이름의 소년 소녀가 이동하고 있습니다.

"조심, 해라……."

"네, 방심할 만한 상대가 아니라는 건 알아요."

레온과 양패구상을 당한 듯 리더로 짐작되는 카이토라는 소년은 상대할 필요가 없을 것 같습니다만, 다른 두 사람은 살펴본 바로 부상을 당한 흔적도 없습니다.

"저것들은, 위험하다. 방심…… 하지, 마라……."

상당히 지친 모습으로 레온은 정신을 잃어버린 듯싶습니다.

저는 레온을 나무 그늘에 눕힌 뒤 경계하는 분위기로 이쪽을 주시하는 두 사람을 상대했습니다.

"『토룡격』, 『백염파』!!"

이번에는 실력을 숨기지 않고 순수한 마술사로서 전투를 개시했습니다.

전위에서 싸우기 위한 둔기술용 지팡이가 아니라 마법 행사의 속도를 보조하는 지팡이를 손에 들자 지면에서 용을 본뜬 흙덩이와 하얀색을 띤 불꽃이 달려 나갑니다.

"『기간테스 암』!!" "『수류의 바람』!"

그러나 흙의 용은 비대화된 팔을 지닌 유토에게 박살이 났고, 백색 불꽃은 물의 성질을 두른 바람을 날린 마이에게 진화됐습니다.

이렇게 전투의 막이 올라갑니다.

☆

"역시 최저한의 힘은 갖고 있군요. 그렇지만…… 이 정도라면 둘을 상대해도 패배할 일은 없겠습니다."

"크……!" "실력을 숨겼다는 건 알고 있었지만……!!"

전투가 시작되고 얼마 뒤, 전황은 시종일관 리리아 측에 유리하게 진행됐다.

리리아도 아주 손쉽게 상대하고 있는 처지는 아니었다만, 그럼에도 두 녀석만큼 상처를 입진 않았다.

'마이와 유토도 분발하고 있지만……! 이대로 가면…….'

스스로 생각했던 것 이상의 대미지를 받았는지 전투에 개입할 수가 없었다.

뒷일만 아랑곳하지 않는다면 두 사람을 데리고 도망칠 수도 있다.

복수의 최종 단계에서는 전이의 힘을 써서 이 자리를 벗어날 예정이었다. 그때 사용할 전이의 힘은 사전에 심검의 능력으로 하늘의 마석에 봉인해서 보관해 놨다.

이것을 쓰면 도망칠 수 있다. 그렇게 되면 확실하게 복수는 실패한다. 다만…….

"살아남으면 다음 기회가 있지."

내가 전이의 힘을 사용하려던 때…….

"아직이에요, 오라버니!!"

내 손을 가로막으며 마이의 목소리가 주위에 울려 퍼졌다.

"저는…… 마이는, 단지 오라버니의 발목을 붙들기 위해 이 세계에 온 것이 아니란 말이에요!"

기합을 넣으려는 듯이 소리친 마이가 일어선다.

"유토 오빠, 30초, 어떻게든 30초만 리리아를 묶어 놔주세요."

"30초라니……. 또 만만치 않은 요구를 하는구나."

마이의 말에 유토가 난감해하며 대답한다. 그러나 발언과 반대되게도 태도는 의욕으로 가득 찬 모습이었다.

"그래도, 뭐, 나 역시 걸리적거리는 밥벌레로 끝날 순 없단 말이지."

마이와 마찬가지로 일어섰던 유토는 품에서 녹색을 띤 마석을 꺼내 들었다.

그리고 유토는 그 마석을『아드득!!』깨물고 부서뜨려서 삼켰다.

"『아말리아 플랜트, 풀 보디』이이이잇!!"

순간, 유토의 몸이 부풀어 올라『주사위를 던지는 군세 투기장』에서 불러낼 수 있는 최고 레벨의 식물 마물로 모습을 바꾼다.

그와 동시에 마이도 역시 영창 태세에 들어갔다.

"오라, 원망과 탄식의 목소리처럼, 그대는 어둠에 묶인 귀신과 같구나."

"『쿠워어어어어어어어어어어어어어어……!!』"

공기를 찢어발기는 듯한 포효가 주위에 울려 퍼진다.

이끼와 잎과 흙이 세차게 굳어진 듯한 몸체와 무수히 많은 강인한 덩굴을 가지고 있는 마물.

뱀처럼 꾸물거리는 덩굴이 몇 가닥씩 한꺼번에 리리아를 목표로 달려 나간다.

"오라, 저주의 읊조림처럼, 그대는 버림받은 시체 같구나."

"크, 귀찮게!!"

마족답게 마법 구사에 뛰어난 리리아는 위력보다도 속도를 우선한 마법으로 저 무수히 많은 공격을 막아 낸다.

손발처럼 마법을 다루는 레티시아 수준은 아니라지만, 리리아도 역시 뛰어난 마술사였다. 『마안시』라는 고유 스킬로 상대의 마법을 감지하는 능력을 활용함으로써 비록 레티시아의 하위 호환이라지만, 충분한 마법 전투 능력을 보유하고 있다.

"이딴 수작을, 아무리 숫자만 늘려서 날려 봤자!"

"『키에에아?! 키키키이! 쿠워아아아앗!!』"

수많은 덩굴이 잘려서 나가떨어지고, 그때마다 고통에 견디는 유토의 비명이 메아리친다.

"오라, 신께 봉사하는 소녀를 외경하듯이, 그대는 썩어 문드러진 안채 같구나."

레티시아 정도의 깔끔한 마술 구축은 아니라지만, 공격이 시작되기 전부터 미리 조짐을 감지함으로써 흉내나마 레티시아에게 비견할 만한 공격 반응을 이끌어 낸다.

그러나, 그럼에도 유토가 휘두르는 덩굴의 수가 줄어들지는 않았다.

"윽, 크윽, 이따위 수법에에에에에!!"

잘려 나가도 재생을 거듭하며 덩굴의 맹공이 이어진다.

리리아에게 결정타를 가하지는 못한다지만, 그럼에도 움직임을 확실하게 억제하는 데는 성공했다.

"오라, 심연을 들여다보듯, 그대는 썩어 떨어지는 눈동자 같구나."

그렇게 딱 30초, 모든 덩굴을 잃고 몸체만 남게 된 유토는 온몸이 상처투성이인 상태에서 원래 모습으로 돌아왔다.
"이제 정확하게 30초, 뒷일은, 부탁할게……."

"오라, 신을 추락시키려는 위세로, 그대는 곪아 부풀어 오른 눈동자 같구나."

피투성이가 된 유토는 가까운 나무줄기에 등을 기대고 주저앉았다.
"감사합니다, 유토 오빠. 이제 충분해요."
다만 힘겹게 버틴 시간으로 마이는 충분하게 준비를 완료할 수 있었다.
"이것은……."
꿀꺽, 리리아가 마른침을 삼키는 소리가 들린 것 같았다.
유토의 커다란 몸체 뒤쪽에 숨어서 줄곧 힘을 축적했던 마이의 주위로 검은 바람이 소용돌이치고 있다.
따닥따닥 방전 현상처럼 울리는 소리는 마이가 긁어모은 마력의 거대함을 대변해준다.

"초래, 『부패한 공주의 숨결』."

"큭!"

마력이 직접 보인다는『마안시』스킬을 지닌 리리아는 저기에 담긴 마력이 치명상에 달할 위력을 발휘할 수 있다고 판단했을 것이다.

마이가 언월도를 높이 치켜들더니 오른쪽 방향으로 반원을 그리면서 칼날을 내리 휘두르는 동시에 리리아는 최대의 경계 태세와 함께 거리를 벌리고자 뒤로 물러났지만…….

"무의미합니다, 그 정도로는 이 바람을 피해 도망칠 수 없어요."

순간, 사락사락사락 모래 허물어지는 듯한 소리가 났다.

마이가 만들어 낸 검은 바람을 표적으로 삼은 것처럼 어느 틈인가 어두운 밤하늘에 검은 바람이 종횡무진 거칠게 불어닥치고 있었다.

그리고 그 하늘에서 거대한 망치를 내리 휘두르는 것처럼 검은 바람이 내리 불었다.

"——~~~~!!"

내리 부는 바람에 맞서 리리아는 마력으로 장벽을 전개했다.

무시무시한 폭풍을 아래에서 떠받치는 모양새로 리리아는 다리를 굳게 디디며 버틴다. 그러나 리리아가 있는 범위 바깥의 장소에서는 검은 바람이 닿자마자 풀도 나무도 검은 모래로 뒤바뀌어 간다.

리리아는 우수한 마술사다. 그러나 결국 마술을 구사하는 본연의 분야에서 우월한 것이 아니다. 마력을 직시하는 능력과 더불어서 외통수로 몰아넣는 장기 같은 전투가 본분이고, 출력의 문제 때문에 고위력의 대마술은 서투르다.

마이가 모든 체력과 정신력을 다 바쳐서 날린 일격은 저런 의미에서 가장 합리적이었다.

“소용없습니다. 그 바람은 저주하고, 부패시키고, 모든 것을 정체의 밑바닥으로 침전하게 만들죠.”

검은 폭풍 속에서 거뭇하고 가느다란 여자의 팔이 뻗어 나온다.

“짓눌려라, 짓눌려라, 짓눌려라아아아아앗!!”

어째서인지 뼈와 비슷한 인상을 받는 저 팔이 닿자마자 장벽은 검은 모래로 바뀌어서 떨어지다가 사라져 간다.

그러나 리리아도 마냥 당하기만 하진 않았다.

연달아 미묘하게 성질이 다른 장벽을 전개해서 어떻게든 검은 손길을 막아 내고자 한다.

『마안시』 스킬을 응용하는 까닭일가, 처음에는 한순간에 모래로 바뀌었던 장벽이 조금씩 검은 손길에 저항력을 나타내기 시작했다.

“이런 정도로오오오오오오오오!!”

“저항하지 마아아아아아아아앗!!”

저주의 손과 장벽이 맞대항하며 리리아와 마이의 목소리가 울려퍼진다.

그리고 검은 손가락이 최후의 장벽을 돌파하는 순간, 고조됐던 마력이 터져 나가며 눈이 아찔해지는 강렬한 검은 빛줄기가 쏟아졌다.

뒤이어 발생하는 충격파로 지면에서 모락모락 흙먼지가 피어오르고, 그다음에는…….

“허억, 허억, 허억, 허억.”

리리아는 거친 숨을 내뱉으면서도 굳건하게 서 있었다.

저주받은 바람에 노출됐던 주위는 대부분이 검은 모래로 바뀌었고, 대상으로 지정된 리리아 본인은 저주에 침식돼서 검게 물든 오른팔을 왼손으로 부여잡고 있다.

그럼에도 사지 전체가 썩어 떨어져서 모래가 되었어야 했을 본래의 피해를 감안한다면 이 결과는 마이에게 탐탁하다고 말할 순 없었다.

"……쓰러뜨리기에는, 부족했나 봐요, 꺼흑."

마이는 분한 듯 말을 내뱉고 자기 한계 이상의 마력을 덜컥 행사했던 탓에 상처투성이가 되고 말았다.

"멋진 솜씨였습니다만, 여기까지가……."

"그래, 정말로 멋진 솜씨였다."

"윽?!"

휘잉, 공기를 베어 가르는 소리와 함께 리리아의 왼팔이 잘려 나갔다.

마이가 전력을 다한 공격 덕분에 전투 중에도 소홀해지지 않았던 주의력이 내게서 완전히 떨어졌다.

그렇게 할 여유를 유토와 마이가 빼앗아준 덕분에 내가 리리아의 등 뒤로 돌아갈 틈이 생겼다.

"저항은 소용없다. 나도 꽤 지쳤지만, 두 팔을 잃은 너를 상대하지 못할 정도는 아니야."

"큭……. 이런 곳에서, 거꾸러질 수는……."

바닥에서 몸을 웅크린 채 이쪽을 노려보는 리리아에게 위압을 쏟아낸다.

상처 부위는 타오르는 듯 고열을 발하는 심검으로 절단했기 때문에 특별히 피가 흘러나오지도 않았다.

그나저나 우선 장내를 제압한 것은 괜찮다지만, 다음 행동은 어찌해야 하나.

상정했던 우려 사항 중 이런 전개는 포함되어 있지 않았다.

설마 도시에서 떠났다 판단했던 인물이 두 번이나 돌아올 줄은 예상하지 못했다. 두 번 있었던 일이 어쩌고저쩌고 말한다지만, 이번에는 길드 경유로도 전장에 향했다는 대답을 확인했었는데…….

"크!"

그때 갑작스럽게 리리아와 내 사이에서 마법 폭발이 발생했다.

'이런 타이밍에……!!'

어떤 의미에서는 이미 예상된 결과.

검 끝을 겨누고 리리아의 움직임에는 곧장 반응할 수 있도록 주의를 기울였었다. 따라서 이 폭발 마법을 쓴 자는 리리아와 다른 인물이고, 그리고 그 정체는…….

"우후훗, 자아, 거기까지이니라!"

아아, 정말이지 세계는 심술궂게 만들어졌다.

진홍색 머리카락을 바람에 나부끼며.

여느 때처럼 당돌한 미소를 얼굴에 지은 채.

고딕 양식의 전투용 드레스 로브를 차려입고.

내 기억과 똑같은 레티시아가 결국 나타났다.

“…… .”

“레티시아……!”

허공에서 내려선 레티시아를 보고 리리아가 안도의 목소리를 낸다.

‘……큰일 났군, 최악이야. 지금 몸 상태로 레티시아를 상대해서 이 장소를 살아 빠져나갈 수 있나……?’

레티시아가 나타났다면 즉 노노릭 또한 따라왔을 가능성이 있었다.

“……큭.” “이러면…… 좀 곤란한데.”

마이도 유토도 완전히 한계였다.

망설일 때가 아니다. 어떻게든 두 녀석을 데리고 철수할 필요가 있다.

‘제길……. 진정해라, 빌어먹을……. 진정하라고!’

그러나 여기까지 와서 복수를 포기한 채 도주해야 한다는 분함과 분노가 사고를 어지럽힌다.

“이런, 이런 참. 혹독한 몰골이구려.”

레티시아는 내 방향을 보지 않고 리리아에게 가까이 다가갔다.

알고 있었음에도 저러한 태도가 거듭 레티시아와 나의 입장 차이를 꼭 집어 지적하는 것 같아서 더욱 마음속을 어지럽힌다.

“언니, 용케 버티셨소.”

“덕분에 살았습니다……. 그렇지만, 자세한 이야기는 나중에 하죠. 우선 저자들을 포박해야 하니까 도와주겠어요?”

“……아무렴, 알고말고. 그렇지만 우선은 치료가 먼저라오.”

“……?”

레티시아의 목소리가, 뭔가 마음에 걸렸다.

그러나 나는 위화감의 정체를 알 수 없었고, 레티시아는 리리아의 뒤쪽으로 돌아가 서서 등에다가 손을 가져다 댔다.

“『가들리 브레스』.”

옅은 금색의 빛 날개가 떨어져서 절단됐던 팔의 상처와 저주에 침식되어 검게 변색된 팔에 내려앉는다.

그 순간, 날개가 닿은 장소에서 빛 입자가 모여들며 팔이 재생되고, 저주에 침식됐었던 팔은 수면에 떨어지는 물방울의 파문처럼 본래의 정상적인 색깔이 퍼져 나가면서 회복된다.

“후유. ……고맙습니다, 레티시아.”

“무얼, 언니를 위한 일인데, 나는 노고를 아끼지 않소.”

“…….”

이번에도, 이번에도 역시, 저 목소리가 묘하게 마음에 걸리는 느낌이 든다.

괜한 위화감을 신경 쓸 상황이 아닌데도 자꾸자꾸 사고가 이렇듯 마음에 걸리는 이유를 찾으려고만 한다.

“마력을 과하게 써서 조금 버겁습니다만, 당신이 와준 덕분에…….”

“이보게, 언니. 나는 말이오, 줄곧 언니께 알려드리고 싶은 게 있었다오.”

레티시아가 쓱 일어서더니 리리아를 뒤쪽에서 와락 껴안는다.

“줄곧 줄곧, 참을성 있게 기다렸다오. 당장에 인내심이 끊어지려고 하는 나 자신을 죽기 살기로 단속하면서, 조금씩 조금씩 조금씩.”

“레티시아? 무슨…….”

“이렇게 오라버니의 원수를 갚을 이날을 기다렸느니라.”

푹, 멀리서도 저 소리는 어째서인지 강하게 울려 퍼졌다.

"……어? 커흑."

레티시아의 아름다운 손가락이 리리아의 가슴 부근에 잠겨 들어가는 소리.

"이제 돌려주시겠나? 오라버니에게서 빼앗은 그 마핵을."

푸슉, 세차게 선혈이 뿜어 나와서 지면을 적신다.

그 광경을 보고, 아름답게 미소 짓는 레티시아의 얼굴을 보고, 그제야 자신이 느꼈던 위화감의 정체를 깨달을 수 있었다.

그 감각의 이름은『기시감』.

레티시아의 발언에는 나 자신도 겪은 바 있듯이 복수를 눈앞에 두고 차마 억제할 수 없었던 흥분이 각인되어 있었다.

제5장 막다른 곳에서 서로를 물어뜯는 투기장과 힘의 결말

털썩, 바닥에 쓰러지는 리리아.

이곳에 있던 누구도 어떠한 말을 입에 담을 수가 없었다.

선혈에 젖은 손에 쥐인 자수정색의 결정은 색깔이 다를지언정 본 적이 있는 물건이었다.

"아하하하핫!! 줄곧 줄곧 줄곧! 이때를 위해서 참고 견뎠느니라! 언니, 언니, 불러서 옛날과 같이 사모하는 흉내를 내고! 신뢰를 얻기 위해서 아무것도 모르는 시늉을 하고! 줄곧 줄곧 이때를!"

통상 한 사람당 하나밖에 갖지 못하는 마핵.

빼앗기면 마족에게 기다리는 것은 즉각적인 죽음일 텐데도 어째서인지 리리아는 죽지 않았다. 다만 마력을 관장하는 기관인지라 제어를 잃음에 따라 마물의 특색을 나타내는 부위— 아마도 서큐버스 계통에 속할 검은색 날개와 꼬리가 나타났다.

'오라버니의 마핵? 무슨 소리야, 살해당했다는 선대 마왕의……?'

"어째, 서……."

리리아의 입에서 의문이 새어 나와도 레티시아는 대답하지 않고 웃더니 말을 계속했다.

"이제껏 쭉 알고 있었단다. 이렇듯 두 번째 세계가 시작된 이후 그렌을 매개로 내가 첫 번째의 기억을 다시 이어받았던 그때부터 쭉, 찰나의 누락도 없이 언니를, 아니, 네년을 감시해왔단 말이다. 진정 교묘하게 자신과 정이 들도록 구워삶았지만, 일단 의심하고 살펴봤더니 오라버니의 마핵이 네년의 안에 있다는 사실은 금세 알아냈다."

레티시아는 리리아의 앞을 가로막고 서서 상처를 봉합하기 위한 치유의 마법을 리리아에게 걸어줬다.

"나 또한 처음에는 여러모로 혼란을 겪었더랬지. 그럼에도 레온과 네년, 그 밖에 나와 카이토의 행복을 짓밟았던 상대에 대한 증오는 지워시지를 않더구나. 괴상한 저주에 걸린 것도 아닐뿐더러 무엇보다 감각이, 혼이! 이 증오는 나의 감정이라고 외치었다!"

분노, 분노, 분노!

주체할 수 없이, 주체할 수 없이, 주체할 수 없노라 부르짖는 목소리.

"그러니까 기회를 엿보았다! 리리아, 네가 나를 믿도록, 신뢰하도록 만든 뒤 네년이 사랑하는 레온의 앞에서 배반하고 죽일 그날을 위해!"

"캬아아아아아아아아아아아아아악!!"

레티시아가 만들어 낸 얼음 창이 리리아를 서벅서벅서벅 지면에 붙박았다.

"아픈가? 뭐, 더 이상 오라버니의 마핵이 없지 않느냐. 온몸을 순환하는 마력량의 변화에 대응하기 위해 모속의 신경이 민감해졌을 테지. 어디, 이쯤이더냐?"

"흐그아아아앗, 끼기기끼깃!!"

레티시아가 날개 일부에 발을 내리찍어 짓밟자 리리아의 입에서 비명이 터져 나왔다.

"아하하하핫! 어찌 이리도 못난이 같은 비명 소리가 있단 말이더냐. 기왕이면 『꺄아』라고 조금 더 아가씨답게 비명 지르는 것이 낫지 않겠나? 다시, 이렇게!!"

절규하는 리리아를 레티시아가 몹시 기뻐하면서 보고 웃는다.

우리는 저런 광경을 혼란에 빠져 정지된 사고속 에서 다만 지켜봐야 했다.

"잠깐, 잠깐만~ 레티시아? 카이 군이랑 친구들이 바짝 굳었는데 괜찮은 거야?"

그때, 리리아의 비명을 듣는 데 열중해 있던 레티시아의 곁에 노노릭이 나타났다.

격식을 차린 군복풍 복장과 반대로 여전히 노노릭의 목소리는 명랑하다.

"음? 흠, 깜빡했구나. 우선 현재 상황만이라도 얘기를 해줘야겠군."

"으각!!"

마지막으로 날개를 지면에 마구 문대다가 다리를 되돌린 레티시아가 내 방향을 보고 돌아섰다.

"그건 그렇고……. 푸푸풋! 그 얼빠진 낯짝 좀 어떻게 해보거라, 멍텅구리 녀석아."

쿡쿡쿡, 순식간에 복수자의 얼굴에서 단지 장난을 좋아하는 얼굴로 돌아온 레티시아가 웃는다.

"너, 너, 레티시아, 설마 기억이……."

"설마는 무슨, 방금 막 보고 들었던 대로 짐작이 될 터인데? 아니면 거 뭐냐, 우리 단둘의 비밀로 남겨 둔 이런저런 이야기라도 들려달란 말이더냐?"

"……하하, 하하하, 진짜냐……."

놀란 나머지 완전히 사고가 정지됐었다만, 이제야 사실을 목구멍 안쪽으로 넘겨 떨어뜨릴 수 있었다.

"뭐, 내막을 대충 말해주자면 거 뭐냐. 첫 번째 때에 내 마핵을 줄곧 품에다가 넣고 다녔잖느냐? 사실은 죽기 직전에 나 자신의 혼을 그쪽으로 옮겨 놓았느니라. 성공은 딱히 기대하지 않았거늘 역시 난 초절 천재였던 게야!"

"네 마핵이라면……. 분명 알레시아의 손에 부서졌는데?"

씁쓸한 기억과 함께 떠올린다. 왕녀 알레시아의 배반이 내 눈앞에서 폭로됐던 날.

"그때야 이미 혼 대부분이 너의 몸속으로 들어간 상태였지. 하다못해 꿈속에서나마 네 녀석을 만나야겠노라고, 기껏 승부를 양보해줬거늘 가만 놔두면 객사해버릴 것 같았잖느냐."

저 말을 듣고 첫 번째 때는 유난히 레티시아의 꿈을 자주 꾸었음을 떠올렸다.

"혼만 남아서 네 녀석의 몸에 더부살이하는 처지였다만, 의식만은 또렷하게 붙들고 있었더랬지. 그러니까 카이토 네가 허망하게 그 암여우에게 속아 넘어가서 나의 소중한 마핵을 망가뜨리는 장면도 목격했느니라."

"으윽."

레티시아가 가자미눈으로 나를 흘기는 터라 말문이 막힌다.

“게다가 시간이 되감긴 이후 곧 꿈에서 나를 찾아오도록 거듭 전갈했거늘 도대체 얼마나 시간이 걸린 줄 알기는 아는 게냐? 나는 하염없이 목 빼고 기다렸건마는. 심지어 내가 복수를 개시하려고 마음먹자마자 느지막이 나타나지 않았더냐.”

“아니, 이게 나한테도 좀 사정이……. 잠깐, 잘 생각하니까 너 말이다, 혹시 숲에서 처음 마주쳤을 때 설마 일부러…….”

“야~ 야아~! 치사해, 치사하다앗! 노노의 눈앞에서 둘이 막 분위기 내지 말란 말이야!”

불쑥, 대화가 엉뚱한 방향으로 막 날아가려던 때에 노노릭이 기어들었다.

“에잇, 모처럼 연인들끼리 진짜 재회를 즐기는 중에 찬물을 끼얹는구나.”

뚱, 볼을 부풀리는 레티시아와 강아지처럼 까강까강 떠들어 대는 노노릭.

“뭐, 확실히 추억 이야기는 나중에 하면 될 테지. 지금은 먼저…… 이 녀석들이 우선이잖느냐?”

“으……. 크…….” “아……. 읍…….”

딱, 레티시아가 손가락을 튕기자 리리아를 붙박아 놨던 얼음의 창이 사라지더니 레온과 리리아의 몸이 떠올라서 마이가 만들어 냈던 검은 모래땅 위로 나가떨어졌다.

그리고 다시 한 번 레티시아가 손가락을 튕기자 챙, 하는 소리와 함께 금속제 투박한 감옥이 두 사람을 가둬버렸다.

"그리고, 이쪽은 치료를 받아야겠군."

"……아, 따뜻해요." "상처가……. 게다가, 체력과 마력까지……."

레티시아가 쓰러져 있던 마이와 유토에게 가까이 다가가서 각자의 어깨에 톡톡 손을 얹었다.

방금 전 리리아가 회복된 것과 마찬가지로 레티시아가 만진 위치에서 파문이 퍼져 나가며 너덜너덜했던 두 녀석의 몸이 치유된다.

상처뿐 아니라 활력 및 마력까지 수복된 모습이었다.

"마지막은, 카이토, 네 녀석은 특별한 회복이 필요하구나."

"아니, 난, 으읍?!"

그리고 내 곁에 돌아온 레티시아는 다짜고짜 목덜미에 손을 둘러서 입맞춤했다.

"읏?!"

"으음, 쪽."

그 순간, 옅은 금빛이 나와 레티시아를 감쌌다.

"아~ 아앗~! 또 자기들끼리!!"

"……오라버니?"

"마이, 참아, 참아."

공범자들의 시선을 받으면서 넉넉히 10초 가까운 시간이 지난 다음에 겨우 입술과 입술이 떨어졌다.

"푸핫, 엉망진창이로고. 아주 폭삭 마력이 줄어드는구나."

"뭔데~ 뭔데~! 노노한테는 복수니까 장난치지 말라더니 자기만 쏙~!"

"어쩔 수 없잖느냐. 이 천하의 멍텅구리가 제 몸을 혹사시켜서 세포 레벨로 곳곳이 다 너덜너덜해졌으니. 게다가 능력치가 높은 까닭에 회복하는 데 필요한 마력량도 많단 말이다. 점막 접촉으로 정보를 수집하면서 회복시키는 것이 가장 확실한 수단이지."

"……."

천연덕스럽게 받아친다만 레티시아라면 숨 한 번 돌릴 정도밖에 효과의 차이가 없단 사실을 나는 잘 알았다.

그러나 몸은 회복됐는데도 주위의 시선이 따가운지라 긁어 부스럼을 만들 행동은 하지 않는다.

"자, 우리 쪽 목소리가 새어 나가지 않게 결계도 쳤다."

빙글, 레티시아가 손가락을 돌리자 반투명한 정육면체 모양으로 빛의 막이 만들어졌다.

부상을 치료받은 마이와 유토도 내게 가까이 다가온다.

"그러면 계획의 상호 검토를 진행해보자꾸나."

"으음, 알았어."

나는 한 차례 헛기침을 하고 마음을 다잡았다.

이제껏 나는 두 번째 세계에서 레티시아와 적대할 앞날을 상정해 왔다. 레티시아의 언니를 죽인 나를 레티시아는 분명 증오하리라고.

솔직히 완전하게 각오를 다진 게 아니었다. 그것이 최선이라고 머릿속에서는 판단이 돼도 첫 번째 세계에서 받은 애정의 몫만큼 그 칼날은 나를 상처 입힐 테니까.

증오를 담아 나를 노려보는 레티시아가 내뱉는 진심 어린 저주의 말을 듣다가 꿈에서 깨어 화들짝 일어났던 횟수는 두 손과 두 발의 손발가락 숫자로 다 헤아릴 수가 없을 정도였다.

그러니까 이룰 수 없으리라 체념한 레티시아와 함께하는 이 기적 같은 상황은 울부짖고 싶어질 만큼 세찬 환희의 감정을 불러 깨웠다.

다만, 지금은 한창 복수를 수행하는 와중이다.

놀람에 따른 혼란은 지나갔다. 또한 복수의 장해물은 사라졌다.

지금만큼은 『행복』과 이웃하는 기쁨은 필요 없었다.

내게 필요한 것은 오로지 검고도 검게 빈틈없이 칠된 귀신의 얼굴이면 된다.

마침내 복수가 끝날 순간까지는 다만 어두운 늪지대의 바닥을 기어 다니는 괴물이고 싶을 따름이니까.

그렇게 하지 않는다면 분명히 복수는 어중간하게 폐막을 맞이한다.

"뭐, 계획을 비교한대도, 난 딱히 기발한 복수 방법은 떠오르질 않더구나. 기껏해야 『당했던 대로 고스란히 갚아준 다음 노노릭의 도움을 받아 고문한 뒤 죽인다』는 것밖에 생각나는 게 없더군. 그러니까 내가 해왔던 일은 『신뢰의 대상으로 자리매김하는 것』뿐이니라."

"그런가, 흐음……."

그렇게 어떻게든 사고를 다시 전환한 후 레티시아가 말한 내용이 마침 잘됐다 싶어 한 차례 고개를 끄덕였다.

우리의 복수 계획에 레티시아와 노노릭이라는 패가 더해졌다. 그리고 레온밖에 없었던 무대에 리리아라는 배역도 추가됐다.

레티시아도 나름 무엇인가 계획이 있었다면 여러모로 다시 궁리를 해야 할 상황이었다.

그러나 레온과 리리아가 연인 사이라는 전제를 알게 된 시점에서 만약 리리아를 무대로 끌어낼 수 있다면 계획 속에 리리아의 존재를 어떻게 편입시킬까 하는 부분에 대해서도 고민한 적은 있었다.

레티시아와 노노릭이라는 변수도 있었던 터라 가정이 성립하지 않을 가능성이 높아서 결국 망상에 불과했지만, 계획을 완벽과 가까이 할 수 있는 최후의 요소가 이렇듯 마지막 고비에서 굴러들어 왔다.

"레온 놈에게도 뭔가 준비를 해 놓은 듯싶고, 리리아의 숨통만 내가 끊도록 넘겨주면 된다. 게다가……."

레티시아가 엷게 미소 짓고는 고개를 살짝 까딱거렸다.

"게다가 네게 맡긴다면 더욱 더 멋진 복수를 연출해줄 테지? 나 혼자 끝장내는 것보다 더욱더욱 그윽한 복수를 맛보여줄 테지?"

고이고, 비틀리고, 바짝 졸아서 깊숙이 깊숙이 응축된 어둠의 덩어리.

레티시아의 심홍색 눈동자가 마치 어둡게 물든 것처럼 보인다.

첫 번째 세계에서 레티시아의 이 눈을 마주했을 때 나는 아무런 말도 건네줄 수가 없었다. 저런 눈빛을 띠었을 때 레티시아와 나의 사이에는 마치 다른 세계처럼 벽이 세워진 것 같았다.

그렇지만, 지금은…….

"그래, 나한테 맡겨줘라. 최고의 복수극을 체험시켜주마."

분명히 나 역시 레티시아와 똑같은 눈빛을 띠고 있으리라.

☆

"『처음 뵙겠습니다, 제 이름은 리리아입니다.』"

그 여인과, 리리아와 만난 곳은 제국에 있는 유적 중 한 곳이었다.

고문서를 의지하며 신에 대항하기 위한 힘을 바라며 찾아갔던 장소였지만, 운 나쁘게도 내가 도착하기 직전에 고대 유적의 입구가 발견돼버렸다.

하는 수 없이 나는 떠돌이 고고학자로, 리리아는 마술학자로 길드가 진행했던 조사의 제1진에 잠입했었다.

당시의 나는 표면상으로 왕가의 관습을 따른 수행의 여행 도중이었다지만, 위험도 높은 미발굴 유적 조사단의 제1진에 당당하게 참가하기에는 황자라는 신분이 방해가 됐다.

한편 리리아는 당연히 마족이라는 사실을 노출할 수도 없는 처지였기에 항상 후드를 뒤집어쓴 채 행동했었다. 그런 입장인 만큼 사연을 숨긴 사람이 많은 모험가는 굳이 신상을 밝힐 필요가 없어서 다행이었고, 실력만 증명한 뒤 간단하게 조사단으로 잠입할 수 있었다.

조사는 순조롭게 진행됐고, 슬슬 철수하려고 하는 시점에서 나는 홀로 일부러 일행과 떨어진 다음 고문서에 기록되어 있던 비밀 방의 입구를 지나 유적의 안쪽으로 나아갔다.

그리고 신을 죽일 수 있는 단서를 얻고자 석비의 해독 작업을 마쳤을 때 리리아가 나타나서 말을 건넸다.

『당신도 신을 죽일 방법을 찾고 있는가?』라고.

신을 죽이겠다는 허황된 말을 진심으로 믿고 실행하고자 매진할 인물 따위가 이 세계에 썩 많을 리 없었기에 우리가 동지가 되는 데 별로 긴 시간이 걸리지는 않았다.

많은 사람들이 아무것도 모른 채 하루하루를 살아가는 가운데 우리들만이 죽어 가는 세계를 붙들어 잡기 위해서 활동하고 있었다.
대략 1년 정도의 기간.
목숨을 걸어서 고대 유적에 도전하고, 함께 중대한 사명에 도전하고자 했고, 괴로움과 즐거움을 서로 나눴다.
우리가 남녀 관계가 된 것도 딱히 신기할 이야기가 아니었고, 처음으로 황자로서 세계를 지키고 싶다는 사명이 아닌 나 개인의 입장에서 지키고 싶은 상대가 생겼다.
"『레온, 꼭 세계를 구원할 거예요. 우리가 살아갈 세계를.』"
"『……그래, 신을 죽이고, 신을 대신하고, 그리고 언젠가 누구도 울지 않을 세계를 만들도록 하자.』"
침대의 온기 속에서 잠에 취한 채 주고받았던 말들.
그것은 맹세다. 세계와 함께 지키겠노라 맹세했다.
세계를 지키려는 사명과 함께하는, 또 하나 나의 소중한 맹세였다.

☆

"『캬아아아아아아아아아아아아아아아앗?!』"
저 멀리 희미하게 비명이 들렸다.
'……음? 나는, 도대체……. 큭.'
욱신욱신, 온몸에서 솟는 아픔을 인식하자마자 흐릿했던 의식의 윤곽이 불현듯 또렷해졌다.
"『우선은 뭘 하든 간에 지난번 기억을 떠올려줘야 시작할 수 있단 말이지. 어때, 의식은 좀 또렷해졌나?』"

“『흐그악!! 꺼꺼꺽, 뭐, 뭡니까, 이 기억은……! 내가 마왕핵을……? 당신이, 용사? 그럼 왕국에 있는 『백은의 용사』는 대체, 아니요, 애초에 레온과 다른 사람들이 당신을 바짝 추적해서…….』”

“『맞아, 네가 말하는 대로 첫 번째 세계에서 나는 너희에게 쫓겨 다니다가 살해당했다. 응응, 다행이야. 무사히 기억을 떠올려줬구나.』”

들려오는 목소리로 나는 어떠한 일이 일어났는지를 떠올렸다.

“윽, 크으…….”

“오, 또 한 명의 주역도 깨어났군. 멋진 타이밍이다.”

“카이토…….”

느릿느릿 눈을 떴더니 그곳에는 우리가 만들어 내고 말았던 한 마리의 괴물이 존재하고 있었다.

장소는 내가 정신을 잃었을 직후 이후로 바뀌지 않았다. 누워 있는 바닥이 검은 모래땅으로 변했지만, 여전히 높은 마력이 가득 들어차 있다.

아니, 그뿐 아니라 내가 정신을 잃기 이전보다도 짙어진 것 같다는 느낌마저 받는다.

‘요정수가 꺾이고 요정 여왕과 그들의 보주마저 소실된 탓에 용맥에서 힘이 넘쳐흐르기 시작한 것인가.’

이후엔 이곳 요정의 숲처럼 마력의 정체 현상이 세계 각지에 늘어나게 될 것이다. 다만 지금은 이렇듯 높은 마력의 농도 덕분에 자기 몸의 회복이 빨라진 듯싶었다.

“어떤 의미론 오랜만이구나, 레온. 제법 사나이다워졌군.”

상황 파악에 주력하던 때에 다음으로 말을 건넨 인물은 레티시아였다.

리리아의 여동생뻘이었고 현 마왕핵의 보유자.

몇 안 되는 동지 중 하나라고 생각했던 상대.

"……보아하니, 역시 우리를 배반했는가."

"아무렴, 그렇고말고. 이제껏 줄곧 나는 너희를 배반하기 위해, 너희에게 신뢰를 사기 위하여 노력을 거듭했었더랬지."

'……아아, 이 아이도 역시 우리가 낳은 괴물인가.'

선뜻 인정한 뒤 받아치는 레티시아의 눈동자 깊은 곳에서 걸쭉하고 어두운 덩어리를 보고 이렇게 생각했다.

딱히 결박을 당한 게 아니었기에 나는 몸을 일으켜서 주위를 관찰했다.

내게서 조금 떨어진 장소에는 숨을 거칠게 몰아쉬며 리리아가 바닥에 무릎을 꿇고 있다.

배후에는 용맥의 힘이 뿜어내는 요정의 샘. 앞쪽에는 카이토에 레티시아, 아울러 두 번째 세계에서 저들의 동료로 합류한 듯한 노노릭, 마이, 유토까지 길드에서 만난 인물들이 있었다. 게다가 상처 및 체력까지 회복된 모습이다.

'강행 돌파로 도망칠 수 있는 가능성은 전무할 테지.'

머릿속에서 도출된 계산 결과에 이를 악문다.

어떻게든 방법을 찾아 리리아 하나라도 이 자리에서 빼내고 싶었다만…….

'최소한, 아마 곧바로 죽일 작정은 아닌 듯싶군. 복수심을 쏟아붓고 싶은 마음일 테니……. 우선은 상황을 봐야 하는가.'

건곤일척의 도박이 통할 상대는 아니다만, 그렇다고 가만히 기다리기만 한들 상황이 호전될 만한 요소는 없다. 어떻게 할까 결정을 못 하던 와중에 카이토가 짝짝 손뼉을 쳤다.

"자, 먼저 규칙을 설명하지. 레티시아, 리리아에게 설명을 부탁하자."

"음, 맡겨 두거라. 그러면 먼저 회장을 만들자꾸나. 우선은 조금 더 장소를 넓히는 것이 좋겠군."

"아!!"

레티시아가 대답을 한 뒤 화륵, 붉은 불꽃이 손끝에서 달려 나가더니 일순간에 숲의 일부를 불사른다. 초를 헤아리지도 못하도록 빠르게 지면의 풀도 부러져 있던 나무도 레티시아가 지정하는 범위 안 전부가 재가 되었고, 지면이 벌겋게 달아오른 마그마로 바뀐다. 그리고 레티시아가 다시 한 번 손을 흔들자 마그마가 된 지면이 깊이 가라앉고, 문을 닫는 것처럼 주위의 흙이 구멍을 덮는다.

그렇게 남은 것은 넓게 펼쳐져 있는 황무지뿐이었다.

"흠흠, 역시 이토록 주위에 마력이 가득하면 손을 쓰기도 쉽구나. 이다음은, 이렇게 하면 되려나."

레티시아가 딱 손가락을 튕기자 내가 있던 장소와 넓게 펼쳐진 범위를 둘러싸며 지면이 솟아오른다.

"이것은……."

마치 정팔각형 모양의 콜로세움 같았다. 도시에 있는 훈련장의 곱절은 될 만한 넓이와 뻔히 필요도 없을 무인의 관객석이 불안을 들쑤신다.

마주 바라보는 정면에는 귀빈석이라고 만든 의도인지 한 단계 높은 위치에 명백하게 다른 관객석과는 구조가 다른 부분이 있었다.

“이제 나머지는, 결계를 치면 완성이구나. 어디 보자, 이러면 되려나.”

일순간 짧게 마력을 고조시키다가 레티시아가 커다랗게 팔을 휘둘러 올리자 콜로세움의 벽에 뿔 형태의 결계가 구축됐다.

개인이 만들어 냈단 생각이 들지 않도록 견고한 결계는 절대 쉽사리 무너질 것 같지가 않다.

게다가 귀빈석이라 짐작되는 관객석을 둘러싸는 다른 결계까지 펼쳐 놓았다.

“느낌 좋은데?”

“당연하잖느냐. 자, 언니는 이쪽, 특별석에 안내해드리리다.”

“아흑.”

리리아의 머리카락을 거머쥔 레티시아는 곧장 리리아를 질질 끌다시피 하여 이동을 시작했다.

카이토를 제외한 세 인물도 레티시아와 동행하여 이동했다.

이곳에는 나와 카이토만 남았다.

“……규칙을 설명한다 말했지. 내게 무엇을 시킬 작정인가.”

“뭐겠냐, 회장을 보면 짐작이 될 텐데? 이곳은 투기장이지? 투기장에서 할 일이라면 하나밖에 더 있겠냐? 검투라고, 검투. 위험을 무릅쓰고 싸우려 하는 도전자에게 상응하는 꿈과 희망을 베풀어주기 위한 시설이지.”

카이토는 히죽히죽 비웃음을 짓고 떠들어 댔다.

“이런 상황에, 꿈과 희망이라…….”

"진짜야, 자기 힘 하나로 바라는 대가를 손에 넣을 수 있다니까. 그러라고 준비한 장소인데."

호들갑스러운 몸짓 손짓으로 마치 광대처럼.

"너는 이제부터 오로지 혼자 흉악한 몬스터와 맞서 싸워야 한다. 아무것도 어려울 게 없어. 그저 대치하는 상대를 쓰러뜨리면 되는 거다. 멋지게, 우리가 차례차례 추가할 마물을 다 쓰러뜨린다면……."

증오로 변질되어버린 전직 용사는 괴물로 전락하여.

"……너는 자기 목숨과 맞바꿔서 리리아를 구출할 수 있다."

저런 저주의 말을 읊조렸다.

"주위를 둘러싸고 있는 결계는 이 투기장 안쪽의 모두가 죽었을 때 해제된다. 당연히 거기에는 네 목숨도 포함되지. 시련을 극복해서 네가 죽는다면 이후에 우리는 리리아에게 손을 쓰지 않는다 약속하지."

"……그 말을, 나는 어찌 믿어야 하나."

"믿기 싫으면 어떡할 건데? 네가 뭔 생각을 하든 이 게임의 막은 올라간다. 다만 구태여 말하자면……. 그렇게 너를 희생해서 살아남은 리리아가 괴로워하는 모습을 보고 싶기 때문이겠군."

"……그게 목적인가, 사람의 길을 저버렸구나, 카이토."

"그렇게 만든 건 너희들일 텐데?"

비난은 곧장 통렬한 야유로 돌아왔다.

첫 번째 세계에서 쌓은 기억을 떠올렸던 지금이기에 비로소 이해가 되는 말이다만, 비록 대의를 위함일지언정 몹시 잔인한 짓을 저질렀다는 자각도 있다.

"뭘 어쩌든 간에 너는 죽는다. 전투 속에서 힘이 다하고 리리아와 함께 지옥에 떨어지든가, 시련을 극복하고 리리아만 간신히 살아남는가. 작은 차이가 있을 뿐 어쨌거나 너는 죽는다."

"……큭!"

그렇게 말한 카이토의 눈은 깊숙하고 어둡다.

거기에는 기필코 죽이겠다는 강한 의지가 깃들어 있었다.

"다만 이것은 물론 게임이지. 너에게 승산이 아예 없는 상태라면 게임으로 성립하지 않아."

카이토는 나직하게 말한 뒤 저쪽을 쳐다보라는 듯이 오른편을 손가락질했다.

그곳에서 꿈실꿈실 역한 모습을 지닌 마물들이 나타난다. 샘물 부근에 늘어서 있던 낯선 마물이었다.

멀리서 대강 살피고 판단하면 오거와 비슷한 변이종으로 보이나 명백하게 다르다.

흑녹색의 피부에서는 축축하고 투명한 점액을 지면에 떨어뜨리고 있고, 얼굴에 솟아나 있는 조그마한 인형의 상반신은 아마도 요정의 신체였다.

목 주변에 머플러처럼 늘어져 있는 것 역시 요정의 신체이기에 저 모습은 그저 사악하다는 한 마디면 족한 상태였다.

"안심해라, 저 녀석들은 네 상대가 아니다. 오히려 네 입장에서는 소중하고 소중한 아군이지."

이것들을 죽이면 되는 것인가 경계심을 불러일으키고 있었던 나를 향하여 카이토는 전혀 안심할 수 없는 미소를 머금은 채 말했다.

"이 녀석들은 너의 회복약 겸 파워 업 물약 겸 처벌 장치다. 말뜻을 모르겠다는 얼굴이군, 제대로 설명해줄 테니까 잘 들어라?"

저벅, 저벅, 저벅, 마치 군대처럼 규칙적으로 행진하는 마물들 앞쪽에서 연극을 하는 분위기로 카이토는 말을 시작한다.

"지금 너의 몸은 내 심검의 힘이 작용해서 요정종과 가까운 상태로 변화했지. 그리고 이 녀석들도 역시 우리가 요정을 써서 만들어 낸 마물이다. 볼품이야 이런 꼴이어도 몸을 구성하는 건 실체가 아닌 요정과 마찬가지로 마력 입자이고."

"……악취미군."

외형을 보고 예상이야 했다지만, 역시 요정을 쓴 키메라 마물이었다.

"칭찬의 말씀 감사하군. 너의 진심이 담긴 말 덕분에 열심히 만든 보람이 느껴진다."

생명에 대한 모독의 화신과 같은 마물을 만들어 놓고 카이토는 즐겁게 웃음 지었다.

"본론으로 돌아갈까? 요컨대 무슨 소리를 하고 싶냐면 말이다, 이 녀석들은 네가 각 스테이지에 도전하기 위한 회복약이란 거다."

"회복약……? 제정신인가?"

"물론. 가벼운 상처는 이미 대충 회복됐겠다, 어느 정도는 움직일 수도 있겠지만, 그래도 몸은 엉망진창이잖냐? 우리 입장에서도 네가 맥없이 죽어 나가면 애써 공들여 준비한 보람이 없단 말이지. 그러니까 죽을 것 같을 상황에는 이 녀석을 먹으면 된다. 그럼 이 녀석들의 마력 입자가 네 몸을 치유하면서 힘을 건네줄 거다."

"……."

"자, 이 녀석들 쉰 마리가 너의 나머지 목숨이다. 네가 싸울 마물 놈들에게도 이 녀석들이 남아 있는 한 너의 숨통을 끊지 않도록 명령해 뒀지. 네가 이 녀석들을 먹으려 할 때 방해하지 말라고도 명령을 마쳤다. 네가 마물에게 패할 때마다 한 마리씩 잡아먹을 수 있게 해 놨다."

유쾌, 유쾌, 유쾌, 유쾌.

그런 감정이 마구 흘러넘쳐서 전해진다.

"회복 포션 따위와 달리 연속해서 막 먹어 치워도 포션 취기가 없는 건 물론이고 본질이 단순한 마력 입자니까 배가 부를 걱정도 없다. 거의 요정종으로 바뀐 상태인 너에게는 꿈같은 회복제가 아닌가?"

아무리 우리가 일그러뜨렸다지만, 사람은 이렇게까지 사악하게 바뀔 수 있단 말인가.

"마음껏 싸우고, 싸우고, 싸우고, 그리고."

그렇게 카이토는 마치 탄원하는 듯한, 매달리는 듯한, 애원하는 듯한 음성과 가지고 있는 모든 증오를 담아서.

"……죽어다오."

그렇게 저주를 내뱉었다.

다음 순간에 『쿠웅!!』 지면을 밟아 울리는 소리가 났다.

빈틈없이 벽면에 정렬한 마물들이 아악, 으읏, 신음 소리를 흘리면서 직립 부동의 자세를 취한 광경은 한층 더 섬뜩함을 들쑤셨다.

그리고 곧 일대를 제외하고 마물들의 주위로 콜로세움을 감싸고 있는 장벽과 같은 막이 뒤덮였다.

“그러면 나는 저쪽 관객석에서 관전하도록 하지. 내가 이동하는 동안 우선은 한 마리는 먹어 두기를 추천하겠어. 아차차, 맞다, 나머지『요정 포식자』를 어떻게 할까 잊고 있었군. 이백 마리는 더 있으니까 응원 담당이라도 맡겨볼까.”

가이토가 말을 마치고 손에 든 심검을 휘두르자 무인이었던 관객석에 뒤쪽에 있는 것과 똑같은 마물이 쭉 나타났다.

“이제 간다. 멋진 싸움을 보여줘라.”

짤막한 말을 남긴 뒤 카이토는 떠나갔다.

요정 키메라가 들어가 있는 콜로세움 바깥으로 연결된 구멍은 맨 처음부터 저런 형태로 만들어진 것처럼 관객석에 연결된 계단만 남은 모양으로 바뀌어 있었다. 저 계단의 입구에도 결계를 펼쳐 놓았는지 부웅, 미세하게 파문을 남기며 관객석에 올라 카이토는 곧바로 통로를 걸어 레티시아 및 동료들이 기다리고 있는 자리로 움직였다.

그동안에도 콜로세움 내부에는 변화가 일어났다. 요정의 샘이 있는 위치와 반대쪽 벽, 카이토가 향한 관객석 부근 세 개의 벽에서 눈부신 마력의 빛이 방출된다.

그 벽에는 마력으로 그려 놓은 소환용 마법진이 번쩍번쩍 빛나고 있었다.

그 광경을 주의 깊게 관찰하면서도 이곳을 떠나 철수할 방법을 계속 모색한다.

'장벽을 돌파……. 무리군. 완전하게 회복됐다면 모를까 지금은 애초에 뚫는 것이 가능할지 어떨지 확신도 들지 않는다.'

완전히 투명해진 결계는 시야 위쪽에 아무것도 존재하지 않는 것처럼 보이기도 한다.

그러나 저곳에 주입된 막대한 양의 마력이 아무것도 보이지 않는 장소에다가 존재감마저 만들어 내고 있다.

결국 저놈의 제안을 받아들여서 빈틈을 찾는 것 이외에 돌파구를 찾을 방법은 없을 듯싶었다.

그때, 불현듯 공중에 거대한 삼각뿔이 나타났다.

뿔의 끝부분은 지면을 향하고 있고, 상부에는 『1000』이라는 숫자가 표시됐다.

측면에는 관객석에 있는 카이토 일행과 리리아의 모습이 비추이고 있다.

'리리아…….'

초췌한 모습의 리리아는 십자가에 못 박혔다.

그러나 눈 깊숙한 곳에는 아직 이뤄야 할 목표를 이루겠다는 강한 의지의 빛이 깃들어 있었다.

'그래, 맞다, 리리아. 우리는 세계를 구원하겠다고 맹세했다. 설령 절체절명의 궁지에 빠졌을지라도 포기할 수는 없지 않겠나!'

나는 다시금 주먹을 힘껏 부르쥐었다.

"으음? 에이, 김빠지게. 아직은 『요정 포식자』를 안 먹으려나 봐."

"……이딴 마물을 먹을 리 없잖은가."

"아니, 아니야. 먹을 수 있어. 목덜미 부근을 물어뜯어주면 안쪽에 있는 마력 입자가 고스란히 너한테 흡수된다니까?"

"그런 소행을 할 필요는 없다."

"뭐, 자신 있다면 이대로 싸워보든가."

인간형 마물을 산 채로 먹는다는 것은 제정신으로 할 짓이 아니다.

기괴한 외형도 물론 거부감에 박차를 가하는 데가 지금의 카이토가 어떠한 속임수를 숨겨 넣지 않았으리라는 보장도 없다.

"자, 스테이지 개막이다! 쓰러뜨려야 할 마물은 전부 천 마리! 이 영상의 위에 표시된 카운트가 0이 될 때까지! 죽을 작정으로! 싸워라!!"

그 말과 함께 벽에 마력으로 그려 놓은 마법진이 한층 더 강하게 발광한다.

어떤 마물이 나타날까 경계하던 내 앞에 나타난 것은…….

"……오크, 라고?"

나타난 마물들은 오크 떼였다.

오크라면 길드의 기준으로 D랭크의 모험가가 상대할 만한 마물.

더욱 강력한 마물이 튀어나오리라 예상했던 만큼 허탈한 마음이 살짝 들었다만, 다시금 정신을 바짝 다잡았다.

카이토의 능력은 깜짝 상자와 다를 바 없다. 과연 신에게 하사받은 힘이랄 수 있겠다. 어떤 것이든 부조리하게 강력한 힘인 경우가 많다.

""""부랴라아아아아아!!""""

나타난 무리의 숫자는 스무 마리.

그중 세 마리가 선봉대처럼 다가든다.

저런 행태를 불길하게 느끼면서도 선두를 달리는 오크가 휘두르는 곤봉에 주먹을 마주 날렸고.

"부롸아아앗!!" "아닛, 큭!!"

오크에게 힘이 달려서 뒤로 확 날아가버렸다.

"큭, 으읍, 이게, 도대체……."

"저런, 기껏 충고해도 무시하니까 된통 당하는 거다."

히죽히죽, 가증스러운 목소리가 회장에 메아리친다.

"거의 요정종과 다를 바 없는 네가 요정수를 잃고도 원래 힘을 유지한다는 게 어디 말이나 되냐? 자기 스테이터스는 꼼꼼히 확인했어야지."

"큭, ……이럴 수가."

스테이터스

레온 가일드

Lv146▷**Lv41**

Leon Gailed 37세 남

사자 수인족
(요정종 변이, 은폐▷은폐 해제)

HP:567/(17,545▷**1,345**) MP:369/(10,545▷**945**)
근력:18,368▷**824** 체력:16,398▷**759**
내구:15,545▷**514** 민첩:18,587▷**629**
마력:13,337▷**314** 항마:14,047▷**409**

고유 능력 :「절대 후각」「신수화」

스 킬 :『체술 Lv 55▷Lv 5』『추적 Lv 28▷Lv 4』
『기척 은폐 Lv 45▷Lv 4』『격투술 Lv 68▷Lv 8』
『신체 조작 Lv 52▷Lv 7』『강화계 마법 Lv 44▷Lv 4』
『기공술 Lv 38▷Lv 5』
『토(土) 마도 Lv 38▷토술(土術) 마법 Lv 5』
『풍(風) 마도 Lv 59▷풍술(風術) 마법 Lv 6』
『중(重) 마도 Lv 18▷중술(重術) 마법 Lv 5』
『수화(獸化) Lv 22▷Lv 5』

상 태 : 체내 마력 입자 상실(대)

"뭐, 아무튼 안심해라. 전부 계산을 마친 다음에 준비한 게 너의 『회복약』이다. 네가 잃어버린 힘을 뒤늦게나마 보전해줄 거다."

"……."

"아, 맞아, 맞아. 하나 더 규칙을 설명한다는 게 깜빡했군. 공주님을 구할 수 있는 타임 리미트. 너희가 둘 모두 죽는 패턴의 엔딩. 하나는 레온, 네가 나머지 목숨을 전부 소모하고 몬스터에게 패배했을 때. 그때는 넌 마물의 먹이, 리리아는 레티시아가 목을 날린다."

그렇게 말한 카이토는 목을 쓱 긋는 동작을 취해 보였다.

"또 하나는 네가 아니라 리리아가 포기했을 때다."

"뭐라고……?"

리리아가 포기했을 때라는 말에 심장이 불길한 예감을 받아 뛰어올랐다.

"네~ 네에~ 1등은 바로 노노랍니다~!"

밝게 떠들며 앞에 뛰쳐나온 노노릭이 즐겁다는 듯이 손에 든 검을 흔든다.

"음후후후~♪ 드디어 내 차례구나~! 진짜 기다리다가 지쳐버렸다고~. 그럼 처음은 힘차게……."

"이봐……. 설마, 이봐, 멈춰라! 리리아에게 손대지 마라!!"

노노릭이 자랑하던 하얀 칼날을 쳐든 모습을 보고 큰 목소리로 외친들.

"먼저 몸속을 개장합니다~!"

"히끅, 하갸아아아……!!"

칼날은 멈추지 않았고, 못 박혀 있던 리리아의 복부를 정면에서 베어 갈랐다.

"리리아……!!"

비통한 비명에 이어 삼각뿔에 비추이는 영상 너머에서 리리아의 선혈이 흩날리는 광경을 목격했다.

"네가 싸우고 있는 동안에 우리는 리리아를 맡아 상대한다. 리리아가 포기하고 『죽여달라』는 말을 꺼냈을 때는 역시 리리아의 목을 치고, 레오, 넌 마물의 먹이다."

"네노오오오오오오오오오오옴!!"

"아하하하하핫!! 드디어 슬슬 사람다운 표정이 보이는구나, 좋아!"

카이토의 비웃음 소리가 회장에 울려 퍼진다.

"내가, 레티시아가, 가만히 아무것도 안 하고 리리아를 정중하게 모셔줄 것이라는 생각이라도 했나? 말도 안 되잖냐, 바아아보! 너는 리리아가, 가장 사랑하는 사람이 고통에 신음하는 장면을 보고 들으면서 싸워 나가야 하는 거다!! 아하하하하핫!!"

웃는다, 웃는다, 웃는다, 웃는다.

카이토가 진심으로 우스워서 못 견디겠다는 듯이 웃는다.

"물론 무작정 고통만 주는 방식이면 시시할 테지. 리리아 본인도 게임에 참가시킨다. 우리는 한 사람당 5분씩 순서대로 리리아를 고문할 거다. 그동안 리리아의 손에는 마력이 담긴 마석을 쥐여주고. 만약 마석을 손에서 떨어뜨리면 아래에 있는 회복 마법진이 발동하도록 장치해 놨다."

그렇게 말한 뒤 카이토가 바닥을 밟아서 둥둥 소리를 내자 영상이 리리아의 발치로 접근하더니 바닥에 각인된 마법진을 비췄다.

뚝뚝 흘러서 떨어지는 피에도 반응하여 엷은 빛을 발하는 저것은 분명 리리아의 생명을 연명해주는 듯싶었다.

“이 녀석 본인의 피에 포함된 마력으로도 발동해서 목숨을 이어주지만……. 당연히 고통을 누그러뜨려줄 정도는 아니지. 리리아가 마석을 쓴 직후 2분간만 우리는 고문을 중단한다. 한 사람의 고문을 끝까지 견딘 다음에도 2분간 고문을 중단할 거다. 또한 네가 나가떨어져서 재도전할 때『요정 포식자』를 잡아먹는 동안에도 서비스로 손을 안 대고 기다려주마. 단 이 녀석이 마석을 사용할 때마다 너의 나머지 목숨도 한 마리 줄어든다.”

사악함의 집합체 같은 웃음이 비처럼 내리쏟아진다.

“잘되었구나, 이런 게 진정한 운명 공동체가 아니겠느냐. 레온과 리리아, 네 녀석들은 남아 있는 목숨을 둘이 나눠서 쓰며 이 게임에 도전하는 게다! 아니지, 더 정확하게는 서로의 목숨을 잡아먹는다는 게 맞는 표현이렷다? 아하하, 아하하하하핫!!”

카이토뿐이 아니다. 그 뒤쪽에서 웃음을 짓는 마이와 유토라는 인간도, 딱히 증오나 감정을 드러내지도 않은 채 천진하게 웃고 즐기는 노노릭도.

그리고 카이토와 똑같은 눈빛을 띠고, 카이토와 완전하게 똑같은 웃음을 터뜨리는 레티시아도.

전원, 악의의 괴물이다.

"자, 게임을 재개하자꾸나!"
"자, 게임을 재개한다!"

""""부라아아아앗!!""""
이제까지 눈치를 보는 것처럼 가만있었던 오크들이 쿵쿵 바닥을 밟아 울리면서 들이닥친다.
"좋아, 좋아, 응응. 유감이네, 리리아. 피 맛이 좀 별론데."
"끼기긱, 흐갹, 아가가가가각……!"
"제길, 제길 제길 제기랄!"
능력치 및 스킬이 대폭 떨어졌다지만, 몸에 배어든 전투술 자체가 갑자기 사라져버린 것은 아니다.
상대해야 할 것은 특이종이나 변이종도 아닌 단순한 오크.
평소에는 전혀 거들떠보지도 않았을 수준의 마물인데도 능력치와 숫자의 차이에 압박당해서 점점 궁지에 몰리게 된다.
그뿐 아니라.
"끙, 여봐, 여봐라. 슬슬 교대 시간이 되지 않았나? 않았더냐?"
"후훗, 안 돼~ 안 돼요~. 아직은 한참 더 노노의 즐거운 시간이니까~."
"아극, 끄극, 흐가……!"
"끙, 끄응! 이 녀석, 이 녀석아. 카이토, 역시 순번제는 번거롭지 않느냐?"
"에이, 안 되지. 전원이 한꺼번에 달라붙으면 차분하게 즐길 수가 없잖냐. 얌전히 자기 순서를 기다리라고."

"뒤죽박죽~♪ 뒤죽박죽~♪ 배 속을 뒤죽박죽~♪"

"허억, 허억, 흐갸아아아아아아……!"

마치 장난을 치는 태도로 잇따라 리리아에게 상식 바깥의 고문을 가할 때마다 머릿속이 어지러워진다.

"……큭, 잔인한 짓을!"

전투가 한창인데 일순간이나마 눈에 들어온 리리아의 모습이 몸을 경직시킨다.

배를 절개해서 내장을 맨손으로 휘젓는 통에 비명을 지르고 있는 리리아.

기이하게도 저 광경이 예전에 봤던 요정에게 미움을 받아 농락당하다가 살해당한 아이의 시체와 겹쳐 보였다.

그러나 결과적으로 전투 중 노출한 빈틈을 마물들은 가만 넘어가지 않았다.

"꺼억, 끄아아악!!"

"부뤄어어어어어어……!"

어깻죽지에 힘이 가득히 실린 곤봉을 가격당해서 자세가 허물어진다.

그대로 숫자에 밀려 대항도 못 하면서 모든 방향에서 내리 휘둘러지는 곤봉을 가만히 견딜 수밖에 없게 되었다.

귓가에 들려오는 비명이, 자신이 아파 내지르는 비명인지 리리아가 고문에 견디는 비명인지 알 수가 없어졌던 무렵에 불현듯 몸을 덮치던 충격이 멎었다.

"부뤄어어어어." "부부부우." "부롸아아아."

마치 잘 조련된 개처럼 오크들은 이쪽을 내려다볼 뿐 꼼짝을 않고 움직이지 않는다.

"자, 이제 한 번 죽었다. 너는 회복약을 받았잖냐. 먹지 않으면 게임 오버. 너희 둘 모두 평범하게 갖고 놀다가 죽이고 끝낼 작정인데, 어떡할 거야? 이만 포기할 테냐?"

한껏 흥분한 카이토가 질문을 던지는 동시에 결계로 가둬 놓았던 『요정 포식자』라는 키메라 한 마리가 앞에 나왔다.

'……정녕 먹으라는 말인가, 이런 괴물을.'

어떻게 생각해도 제정신으로 할 짓이 아니다.

목덜미를 대충 물어뜯으면 마물의 내부가 마력 입자화되어 흡수된다는 말은 들었다만, 그렇다 해도 망설임은 사라지지 않는다.

그러나 이래저래 고민할 시간도 남아 있지는 않았다.

"하극, 하극, 으, 아아……."

영상 너머에서 쫙, 소리가 난다.

리리아의 손에 쥐어 있었던 마석이 흘러 떨어져서 깨지는 소리였다.

"에이~ 끙, 이제 교대구나."

못 박혀 있던 리리아에게는 식사에 사용할 만한 하얗고 작은 나이프가 온몸에 틀어박혀 있었다.

맨 처음에 베인 복부도 가슴 미어지는 붉은색을 내보이고 있다.

깨진 마석에 의해 기동된 쾌유의 마법진 덕택에 상처는 순식간에 아물어 갔다.

깊이 박혀 있었던 나이프도 솟아오르는 살점에 밀려나서 딸각딸각 바닥에 떨어진다.

그러나 상처가 회복돼도 소모된 정신력은 돌아오지 않는다.

"자, 이제 회복약을 한 마리 몰수한다. 레티시아."

"알고 있느니라. 에잇, 에에잇."

격리되어 있는 한 마리가 결계와 함께 이동되어 무인이었던 관객석으로 위치를 옮겼다.

"미안, 해요……. 레온. 다음에는, 꼭……."

"큭, 리리아……."

그렇다. 안 된다.

망설일 틈은 없다. 주저할 틈도 없었다.

설령 어떠한 일을 겪더라도 누군가 책임지고 해내야 하는 사명이라고 마음을 다져왔다. 그중에는 물론 이 몸이 어떻게 되든 감수하겠다는 각오도 있다.

"나아간들 지옥, 머뭇거린들 지옥인가. 돌아갈 길이 없음은 이미 각오한 바다."

이제껏 희생시켰던 모든 생명을 위해서라도, 설령 땅바닥을 엎드려 기고 흙탕물을 빨아 마시더라도 포기하진 않는다.

나는 눈앞의 마물에게 기어가서 움직이지 않는 마물의 다리를 물어뜯었다.

순간.

"흡, 카아아아아아아아아아아아아악?!"

깨물어 뜯는 상처 부위에서 방대한 힘이 흘러들어 온다.

마치 말라붙은 대지에 쏟아지는 비처럼 힘이 온몸을 타고 돌아서 상처 자체는 회복되는 것을 느꼈다만……. 동시에 온몸의 세포 하나하나가 터졌다가 재생되는 것 같은 아픔이 덮쳐들었다.

"크크크, 괴로운가? 괴로울 테지?"

"네, 네놈……. 끄하앗, 끼그기잇!!"

천지가 거꾸로 뒤집히는 듯한 고통이 온몸을 덮친다.

힘이 넘쳐흐르는 감각과 상처가 치료되는 감각을 덮어쓰는 듯한 고통에 속았나, 라는 사고가 머릿속을 스치고 갔다.

"분명 말했을 텐데? 그 녀석은 처벌 장치라고. 단순하게 너를 치료만 하고 말 수단을 준비해줄 리 없잖냐."

"그래, 그랬겠지……. 역시, 비열하구나……."

"안심해라. 나 역시 자각은 하고 있단 말이지. 너희와 똑같이 괴물이라도 되지 않았다면 나는 어딘가에서 멈춰 선 채 썩어 나자빠졌을 거다."

영원히 이어질 것 같은 고통의 폭풍도 점차 가라앉는다.

"허억……. 허억……. 허억……."

간신히 의식을 또렷하게 유지할 만큼 회복이 된 이후에 잃었던 힘의 일부가 돌아왔음을 느꼈다.

물론 힘 전부를 되찾은 것은 아니었다만, 한 마리로 이만한 힘이 돌아왔다면…….

"자, 스테이지에 재도전해야지. 우리 쪽도 때마침 정확하게 2분간 휴식 시간은 종료됐다."

영상 건너편에서 카이토가 선언한다.

"""부워어어어어어어어어어……!!"""

오크들은 다시 족쇄를 벗어던진 것처럼 몰려왔다.

“거슬린다아아아아아앗!!”

“부뭐?!”

돌출해 있던 오크의 안면에 주먹을 때려 박자 제대로 힘이 전달되는 감각이 돌아온다.

“나는, 우리는, 이런 곳에서 패배하지 않는다……!!”

시간을 너무 들이면 머지않아 리리아의 마음이 망가져버린다.

리리아를 구출하기 위해서라도 이 우스꽝스러운 촌극은 서둘러 끝낼 필요가 있다.

‘……게다가, 한 마리로 이만한 힘이 돌아온다면…….’

모든 것을 포기하기에는 아직 빠를지도 모르겠다.

☆

“어디, 어디냐, 아픈가? 아프더냐? 어서, 아프다고 말해보거라.”

“히끄아아아아아아아아……!!”

아아, 나의 마음이 치유되는구나.

마음속에서 줄곧 억누르는 데 애를 먹었던 복수심이 환희의 부르짖음을 터뜨리며 최고조로 불타오르는 것을 느낀다.

“다음은 발목을 잡아 뜯어보도록 할까. 알고 있느냐? 네년의 부추김을 받은 아데리우스에게 살해당했던 오라버니의 시체도 바보 도마뱀이 한쪽 다리를 물어뜯어 놓았었단다…….”

거듭 계승됨으로써 성장하는 마왕핵의 힘.

사룡은 오라버니의 시체에 남은 잔향 수준의 힘을 먹어 치우고 자기 위계를 끌어올렸다.

그 광경을 보았던 탓에 나는 오라버니를 죽인 원흉은 사룡이라 생각했었고, 그러나 리리아의 힘을 빌려서 직접 오라버니를 조사하던 중 아데리우스가 오라버니를 직접 해쳤다는 사실에 다다랐다.

원수는 저 둘이 전부인 줄 착각했었다. 착각에 빠진 채 나는 첫 번째 세계에서 이 녀석들의 손에 목숨을 잃었을 뿐 아니라 카이토가 돌아오기를 기다리지 못한 채 마왕핵을 빼앗겼고 이미 몸을 서서히 휘감고 있던『뿌리』만이 폭주했다.

모든 원흉이었던 이 여자에게 농락당한 채 죽었다. 카이토를 구해주지도 못하고.

정말이지. 아아, 정말이지.

“다정한 오라버니였더랬지. 사실 마왕 따위는 어울리지 않았다. 책 읽기를 좋아했고, 쓴 음식을 잘 먹지 못했고, 어린아이 달래는 재주가 좋았고, 힘은 있어도 싸움은 싫어하는, 따스한 햇볕 같은 분이었느니라.”

“까극!! 으끄으으으으……!!”

두 번째 세계가 시작되고 카이토의 몸에서 그렌을 매개체로 지나서, 그리고 두 번째 세계의 나에게 돌아왔던 날부터 리리아의 정보를 자력으로 재차 검증했다.

애당초 리리아를 의지하여 수집했던 정보는 중요한 부분이 가려져 있었다.

고의로 뚫어 놓았을 정보의 구멍을 하나하나 메워 나가던 중에 오라버니에게 직접 손을 쓴 원수 말고도 전체의 그림을 그린 암약자가, 리리아가 있었음을 알게 되었다.

“알고 있었더냐? 오라버니는, 너에게 살해당할 각오를 미리 하셨더구나? 암, 처음부터 다 알고 계셨을 게다. 혹여나 모르셨다면 오리버니께서 본인이 죽었을 때 마왕핵이 나의 손으로 넘어오도록 이 단검을 물려주셨을 리가 없잖느냐.”

오라버니는 그날 불온한 움직임을 보이고 있는 리리아를 불러냈다고 한다.

대화로 풀어 나가기 위해, 사태가 발각되어 큰일로 발전하는 일이 없도록 수행원도 동반하지 않고 혼자서 단독으로.

꺼내 드는 것은 묵직하게 빛나는 단검.

완전히 발아하기 전의 마왕핵을 계승하는 의식에서 매개로 쓰는 도구이자 할아버님과 화해한 뒤 떠나갔다는 당시의 용사가 남긴 물건이라고 한다.

준비가 미비했던지라 내가 정식으로 형식을 갖춰 마왕핵을 계승하지 못함에 따라 해당 기능을 잃어버린 오라버니의 유품.

“오라버니는, 네가 마왕핵을 손에 넣어도 제어할 만한 힘은 없음을 알고 계셨다. 제대로 다룰 수 없어 거둬들이지 못하고 넘치는 힘이 본래의 주인에게 깃들어서 폭주하리라는 사실을 말이다.”

“끄으으으으윽, 아아아아아아아아앗!!”

단순한 잡동사니가 되고 말았던 단검으로 리리아의 눈을 뭉갠다.

마를 관측할 수 있다는 안구에서 부슉, 물소리가 났다.

“어째서냐, 어째서 오라버니를 죽였느냐! 어째서 오라버니가 죽어야 했단 말이더냐!! 이상하잖느냐!!”

"허억……. 히끅, 히끅, 끅."

숨을 쉴 틈도 아까워서 나는 도저히 견딜 수 없는 격정을 토해 내고자 마석을 붙잡고 있지 않은 리리아의 팔에다가 손에 든 나이프를 잇따라 내리 휘둘렀다.

"허억, 허억, 허억. ……그리고, 오라버니를 죽이고, 나를 배반하여 죽여서 빼앗은 힘으로 카이토까지 죽였더구나."

과도한 흥분 때문에 거칠어진 호흡.

박아 넣은 나이프를 쥔 손에 자꾸만 힘이 들어간다.

"그래, 정말이지, 모르는 게 행복이라는 말은 참으로 지당한 말이더구나. 알지 못한 채 살았다면 이런 고뇌도 않고……. 네 녀석 같은 자에게 실컷 이용당하고 죽을 수 있었거늘."

"끄윽, 아앗."

잠시 꽂아 두었다가 빼냈기 때문일까. 부숙, 또 한 차례 나의 얼굴로 피가 흩날렸다.

"결국은 동화 속 입발림이더구나. 살고 싶다고 바란다면, 소중한 사람을 곁에 두었다면, 저러한 말은 헛치레에 불과하더군. 잃고 싶지 않다면야, 죽고 싶지 않다면야, 결국은 알아야만 한다. 그리고 일단 알게 된 이후는 모르는 게 좋았으리란 생각 따위는 도저히 안 들더구나."

만약에 첫 번째 세계에서 내가 리리아의 배반을 미리 알아차렸더라면 카이토는 죽음을 맞이하지 않았을 수도 있었다.

수많은 배반 앞에서 상처 입는 카이토를 구해줄 수도 있었다.

"세계의 안위 따위는 알 바 아니다. 신의 의도 따위는 알 바 아니다. 죽였단 말이다, 리리아. 네년은 그저 나의 신뢰를 배반하여 소중한 오라버니와 소중한 연인을 죽였더랬지. 오직 그것만이 진실이니라."

단검에 묻은 피를 털어 내고 칼집에 넣은 뒤 화르르, 손에 불꽃을 피워 올렸다.

"용서 안 한다, 용서 안 한다, 용서 안 한다, 용서 안 한다, 용서 안 한다, 용서 안 한다, 용서 안 한다, 용서 안 한다, 용서 안 한다, 용서 안 한다, 용서 안 한다, 용서 안 한다, 용서 안 한다, 용서 안 한다."

"므갸아이이아아아이아아아이아앗?!"

손에 든 불꽃을 곧장 들이대서 리리아의 안면을 고열로 태운다.

"여봐, 여봐라, 기분이 어떠한가? 절체절명의 위기에 도움을 준 상대에게 이렇듯 배반당하는 기분은. 신뢰를 아끼지 않은 상대에게 줄곧 속아왔었다는 기분은. 사랑하는 사람이 눈앞에서 다치고 피 흘리는 와중에 아무것도 못 하는 기분은. 으응? 어떠하더냐?"

살점과 머리카락 타는 냄새가 주위에 퍼져 나가고, 얼굴을 거머쥐는 힘도 강해진다.

"괴, 괴로어……. 살려줘……."

물속에서 쥐어짜는 듯이 그렇게 잠겨 들어가는 탄원의 목소리가 새어 나온다.

한계였을까, 손에서 흘러 떨어진 마석이 또 하나 짝 소리를 냈다.

"푸핫……. 아……."

내가 손을 떼어주자 막 발동한 마법진의 치유력 덕에 회복된 목소리가 흘러나온다.

그 목소리에는 부상이 치료된다는 안도감과 마석을 떨어뜨리고 말았다는 낙담의 감정이 한데 뒤섞여 있었다. 내가 힘을 들여서 새긴 마법진인 만큼 곧바로 얼굴의 화상도, 뭉개졌던 눈도, 온몸의 자상도 치유되어 간다.

이제부터 2분간 리리아를 건드리지 않는다. 그러나 이런 시간도 또한 리리아에게 단지 휴식을 주기 위한 시간이 아니었다.

'정말이지 잘 숙고하였구나. 2분이라는 짧은 시간이 리리아에게 버틸 이유를 만들어주는군.'

고문을 받아 피폐한 정신이 쉽사리 꺾여 나가지 않도록 레온이 싸우고 있는 장면을 보여주기 위한 시간이었다.

내가 만든 투기장에서 레온이 싸워 나가는 한 리리아의 마음도 역시 부러지지 않을 터이다.

초췌한 모습의 리리아를 보면 저절로 웃음이 새어 나온다.

내 차례는 이것으로 두 번째. 나의 차례에서 리리아가 또 마석을 깨뜨린 덕에 또 나에게 순서가 돌아온다.

리리아가 다섯 명 연속으로 끝까지 견딜 때까지 몇 번이든 나는 이 시간을 즐길 수 있겠다.

'그리고 언젠가 어느 한쪽이 이 게임을 클리어할 테지.'

그리고, 그렇게 됐을 때야말로…….

"레온……. 나는……."

그래, 괴로워해라, 괴로워해라, 괴로워해라.

고통의 너머에서 희망을 발견하고, 그리고…….

"쿡쿡쿡, 아직 멀었다. 아직 멀었지. 이제 막 시작했거늘. 그렇잖은가, 언니."

☆

그로부터 얼마나 더 시간이 흘러갔을까.

이미 몇 번을 계속해서 마석을 깨뜨려버렸는지.

세 바퀴를 돌아서 간신히 처음 한 사람의 5분간을 끝까지 버틸 수 있었다.

겨우 처음 한 사람을 극복했다.

"헉, 헉, 헉."

"나 자신은 별로 너하고 관련된 적이 없지만 말이야. 그래도 용서한다는 게 말이 안 되잖아?"

"으끅……."

두 사람째, 아직 두 사람째.

"이제 이해되려나? 눈앞에서 도움을 청하는 소중한 사람을 지키지 못한 인간의 마음. 지금 네가 정확하게 체험하고 있는 셈인데, 흠, 어떤 기분이야?"

방금 전 극복했던 노노릭은 흡혈귀라는 종족의 특성 때문인지 유혈을 선호했다.

이미 세 바퀴를 맞이한 까닭일까, 통증에도 적응이 된다. 덕분에 두 다리와 한쪽 팔을 물고기 손질하듯이 베였지만, 어떻게든 마석을 붙든 채 지옥 같은 시간을 극복할 수 있었다.

"……."

"침묵인가……."

두 번째 순서를 맡아서 내 앞에 선 인물은 몹시도 순한 인상의 소녀.

그러나 순한 외모와 달리 고문의 손길은 흔들리지 않았다.

"나는, 당신에게는 아무런 짓도……."

"확실히 나 본인은 너한테 아무것도 당하지 않았을 거야. 그런데 말이지."

"끼그기익, 아, 칵……!"

이미 옷이 찢어져 떨어져서 훤히 노출된 마석을 붙들고 있지 않은 왼팔에 빙결 슬라임으로 변화한 소녀의 팔이 맞닿는다.

골수에서 생명력을 싹 빼앗는 듯한 싸늘함이 팔의 표면을 뒤덮고, 얼굴 일부까지 도달한다.

"자기 절친한 친구와 친구의 여자 친구가 혹독한 배반을 당해 죽었어. 전혀 망설임이라는 감정이 솟아날 리 없지 않을까?"

그렇게, 차가운 미소를 남긴 채 표면만 얼어붙은 얼음을 피부와 함께 강제로 잡아 뜯었다.

"~~~~——!!"

아프다기보다도 뜨겁다는 표현에 가까운 격통이 치달린다.

차라리 전부 내던져버리고 싶어지는 시간은 아직 끝나지 않았다.

"아……. 으……."

"흠, 시간이 됐구나, 마이. 다음은 내 차례야."

"허억, 허억, 오라버니. 벌써 교대 시간인가요……."

세 사람째, 드디어 세 사람째를 버텼다.

세 바퀴 이후부터는 서서히 견딜 만하게 적응이 됐고, 고통 속에서도 마석을 바닥에 떨어뜨리지 않고 견딜 수 있었다.

이제야 겨우 절반은 클리어했다고 생각해야 할까, 아직도 절반 가까이 남아 있다고 생각해야 할까.

때대로 두절되는 사고는 자신의 마음 상태마저도 애매하게 만들어버렸다.

거듭거듭 베이고 썰린 온몸은 상처가 치유됐음에도 아직 아픔을 호소한다.

그러나, 그럼에도 아직껏 내 손은 마석을 꽉 쥐고 있었다.

"흠, 정말 감탄스럽네. 틀림없이 너는 더 빨리 항복할 거라 예상했는데."

처음에 레티시아에게서 선고받았던 규칙.

한 사람당 5분씩, 손에 든 마석을 떨어뜨리지 않고 버텨 내라는 것.

다섯 명 전원을 견뎌 내지 못하고 실패한다면 다시 처음부터 다시 숫자를 헤아린다.

그리고 한 사람을 버틸 때마다 2분간 휴식 시간이라는 이름의 치료 시간이 주어진다.

그것을 기쁘게 받아들일 수 없는 까닭은 회복되어버리면 둔해졌던 통각도 다시 예민하게 복구되기 때문에.

그리고 무엇보다도…….

"『케히히히힛!』" "『키햐햐핫!!』" "『카킷카킷카킷!』"

"끅, 꺼억, 크아앗!!"

'레온…….'

그동안은 레온이 혼자 만신창이가 되도록 싸우는 장면을 지켜봐야 한다.

고군분투라기에는 너무나도 혹독한 싸움.

지금은 오거 킹이 통솔하는 오거 무리에 둘러싸여서 죽기 살기로 싸우고 있다. 그렇지만 기술이 있어도 대항하는 데 필요한 힘이 충분하지 않다.

결국은 움직이지 못할 때까지 구타당한 뒤 낡은 걸레처럼 요정의 샘에 내동댕이쳐진다.

"어이쿠, 레온. 이제 정확히 스무 번째구나. 칠칠맞지 못하군. 리리아는 아직 여덟 개밖에 마석을 안 썼는데 말이야."

"끅, 허억……. 허억……!"

이 작자들이 준비한 악취미스러운 마물의 위치 가까이 레온이 기어간다.

혐오감을 누른 채 레온은 마물을 물어뜯었고, 그리고 고통의 비명을 내질렀다.

"끄가아아아아아아……!!"

회복된 시야 안, 나의 스킬은 레온의 속에 파고들어서 레온을 강제로 확장시키는 광경을 목격했다.

확실히 매번 레온이 내포하고 있는 세계의 힘은 늘어나지만, 자꾸자꾸 자기 자신을 망가뜨려서 다시 만드는 작업을 반복하는데도 몸이 고통을 받지 않을 리 없었다.

'조금 더, 조금만 더 버티면 돼요, 레온……. 그러니까 포기하지 마……. 힘내…….'

마물의 남은 숫자를 표시하는 카운트는 이미 500을 끊었다.

괜찮아, 분명 괜찮을 거야. 레온은 지지 않아. 그러니까 이제는 나만 버티면 돼.

나머지 둘, 나머지 둘입니다.

아픔에 견디는 것도 상당히 적응됐습니다.

이제 용사와 레티시아의 고문만 끝까지 버텨 낸다면…….

"좋아, 좋았어. 이제 다음은 내 차례인가……."

용사. 아니요. 괴물은 레온의 비명을 마음 편안해지는 음악이라도 듣는 것처럼 돌아서며 생글생글 미소 짓는다.

"할 테면, 빨리 해버려요……."

다시금 손에 든 마석을 꽉 쥔다.

나는 지지 않아, 우리는 지지 않아.

설령 내가 이곳에서 죽는다 해도 레온이 살아남으면 언젠가 분명 우리의 맹세를 완수해준다.

"오오, 처음에는 비명만 질러 대면서 뭐라 말도 못하더니. 흠, 고통에도 대충 적응이 된 건가?"

"당신들이 주는 고통은 이미 익숙해졌습니다. 이 정도로 제 마음을 꺾을…… 아흑!!"

내 머리카락을 거침없이 잡아 올리고 괴물은 찢어질 듯이 입가를 비틀었다.

"아닐 텐데? 고통에 익숙해졌다? 고통을 견디는 데 익숙해졌을 뿐이잖냐? 바보 같은 기만으로 자기를 속이는 꼴이 참 불쌍하구나."

"끄윽, 윽."

휙휙 머리를 휘두르며 머리카락을 거머쥔 손이 위아래로 흔들린다.

"이봐, 너희도 이 비슷한 기분으로 우리를 봐왔던 건가? 너희를 최악의 벌레에 쓰레기에 악독하고 비열하고 구제 불능의 괴물이라고 생각했었지만, 다른 녀석들과 다르게 죄책감을 느낄 줄 아는 마음을 갖고 있을 거라는 생각도 했어. 그러니까 말이야, 이봐, 가르쳐줘라."

그리고 불현듯 저 팔의 움직임을 범춘 뒤 마치 꿰뚫어 보는 듯한 눈동자로 내 눈을 깊숙이 주시한다.

"레티시아에게 잠깐 너희가 무엇을 위해 행동했는지 말을 들었다. 나와 레티시아가 살아 있으면 최후에는 이 세계가 죽음의 세계로 바뀌어버린다며. 그래, 정말 훌륭하다. 세계를 위하는구나. 아무튼, 얼마 남지 않았던 시간을 기적에 걸어보려고 했던 나와 레티시아를 너희는 안타까워하긴 했나? 동정하고 가엾다는 생각을 갖고, 그런데도 우리를 굳이 확실하게 처리하겠다는 의도로 배반했던 건가?"

그 말에 나는 첫 번째 세계에서 겪은 기억을 떠올렸다.

"……확실히, 저희가 저질렀던 행동은 무도했고 책망을 들어도 어쩔 수 없는 일이었죠. 그러나, 그럼에도 불구하고, 세계의 전진을 막지 못하도록 싸웠습니다. 그것은 당신들 두 사람도 마찬가지였잖아요. 용사, 당신은 세계를 구원하기 위해 마족과 싸우지 않았던가요."

"……그래, 그런가. 역시 그런가."

내 대답에 뭔가 와닿는 말이 있었는지 조용히 혼잣말을 중얼거렸다.

“레티시아도 복수를 위해 살기는 했습니다만, 이 세계를 사랑했기에 이 세계에서 비극이 일어나지 않도록 마족이 사는 대륙과 인간들이 사는 대륙을 분단하는 대결계를…….”

“헛소리 마라!!”

“아흑!!”

“너희의 그것과 우리의 바람을 똑같이 취급하지 말란 말이다!”

머리카락을 거머쥔 손에 더욱 거세게 힘이 들어가고, 터져서 찢어질 것 같은 큰 목소리를 지른다.

“무, 무슨, 확실히, 나아가는 길은 멀어졌고, 비록 부딪치게 되었다지만, 저희도 역시, 세계를 위해…….”

“틀렸어!! 너희가 말하는 세계는! 멀고 먼, 멀리 떨어진 다른 세계의 이야기다!! 그렇지만 우리가 바란 것은 그따위 다른 세계가 아니었어!!”

“아흐악!!”

불쑥 머리카락을 쥐었던 놓고 대신에 저 손이 목을 움켜쥔다.

“우리가 바랐던 것은! 우리가 지키고 싶었던 것은! 우리가 소중하게 생각하는 사람들이 살아가는 세계이고! 우리가 행복한 시간을 누릴 수 있는 세계였지! 결코 너희들이 말하는 세계 따위가 아니었다!!”

“끄윽, 악……!!”

“알겠냐, 잘 들어라. 레온에게도 말했지만 말이다, 사실은 단 하나뿐이다!! 너희는 내버렸다!! 보지도 못한 듣지도 못한 다른 세계를 위해 우리를 내버리고 우리를 배반하고…….”
“푸핫?!”
목이 부러지겠다고 각오하기 직전, 손이 떨어진다.

“……우리를, 죽였던 거다.”

마치 이제까지의 입장이 뒤바뀐 듯한 연약한 목소리였다.
그러나 저 목소리에 어안이 벙벙했던 다음 순간.
강렬한 아픔이 사고를 불살랐다.
“윽! 캬아아아아아아아아아아아아아아아아앗?!”
인식할 틈도 없이 날개와 꼬리가 세로로 갈라진다.
이제까지도 몇 번인가 베여 떨어진 적은 있었지만, 마치 털 같은 끈 모양으로 가닥가닥 찢겨 나가는 것은 이번이 처음이었다.
“그래, 쓸데없는 질문이었다. 뻔히 알면서 왜 물어봤을까. 그래, 정말로, 도대체가. 무가치한 헛소리였군.”
거기에 방금 전 드러났던 연약함은 없고 오로지 한 마리 악귀가 우뚝 서 있었다.
“자, 게임을 계속하자. 부르짖어라, 울어라, 떠들어라, 한탄해라, 그리고 절망의 밑바닥에 가라앉아라.”
그럼에도 불구하고 나는 마석을 떨어뜨리지 않기 위해 꽉 잡아 쥐었다.
세계의 미래를 구원하리라 결심했던 지난 맹세를 완수하기 위해.

영원히 이어질 것 같았던 고통도 드디어 끝이 보인다.

이제까지가 거짓말이었던 것처럼 가혹한 고문이 사고와 감각을 불살랐고, 자신이 어디의 누구인지 어째서 이런 고통을 견디고 있는지도 알 수 없어졌을 무렵에 간신히 네 명째를 버텨 냈다.

그럼에도 끝내 마석을 떨어뜨리지 않고 버텼던 것은 절반쯤 기적에 가까웠다.

그리고 마지막 한 사람. 이제 5분만 버티면 된다.

"자, 내가 마지막이니라. 이렇게 보면 감개무량하구나. 줄곧 줄곧 어떻게 복수를 완수해야 할까 고민했었거늘……. 혼자가 아닌 선배들과 함께하면 이리도 다양한 발상이 떠오르는 것이었어."

"레티시아……."

용사의 고문을 극복하고 다시 상처를 치유받고, 그리고 지금 또다시 마지막 고문을 받는다.

마왕 레티시아.

분명히 비할 인물이 없도록, 이 세계에서 최고의 마왕이 다룰 수 있는 모든 힘을 동원해서 고문은 이어지리라.

"최후의 5분. 한 군데씩 정성 들여서 괴롭혀주마. 우선 마족의 증거인 날개부터 시작하자꾸나."

"윽! 카아아아아아아아아아아아아악?!"

저 손에 피어오르는 것은 정화의 빛.

마를 물리치는 빛, 마족에게는 최악의 마법 속성.

분명 마족은 다룰 수 없어야 하는 성(聖) 속성의 빛이 열기가 아닌 정순함으로 날개를 불사른다.

"이제부터 1분간, 차근차근 시간을 들여 네 날개를 분해하겠다."

아파, 아파, 아파! 머리가 돌아버릴 것 같아. 오로지 통각만 비명을 질러 댄다.

지옥 같은 1분간이 지나간 다음에는 커다랗게 펼쳐져 있던 내 날개가 뿌리까지 사라져버렸다.

"다음은 마석을 붙들지 않은 왼팔의 차례로구나."

청자색의 오라를 두른 손톱 끝부분이 옅게 내 왼손의 끝에 상처를 냈다.

"하끄윽, 끄아, 아, 아, 아, 앗!"

그 작은 상처에서 차근차근 배어든 독이 천천히 팔을 침식하기 시작한다.

서서히 손가락이 짙은 자주색으로 물들어 가고, 육체가 점점 부패한다.

그리고 다시 1분이 지나갔을 무렵, 완전히 독에 물들어 절여진 왼팔이 관절 부분부터 뚝 썩어서 떨어졌다.

"다음은 꼬리이니라."

그렇게 레티시아가 살짝 손가락을 흔들자 공간에 열린 구멍에서 작은 벌레가 무수히 나타났다. 그리고 꼬리에 달라붙어 깨물고 찢고 뜯어낸다.

"그만, 그만해! 으갸, 으갸!!"

역시 1분이 지나갈 무렵, 꼬리는 뿌리까지 사라져버렸다.

"다음은 오른쪽 다리."

그 순간, 오른쪽 다리를 뭔가 시큼한 냄새가 나는 액체가 집어삼킨다.

"힉……. 힉…… 으아……."

강렬한 산 속에서 자신의 다리가 녹아내리고 있다. 그리고 1분이 지났을 때 오른쪽 다리도 사라졌다.

"마지막으로, 왼쪽 다리."

그렇게 나타난 것은 두 개의 돌 원기둥.

두 개의 돌기둥이 서로 맞물려서 다리를 중간에 끼고 사정없이 박박 뼈까지 찌부러뜨렸다.

"끼이……! 아, 깍, 끅……."

천천히, 천천히 돌기둥이 돌아가면서 다리를 짓뭉개고 있다.

그리고 간신히 1분이 지나갔을 무렵, 내 다리는 허벅지까지 찌부러졌고 결국은 속절없이 비틀어져 끊겨 나가고 말았다.

"그래그래, 정확히 이런 느낌이었지. 네가 부추긴 아데리우스에게 살해당했고, 너에게 마핵을 뽑혀 잃어야 했고, 사룡에게 아무렇게나 물어뜯겼더랬지. 내가 최후에 본 오라버니의 모습과 똑같구나. 뭐, 아직 목숨이 붙어 있는 데다가 남은 몸뚱이도 언니가 더 많지만 말이다."

그렇게 나는 마석을 손에 쥔 팔 이외의 전부를 잃어버렸다.

"……아. ……으. ……."

완전히 말라붙은 목은 비명조차 지르지 못하는 판국이었다.

그러나, 그럼에도…….

나는, 마석을 손에서 놓지 않았다.

"그래, 애썼다, 애썼어. 정말 잘 버텨줬다. 역시 언니는 나의 자랑이니라. 용케 이렇듯 혹독한 조건을 극복하고 목표를 달성하였구나."
"흑, 쿨럭, 쿨럭!!"
레티시아는 옛날처럼 친근하게 웃고는 치유의 힘이 깃든 손으로 목을 만졌다.
"나 또한 야차는 아니니라. 마지막에 잠시나마 말을 나누도록 하거라."
그 말에 나는 간신히 레티시아가 내게 부과한 복수를 극복했다고 실감했다.
"레온……."
"『사자전격(獅子電激)』어어억!"
콜로세움에서는 여전히 레온이 싸우고 있다.
수, 토, 풍, 화, 광, 암, 각각의 속성 용과 싸웠던 레온은 마지막으로 남은 화룡과 대치하고 있다.
나머지 몬스터의 카운트는 38마리.
그리고 남아 있는『요정 포식자』라는 마물의 숫자는 열 마리가량.
"크라아아아아아……!!"
또한 화룡도 지금 레온의 주먹 앞에서 쓰러졌다.
아마 잃었던 힘도 꽤 많이 되찾은 것 같았다. 그럼에도 아직 7할 정도밖에 안 되는 듯싶지만, 그이가 힘을 되찾은 모습에 안도가 된다.
"허억, 허억, 허억, 다으음!!"
피로가 쌓인 탓일까, 레온은 상당히 몽롱한 상태였다.
다만 차라리 괜찮은 것이 아니려나.

나도 마지막에 보여줄 모습이 이런 처참한 꼴이라면 싫었다.

“있잖아, 레온. 우리의 약속, 기억하지?”

“허억허억허억, 뭐냐, 빨리 덤벼라……. 얼마 안 남았다, 얼마 안 남았단 말이다…….”

아아, 들리지 않는 걸까. 조금 서글픈 마음이구나.

“세계의 앞날, 부탁할게. 세계의 미래를, 지켜줘…….”

그럼에도 마음을 굳게 다잡고 언젠가 나눈 잠자리의 이야기를 입에 담는다.

“자, 나는 당신들의 고문에 굴하지 않고! 결국은 극복했습니다!!”

다른 사람에게 말하면 대뜸 코웃음이나 칠 이야기를 우리는 진지하게 이뤄 내고자 바삐 뛰어다니며 살아왔다.

“약속했죠! 내 목을 치고! 레온을 이곳에서 풀어주세요!”

커다랗게 소리를 높여서 나는 약속의 이행을 요구했다.

다섯 명 연속으로 고문을 견디면서 손에 쥔 마석을 떨어뜨리지 않는다면 그때는 내 목숨과 맞바꿔 이 악취미 같은 투기장의 결계를 해제하고 더 이상 레온에게 손을 쓰지 않을 것.

레티시아가 서약 마법까지 사용해서 명문화했던 규칙.

“……자, 잠깐, 그게 무슨 소리인가……. 말이 다르잖나, 말이 다르지 않나!!”

레온이 망연자실한 모습으로 말을 쏟는다.

“아하하하하핫, 아하하하하하하핫!! 아니야, 딱히 아무것도 달라지지 않았어. 이봐, 레온. 너보다 빨리 리리아가 조건을 클리어했다. 단순하잖냐, 그게 전부다!"

진심으로 즐겁다는 듯이 용사는 웃는다.

"멈춰라……. 안 돼, 안 된다! 헛소리 마라, 이제 오십 마리도 안 남았단 말이다?! 멈춰, 멈춰 멈춰 멈춰 멈춰어어어엇!!"

결계까지 뛰어서 다가온 레온이 쾅쾅 결계를 두드린다.

평소에 늘 냉정했던 레온이 지금은 저토록 당황했구나…….

분명 레온은 슬퍼하겠죠.

그러나 언젠가 다시 앞을 바라보면서 걸음을 내디뎌 주리라 믿습니다.

설령 이곳에서 제가 죽어버린다 한들 레온이 살아갈 수 있다면…….

"레온, 이제 괜찮아요. 당신은, 당신만이라도 살아남아서……."

"흐흠? 글쎄다, 과연?"

오싹, 마치 상처가 난 자리에서 흐르는 혈액에 얼음을 박아 넣는 것처럼.

내 사고를 뼛속까지 얼려 놓았다.

"야, 약속을 저버릴 작정입니까?!"

꼼짝도 몸을 움직이지 못하는 나를 뒤에서 와락 끌어안은 채 레티시아가 비웃음을 짓는다.

내게만 들리도록 속삭거리는 목소리는 마치 백 마리의 벌레가 기어다니는 듯한 섬뜩함을 동반한 채 나의 등줄기를 쓸어 만졌다.

"아니, 아니지. 약속은 분명 지킨다. 무엇 때문에 서약 마법까지 썼다고 생각하는 게냐?"

"그럼 도대체, 무슨……!"

"큭큭큭, 이보게, 언니. 저 회복의 본질은 무엇이라 생각하는가? 마법에 의한 회복은 주입된 마력으로 작용하는 손실의 보전이지. 포션에 의한 회복은 신체 재생 능력의 활성화이고. 그럼 마물을 먹어 치유되고 힘을 얻는 게 어떠한 회복 수단이겠는가?"

"……아마도 힘의 흡수와 동화? 그렇지만, 그게 도대체……."

"맞네, 거기까지 이해가 되면 나머지는 간단하겠군? 동화, 동화하는 행위이니라. 저 녀석은 자신의 몸을 잘라 내서, 요정종의 마력과."

"……."

알 수가 없다, 알 수가 없다, 알 수가 없다.

톱니바퀴가 맞물리지 않는 느낌인데, 그런데도 몹시 불길한 예감이 든다.

"아직 예상이 안 되는가? 어쩔 수 없군. 하나하나 설명해주지. 언니의 목을 친 다음 나는 서약을 따라 결계를 해제할 게다. 그리하면 요정수가 요정을 만들어 내며 소비했던 용맥의 마력이 급격하게 레온에게 흘러들 테지. 지금 레온은 자기 몸 대부분이 요정종과 다를 바 없는 마력체로 구성돼 있지 않은가."

"……아."

거기까지 말을 들었을 때 간신히 딸깍, 톱니바퀴가 맞물렸다.

결계에 가려져 있을 뿐 돌이켜보면 요정수라는 용맥의 마력을 소비하는 존재가 사라진 이상 이곳의 주변에는 인체로 감당할 수 없을 만큼 대량의 마력이 가득 들어찼을 것이다.

물질로 구성된 육체 비중이 턱없이 줄어들어버린 지금의 레온이 이런 장소에 무방비하게 노출된다면 설령 원하지 않을지라도 마력을 흡수하게 된다.

그런 사태가 벌어진다면…….

"부풀고 부풀어 올라서, 또한 최후에는……."

——빼엉, 이니라.

"~~~~——!!"

"아하하하핫!! 그게 전부가 아니란다? 방금 전에도 말했던 대로 레온은 저 괴물들의 힘을 흡수해서 동화했단 말이다! 요정을 재료로 써서 태어난 저 괴물의 이름은 『요정 포식자』이지. 가지고 있는 스킬 중에는 『동족 포식』이 존재하고 있다네. 알고 있는가? 이 스킬은 말이지, 소유주가 죽음의 위기에 처했을 때 대상과 가까이 있는 경우 강제로 발동된다더군? 이제 레온이 마력의 분류에 노출되어 의식을 잃어버려도 잠깐은 『요정 포식자』를 먹어서 마력을 받아들이기 위해 그릇을 넓힐 수 있겠군."

그렇게 말한 뒤 레티시아는 일어서서 내 앞으로 돌아들더니 손에 마력을 집중시키기 시작했다.

내 목을 베어 떨굼으로써 이후에 손을 쓰지 않고 레온을 처단하기 위해.

"아아아아아아아아아아악, 안 돼, 안 돼, 안 돼, 안 돼! 죽이지 마,

싫어 싫어 싫어 싫어 싫어 싫어어어어어어어어엇!!"

"아하하핫하하하하핫!! 전부, 전부 다 헛고생이었느니라! 언니가 죽기 살기로 견뎠던 시간들 모두!! 멍청이 짓이었다네! 바아보 바아보 바아보 바아아아아아아아보! 아하하하하하하핫!!"

"안 돼, 제발요, 레티시아, 레티시아!! 사죄할게, 사죄할 테니까 죽이지 마요, 제발 용서해줘요!!"

"싫, 구, 나! 맨 처음에 말하지 않았던가? 너는 죽는다. 내가 죽이련다. 뭐가 어떻게 될지라도 나의 손으로 죽이겠다지 않았더냐! 아하하하하핫!!"

백색과 흑색으로 명멸하는 시야 속, 머릿속에서 레티시아의 목소리가 난반사된다.

당장에 의식이 싹 날아가버릴 것 같은데도 필사적인 표정으로 결계를 두드리는 레온의 얼굴만큼은 몹시도 또렷하게 보여서.

"멈춰라, 멈춰라, 멈춰라앗!! 웃기지 마라, 말이, 말이 다르지 않나, 용사아아아아아아아아!! 이제 곧! 전부 죽이고 나도 죽는다면 리리아를 살려주겠다고! 구할 수 있다고……!"

"아하하하하핫! 진짜로 바보 아니냐?! 용서할 리 없잖냐, 구하게 놔둘 리가 없잖냐! 응? 이 자식아! 이제 곧 구할 수 있을 것 같았냐? 살릴 수 있을 것 같았냐? 당연히 전부 다~ 거짓말이었다지. 도대체 뭘 믿고 자빠진 거냐, 바아아아아아아아아아아아아아보야!! 아하하하핫!! 아하하하하하하하하하하하핫!!"

지독하다, 지독하다, 너무나 지독하다.

"어째서?! 어째서야! 힘껏 살아왔는데! 우리는 줄곧, 이제껏 쭉,

쭈우우우우우욱!! 어째서 이런 고통을 받아야 하는 거냐 말이야?!"

"아까부터 도무지 말투가 숙녀답지 않군? 못써, 못쓰지. 평소의 바보처럼 정중한 말투는 어디에 갔나?"

고오오오오오오옷, 방대한 마력이 담긴 불꽃이 레티시아의 손에서 피어오른다.

"안 돼, 안 돼 안 돼에에에에에엣! 제발요, 제발 부탁해요! 뭐든 다 할 테니까! 노예든 뭐든 될게요! 신발을 핥으라면 핥을게요!! 어떤 비참한 대우라도 다 받아들일게요! 그러니까, 멈춰줘요! 제발 멈춰줘어어어어어어!!"

"아아, 유쾌하도다, 유쾌하도다! 진정 유쾌하도다!! 아하하하하하하핫!!"

마치 불기둥 같았던 불꽃이 점점 응축되어 검의 형태로 바뀐다.

"아, 아아아, 아아아아아아앗!"

절망이, 마음에 닿아 배어든다.

"자, 이제 끝이구나. 오라버니와, 카이토와, 내가 맛봤던 소중한 사람을 구하지 못한 절망 속에서 죽도록 해라."

움직이지 못하는 내 앞에서 저렇게 말한 레티시아의 표정은…….

"마의, 왕……. 괴물……."

"아무렴, 훨씬 전부터 알고 있었느니라."

그리고 내 목이 절단되어 굴러떨어진다.

찰나의 시간이나마, 나의 나머지 몸이 불타서 먼지가 되는 광경이 눈에 보였다.

☆

"멈춰라아아아아아아아앗!! 부탁한다, 멈춰다오오오오오오오오오오오!!"

리리아의 앞에 선 레티시아가 염검(炎劍)을 치켜올리고 있다.

당장에 달려가야 하는 급박한 상황인데도 눈앞의 장벽은 전혀 부서질 낌새가 없다.

히죽히죽 비웃음 짓는 카이토를 마주하면 현기증이 나는 기분이었다.

이제 곧, 이제 곧 제시된 천 마리의 마물을 쓰러뜨릴 수 있었다.

어떻게든 리리아의 생명만이라도 구할 수 있었을 터인데, 잠시만 더 싸우면…….

그런데도, 모든 조건이 결국은 속임수에 불과했다. 어두운 불꽃이 리리아의 몸을 불사르려고 한다.

그리고 나는 막아주지도 못한 채 리리아가 죽는 광경을 지켜볼 수밖에 없었다.

"죽일 것들아아아아아아아아아아아아!"

'죽여주마, 죽여주마, 죽여주마!! 이 자식들 전원 죽여서, ……크?!'

리리아의 목이 떨어지는 순간, 뇌리를 불살랐던 맹렬한 분노.

그러나 격한 감정마저 싹 지워서 없애버리는 맹렬한 마력 폭풍이 내 몸을 덮쳤다.

"아캬아아아아아아아아아아아아아아아아아아아아아아아아아아아아

아아아아아!!"

마치 강의 격류 속에 내동댕이쳐지는 감각.

"아?! 아?! 아?!"

파고들어 온다, 파고들어 온다, 파고들어 온다.

멈출 도리도 없이 대량의 마력이 몸속에 강제로 파고들어 와서 마구 부풀어 오른다.

그것은 자신의 의지로 어떻게 제어할 만한 기세가 아니었다. 『요정 포식자』를 먹었을 때가 세포를 억지로 잡아당기는 감각이었다면 지금 몸속에서 날뛰고 있는 마력은 세포와 세포 사이에 비집고 들어오는 것 같았다.

도저히 제어할 수 없는 힘의 물결에 휩쓸릴 것 같았던 순간, 전혀 자신의 의지와 무관계하게 근처에 있던 『요정 포식자』에게 몸을 날려서 물어뜯고 있었다.

"꺼흑?! 카기갸아가갸아아아아아키끼?!"

물어뜯는 동시에 조금이나마 의식이 또렷해지며 힘을 얻는 감각과 함께 몇 번이나 체험했던 고통과 그럼으로써 확대되는 그릇의 내부에 다시 자신의 것이 아닌 거칠디거친 마력이 파고들어 오는 고통까지 모조리 뒤섞였다가 자기 안쪽에서 터져 나간다.

이후부터는 의식이 멍해지거나 또렷해지기를 거듭 반복함에 따라 뇌리에는 오로지 괴롭다는 말만이 뛰어다니게 되었다.

☆

"어째서 항상 복수를 마친 다음은 눈물이 나오는 걸까……."

리리아를 죽인 우리는 서약 마법을 준수하여 결계를 해제했다.

불어닥치는 마력 폭풍을 피해 얼마간 떨어져 있는 상공에서 레온의 최후를 가만히 지켜보는 중이다.

"『카롸아아아아아아아아아아아아아아아아아아아아아아아악!!』"

시야의 저편, 그곳에는 이미 레온의 면모를 찾아볼 수도 없는 괴물이 괴성을 질러 대고 있었다.

"포학의 사자……. 그런 느낌이로구나."

15미터 가까운 높이의 나무들을 넘어서서 거대한 사자로 제 모습을 변모시킨 레온은 얼마 안 남은 『요정 포식자』를 잡아먹고 몸부림치기를 반복하면서 숲을 닥치는 대로 파괴하고 있다.

"『크랴아아아아아아아아아아악!!』"

이미 의식도 거의 없을 것이다.

단순한 마물이 된 레온은 고통 속에서 조금씩 죽음과 가까워질 테지.

그렇게 마지막 『요정 포식자』를 먹은 레온은 주위를 둘러보다가 마력이 흘러넘치는 샘, 용맥의 출구로 시선을 줬다.

"레티시아."

"내게 맡기거라. 막는 것쯤은 문제없느니라. 그나저나 내가 없었더라면 대체 어찌할 작정이었던 게냐?"

"더 멀리서 전이로 피난한 다음 지켜볼 계획이었지. 그러니까 이렇게 가까운 곳에서 볼 수 있다는 게 고마울 따름이야."

하늘은 어느 틈인가 살짝 하얗게 물들었고, 밤은 천천히 물러가는 시간이 됐다.

그리고 진정한 최후의 때가 다가온다.

빨려드는 것처럼 샘물에 사자가 머리 숙인다.

"우선은 네가 단련했던 힘을 빼앗았다. 다음은 소중한 상대를 구출하기 직전에 잃는 절망을 알게 해줬다. 그러니까 마지막은 네가 바라는 것을 허우적거리도록 잔뜩 내주마. 그런데 말이다."

그 모습은 마치 교수대의 밧줄로 자기 목을 옭아매는 죄인 같았다.

지면째 샘을 한 입에 삼키려는 듯 입을 벌리고…… 파열했다.

콰콰쿠콰아아아아아아아아아아아아아아아아아아앙!!

마력광이 하얗게 시야를 태우고, 공기를 뒤흔드는 굉음과 함께 충격이 퍼져 나간다.

레티시아가 펼친 구형의 결계가 폭발의 충격에 삐걱삐걱 소리를 냈다.

포학의 시간 몇 초가 지나간 이후, 샘을 중심으로 한 반경 2킬로미터 권내는 거대한 크레이터로 뒤바뀌고 말았다.

"결국에 힘 따위, 별것 아니더라."

나는 한 방울, 바닥에 흘러 떨어지는 눈물과 함께 가만히 중얼거렸다.

종장 그리고 그는 세계의 이면에 떨어진다

그날은 온 도시가, 특히 길드는 벌집을 쑤신 듯 소란스러웠습니다.

"으으, 설마 또 귀찮은 일이 생기려는 게……. 흐아아아아아아아아."

돌아오지 않는 길드 마스터 발레리아의 대역을 맡아 수행하던 부길드 마스터가 심로 전부를 토해 내려는 듯이 깊숙한 한숨을 쉬고 있었습니다.

'뭐, 무리도 아니긴 하지만요.'

길드 마스터의 실종에 더해서 이틀 전 길드에 들른 이후로 소식이 두절되고 말았던 레온 황자.

아마도 길드 마스터를 수색하러 나섰던 것이 아닌가 짐작됩니다만, 요정의 전설이 있는 숲에 향했다는 것 이외에 아무 단서도 없다.

그뿐 아니라 실종된 날의 이른 아침에 멀리서 들려왔던 거대한 폭발음.

우연히 일찍 일어났었던 길드 지원의 증언에 따르면 요정의 숲 방향에서 거대한 빛의 기둥이 보였다고 한다.

길드는 사건을 접수하고 요정의 숲에 긴급 조사단을 파견하기 위한 수속에 쫓기는 처지가 됐다.

'여기에 레온 황자에게 안 좋은 일이라도 있다면……. 다음 직업을 찾아봐야 하려나?'

혹시나 지금 상황에 레온 황자까지 안 좋은 일을 당했다면 길드는 끝장이겠죠.

길드에도 책임 일부가 없다는 말은 못 하는 상황이고요, 상위층은 확실하게 직위에서 물러나야 할 거예요. 어머, 그렇게 생각하면 이대로 눌러앉는 게 괜찮으려나?

'애고고, 뭐, 딱히 큰일이 일어나진 않겠지만요…….'

레온 황자의 무력은 왕국의 용사를 능가한다는 소문까지 나돌 정도입니다. 동화 속 등장인물과 다를 바 없이 강하다니까요.

그 증거로 레온 황자 본인은 기본적으로 호위도 동반하지 않고 행동하는 것이 일상입니다. 어설프게 호위를 붙여 봤자 짐덩어리밖에 안 되다더군요.

"그럼 부길드 마스터, 접수처를 아무도 없이 비워 두는 것도 안 좋으니까 저는 접수처로 가볼게요."

"그래, 요한나, 부탁하네."

안절부절못하는 부길드 마스터를 남겨 두고 저는 접수처가 있는 1층으로 돌아왔습니다.

그런데 뭔가 소동이 벌어진 분위기였습니다.

"거참! 적당히 하고 포기하라니까 말 좀 들어라, 할아범!"

큰 목소리에 주의가 쏠려 소란이 난 방향을 살펴봤더니 길드의 의뢰 접수 카운터에서 어느 노인의 멱살을 웬 모험가가 붙잡고 있었습니다.

'어휴, 진짜로, 이런 상황에선 좀 관둬달라고요…….'

"매일매일 이딴 엉터리 의뢰! 아무도 안 받아준단 말이다!"

"윽, 으극……."

"잠깐만요, 멈추세요! 폭력 행위는 곤란합니다!"

내심 한숨을 쉬고 머리를 부여잡던 때 열을 확 받은 모험가가 상대 노인을 붙잡아 들어 올렸습니다.

"요한나? 이런 사람은 한 번쯤 호되게 말을 해줘야 알아듣는다고!"

길드 직원이 중재에 나선 상황에도 머뭇거리지 않을 만큼 잔뜩 흥분한 듯 모험가가 저한테까지 꽥꽥 소리칩니다.

"괜히 소리쳐 봤자 소용없습니다. 어떤 경우든 모험가가 의뢰자와 폭력 사건을 일으켰다면 즉각 랭크를 강등하는 거 알죠? 그래도 괜찮겠어요?"

"윽, 쳇, 젠장!!"

"으앗?!"

거칠게 손을 놓자 노인은 엉덩방아를 찧고 신음했다.

"잘 들어, 할아범. 요정의 날개 채집 의뢰는 절대 아무도 받아줄 리가 없단 말이다. 퀘스트 게시판에 이딴 빌어먹을 의뢰 좀 붙이지 마라!!"

"그, 그러나, 이 게시판은 범죄 의뢰 따위를 제외하면 어떤 내용이어도 3개월은 의뢰를 붙여 놓을 수 있는 규칙이……."

"시끄럽고, 다 소용없는 짓이니까 제발 관두라고 말하는 거다! 요정의 마력에 원천이 되는 게 날개다! 즉 요정을 죽이란 소리잖나! 안 그래도 존재 자체가 불분명한 요정을, 게다가 고작 이따위 보수로 의뢰를 받을 녀석이 대체 어디에 있나. 이런 걸 매일매일 수주자가 있었냐, 수주자가 있었냐 물어대고. 뭐하자는 건데! 거슬려서 못 봐주겠다!!"

"윽, 으으으……. 그러나, 이 이상은 돈이 없어서……."

"돈이 없다면 개떡 같은 의뢰를 붙이지 말란 소리다!!"

"당신도 적당히 좀 하세요! D랭크의 모험가 가일 씨였죠? 공갈과 다를 바 없는 행위니까 이제 좀 관두세요!"

"그게 말이야, 요한나……."

매섭게 잘라 말하자 다소나마 머리가 차가워졌는지 찌푸린 표정을 지으면서도 뺨을 벅벅 긁는다.

"할아버지, 방금 소란은요. 확실히 이 모험가분에게 잘못이 있지만요, 확실히 이런 의뢰를 받아줄 모험가는 딱히 없을 거예요."

"……."

"할아버지의 말대로 분명 이 게시판은 특수한 의뢰용이고 범죄 관련이 아니라면 누구나 퀘스트를 발행할 수 있다는 게 규칙이기는 한데요, 채집 대상이 하필 『요정의 날개』라면 이게 꽤 많이 어려운 일이거든요."

일부러 보수는 언급을 피한 채 달래며 말을 붙인다.

"무엇 때문에 요정의 날개를 원하고 계신 건가요? 몇 번인가 여쭈어본 적이 있었던 것처럼 사정을 차근차근 말씀해주신다면 대용품을 찾는 방법도 있고요, 사정이 명확해지면 기부금을 모집할 수도 있답니다?"

"……안 된다네, 필요한 것은 『요정의 날개』니까……."

그래도 아니나 다를까, 역시 노인은 예전에 똑같은 제안을 했던 때와 변함없는 말을 중얼거릴 뿐이었습니다.

이 노인이 길드에 드나들기 시작한 지 벌써 3년 이상.

무엇 때문인지는 모르겠지만, 그럼에도 간절함만큼은 와닿는다.

'뭐, 워낙에 딱한 분위기라 저희도 난감하니까 요즘은 줄곧 못 본 척했지만요…….'

"이봐, 할아범. 이래선 못 알아먹는다고. 적당히 좀 포기하래도."

"……포기하라니, 나는, 나는 도저히……."

"칫, 뜨아앗, 진짜, 답답한 할아범이군! 이거 영업 방해라고."

안달이 난 기색으로 모험가가 다시 노인에게 손을 뻗는다.

"잠깐만요, 난폭한 행동은 제발 좀……!"

"……그만."

그러나 조그맣고 짧은 목소리와 함께 그 팔이 누군가에게 붙들린다.

"윽?! 뭐냐, 네 녀석은!"

기척도 느낄 새 없이 갑작스레 나타난 남자는 깊숙이 후드를 눌러썼습니다만, 들은 적 있는 목소리로 말했습니다.

"길드는 모험가가 의뢰자에게 완력을 쓰는 행위는 엄격히 금지하는 게 아니었나?"

"아끅?! 아앗, 놔, 놔라, 놔줘!"

삐걱삐걱 소리가 들릴 것 같은 힘으로 후드 남자는 모험가의 팔을 꽉 거머쥐었습니다.

"아차차, 미안. 실수로 힘이 좀 세게 들어갔군."

"으와앗!!"

홱 손을 놓아주자 모험가가 이번에는 털썩 엉덩방아를 찧었다.

"다, 당신은……."

후드 안쪽에 들여다보이는 얼굴과 막 들은 목소리는 얼마 전 최근에 특례를 인정받아 S랭크 모험가로 등록된 소년이었다.

'분명 이름이……. 우케이 카이토 씨.'

"이, 이봐! 망할 놈, 불쑥 끼어들어서 무슨 속셈이냐……!"

'앗?! 세상에, 상대가 누구인지 알고 저러는 거야?!'

그때, 창피를 당했다는 생각이라도 든 것일까. 모험가가 카이토 씨에게 시비를 건다.

"거기, 당신, 분명히 길드 접수처를 보는 사람이었지."

"네? 앗, 마, 맞아요."

나의 마음속 조바심 따위 알 바 아니라는 듯이 카이토 씨는 모험가를 완전히 무시한 채 말을 건넨다. 이, 이게 S랭크 모험가의 여유라는 걸까…….

그러나 눈앞에서 진행되는 사태는 내 예상을 뛰어넘는다.

"그럼 노인의 의뢰는, 이 자리에서 내가 수주하지. 그 의뢰서, 나에게 잠시 넘겨줄 수 있겠어?"

"어? 아, 괜찮은, 건가?"

"그래, 상관없어. 나한테 줘."

'어? 어? 어?'

멍하니 쳐다만 보는 내 앞에서 카이토 씨는 노인에게 의뢰서를 받아 들더니 근처의 책상에서 수령서에 사인을 했다.

"이거, 확인해주겠어?"

"아, 네. 으음, 의뢰 내용은 『요정의 날개』 채집, 기한은 없음, 양은 최저한 하나 이상, 보수는 은화 다섯 장. 괜찮으시겠어요?"

"그래, 문제없어."

"그러면 정식 의뢰로 받아 수속하겠습니다."

나는 의뢰서를 받아 들고 확인 사인을 마쳤다.

"큭!! 무시하지 말란—."

"시끄럽다, 잠깐 다물고 있어."

"억?!"

S랭크 모험가의 위압을 D랭크 모험가가 견디기는 어림없기에 시비조의 말은 도중에 흐지부지됐다.

"이제 끝났군. 여기, 요정의 날개다."

"어……?" "뭐야……?"

그리고 덜썩덜썩, 카운터에 아름다운 무지개색의 날개가 작은 산처럼 쌓인다.

"아아, 아아, 아아아아아아……."

"꽤 오래 기다렸겠지만……. 이번에야말로 의뢰는 완수했다고."

"어라, 자, 잠깐만 기다려주세요! 『요정의 날개』라뇨, 이게 전부 다요? 지, 진품이에요?"

솔직히 말하자면 요정 따위는 믿지 않았던 나는 이 날개가 정말 요정에게 구한 물건인지 판단을 할 수 없었다.

'만약에 이게 다른 물건이라면, 아, 아뇨, 그래도 할아버지를 배려하는 차원에서 가짜여도 인정해주는 게…….'

"아니, 이것들은 진짜일세……. 그때 본 날개와, 똑같아, 똑같구나…….”

그렇지만 내 걱정은 기우였는지 노인은 잠꼬대처럼 홀로 중얼거렸다.

비틀비틀『요정의 날개』가 산처럼 쌓인 카운터에 다가들더니 마치 무엇인가를 무서워하는 것처럼 흠칫흠칫『요정의 날개』에 손을 뻗는다.

그리고 천천히 감싸 안더니……. 와그작, 날개의 산을 꽉 쥐어서 부숴버렸다.

“흐흑, 아아, 아아아아아아아아아아아아아아아아아아……!!”

뚝뚝, 큼직한 눈물방울이 카운터에 떨어지고, 말라붙은 목에서 메마른 오열이 울려 퍼진다.

저는 영문을 알 수가 없어 대답을 구하고자 옆쪽을 봤습니다만…….

“어라? 카이토 씨……?”

깨달았을 때는 더 이상 그곳에는 사람의 모습이 없었습니다.

☆

“어디, 이제야 직성이 풀렸더냐.”

“그래, 이제 충분하다.”

못다 처리했던 마지막 의뢰를 마친 뒤 나는 도시 바깥에서 대기하고 있었던 레티시아 및 일행들과 합류했다.

“결국 뭘 하고 왔던 거야?”

"그냥 뒷수습이었어, 뒷수습. 어쩌다 보니 매듭을 지을 기회가 생겼거든."

어깨를 으쓱거리고 나는 유토에게 대답했다.

길드에서 마주쳤던 노인.

첫 번째 세계에서는 요정의 숲 바깥 둘레 부근에서 마물의 습격을 받아 죽고 말았었다. 길드에 내걸어 놓은 의뢰의 보수를 올리기 위해 노화를 강제당했던 몸으로 무모하게 나섰던 것이 원인이었다.

내가 이 세계에 돌아왔을 때는 첫 번째 때 빈사의 상태에서 만났던 시기보다 더욱 지체되어버렸다.

그러니까 두 번째 세계에서도 역시 죽어버렸으리라 넘겼던 건데…….

'나비 효과라는 녀석이려나.'

무엇에 어떤 영향을 받아 목숨을 부지하게 되었는지는 알 수 없다만, 이번에야말로 요정을 퇴치해달라는 부탁까지 완수할 수 있었다.

요정향이라 불리는 샘물, 용맥의 마력을 빨아 마셔서 요정을 만들어 내는 요정수, 요정의 정점에 위치했던 요정 여왕 베리벨. 그 전부는 재가 되어서 사라졌다.

"오라버니……. 잘됐네요, 멋진 표정을 짓고 계세요."

"그게 뭔 소리야."

무엇이 저리 기쁘다고 마이는 생글생글 웃음 짓는다.

뭐, 마음속 미련을 하나 지웠다는 게 좋은 일이라면 좋은 일이겠지만, 그렇게 내 표정은 훤히 티가 나는 것일까.

"응응, 상쾌한 기분 그대로 노노랑 야한 짓 할래? 바깥에서 해도 꽤 재미가 있거든. 앗, 아야야, 아얏~!! 레티시아, 아파, 아파아~!!"

"자꾸 바보 같은 소리를 늘어놓는 벌이니라. 나는 극히 일부를 제외하고 측실을 허락할 뜻은 없도다!"

"아니, 좀, 측실 어쩌고저쩌고는 진지하게 관둬주면 좋겠는데……."

애당초 노노릭은 남자다. 외모가 어쨌든 간에 노노릭은 남자다.

"오라버니……? 여동생은 불건전한 삶은 안 좋다고 생각한답니다?"

"와, 인기 좋구나, 카이토."

마이가 방금 전과 완전히 똑같이 웃는 얼굴로 검은 오라를 두르고 있고, 쿡쿡 놀리면서 유토가 웃는다.

"카화아! 바우바우우!!"

오늘 아침에 드래곤 퍼피의 모습으로 합류했던 그렌이 마치 위협하는 것처럼 화르르, 불꽃을 뿜어낸다.

"……그렌, 너까지. 제발 좀 봐줘라."

거참, 이제 곧 전장을 가로질러야 할 텐데 긴장감이 티끌만큼도 없구나.

"후유, 부탁 좀 하자. 레티시아가 새로 알려준 정보를 따르자면 적당히 수상쩍은 상황을 넘어섰더만."

그렇게 말하고 작게 한숨을 쉰 나는 어제의 기억을 다시 떠올렸다.

☆

레온의 최후를 끝까지 지켜봤던 우리는 잠시 후 도시로 돌아와서 변두리 쪽 싸구려 숙소의 큰 방을 잡았다.

철야를 한 피로와 복수를 마쳤다는 만족감 덕에 우리는 기절하듯 잠에 빠졌다.

일어난 때는 점심이 지난 무렵, 그때가 되어서야 겨우 정보 교환을 시작했다.

"나는 레티시아이니라. 레티시아 루우 헐스톤. 일단은 마왕이나 이런저런 인연이 닿아 카이토의 연인이 됐군. 저쪽은 노노릭, 검 실력이 제법 쓸 만하기에 호위라는 명목으로 복수할 때 도움을 받고자 생각하여 곁에 놓아두었다네."

"노노랍니다? 응응, 우헤헤, 좋아, 좋아라. 귀여운 아이들이 잔뜩이야! 앗, 아야야야! 아프잖아?!"

"시끄럽다. 내 친구와 동생에게 독니를 들이밀지 마라, 변태야!"

할짝 입술을 핥는 노노릭의 안면에 아이언 클로를 먹여줬다.

"저는 우케이 마이라고 해요. 잘 부탁드립니다, 레티시아 씨."

"나는 카나자키 유토, 잘 부탁해."

그렇게 바보짓을 하는 동안에 마이와 유토는 레티시아와 악수를 나눴다.

"오, 오오! 잘 부탁함세. 저기, 둘은 카이토와 관계가 어찌……."

"가장 사랑하는 여동생이에요."

"뭐, 절친한 친구려나?"

"……으음, 역시나. 이름을 듣고 느낌을 받긴 했다만, 저쪽 세계에서……."

레티시아는 기쁜 듯 미소 짓더니 어째서인지 미묘하게 움직임이 딱딱해졌다.

"레티시아, 왜 갑자기 긴장하는 거야? 어라, 어라라? 혹시 수라장이야? 수라장일까?"

"아니다, 멍텅구리야! 다소 긴장은 하는 게 당연하잖느냐!! 네 녀석, 내가 얼마나, 대체 얼마나 바라 마지않았던 만남인 줄 알기는 아는 게냐!"

"흐음~? 그랬던가?"

노노릭은 고개를 살짝 갸웃거리며 말했다.

나의 입장에서도 저 광경은 가슴을 울리는 감동이 있었다. 더는 이루지 못하리라 포기했었던 레디시아와 본래 세계의 가족, 친구가 함께 있는 광경이었으니까.

"뭐, 자기소개는 적당히 마치도록 하고, 정보 교환을 하고 싶은데……. 일단 노노릭, 넌 어떻게 살아 있는 거냐? 목을 콱 베어 날렸으면 무조건 죽어야 되는 거 아닌가?"

"흐흥~ 알고 싶어? 그건 말이야, 노노가 진조 흡혈귀라서야! 봐봐."

그렇게 말한 뒤 노노릭은 꾸욱, 입가를 손가락으로 당겨서 사람이라기에는 너무 긴 이빨을 보여줬다.

"진조 흡혈귀라고? 이런, 세상에, 진짜냐……."

일전에 미나리스가 쿠우와 동화했을 때도 생각했었지만, 첫 번째 때에 만나서 알게 되었던 그 거만한 자식, 진조 흡혈귀에 대한 신뢰도가 팍팍 떨어진다. 그 자식, 진조 흡혈귀는 이제 자기 하나뿐이라고 말했던 주제에 어떻게 된 거야.

미나리스의 상태 때문에라도 나중에 이야기를 들으러 갈 생각이었는데……. 지금 위치도 모르겠다, 별로 안 만나도 상관없지 않을까.

“뭐, 진조 흡혈귀라면 목이 날아간 상황에서도 대충 부활할 수는 있었겠지만…….”

“으음? 뭐냐, 노노릭. 네 녀석, 적이었던 게냐?”

“엥~? 적 아닌데~. 그냥 끈적하고 열렬하게 뒤얽히는 뜨거운 밤을 보냈을 뿐— 으갸갹?! 아파, 아파앗?!”

가자미눈을 뜨고 쳐다보는 레티시아가 또 바보 같은 소리를 늘어놓는 노노릭의 머리에 주먹을 떨어뜨렸다.

“네놈이 자꾸 괴상망측한 소리를 하는 게 잘못이다! 평범하게 죽자고 칼질한 게 전부잖냐!!”

“엥~ 그래도 카이 군은 특별히 노노를 죽이고 싶었던 게 아니잖아?”

“지금은 살짝 살의가 끓어오르지만 말이다. 아무튼 이상한 사이 아니니까 레티시아, 얼른 염검 좀 집어넣어줘라.”

“카이토? 나는 측실을 부정은 않는다만, 첫 번째는 나임을 명심하거라? 그 부분은 양보할 수 없음을 잊지 말거라?”

“어긋났어, 어긋났어. 말이랑 행동이 어긋났다고.”

타겠다. 싹 타버리겠다. 이 싸구려 숙소가 타버리겠어.

으으, 안 되겠다. 어째서 사람이 잔뜩 모이면 이야기도 자꾸 탈선하는 걸까.

“본론으로 돌아갈까, 레티시아, 노노릭은 어디까지 얘기가 돼 있는 거야?”

“아무것도 이야기하지 않았군. 애당초 복수를 실행할 때 솜씨를 빌리기 위해서 피를 대가로 고용한 관계에 불과하니까. 나 혼자서는 일격에 죽이는 것이 고작이잖느냐.”

"……하기야."

"엥~? 뭐야, 뭐야? 비밀 이야기? 노노도 끼워주라~."

의미심장한 대화에 노노릭이 어린아이 같은 동작으로 항의를 한다.

'……뭐, 복수에 참가까지 시켜 놓고서 굳이 숨길 이유가 있나.'

단순한 전투 중독자인 줄 생각했었는데, 복수 때 분위기를 떠올리면 그런 부류도 아닌 듯싶었고.

"어디 보자, 그러면 우리 이야기부터 하는 게 빠르겠군. 조금 길어질 거다."

나는 첫 번째 세계에서 겪은 괴기와 두 번째 세계에서 암약했던 활동을 새삼 회상하면서 레티시아와 노노릭에게 이야기했다.

"……오호라, 그런 까닭에 미나리스와 슈리아가 이 자리에 없는 게로구나?"

납득했다는 듯이 레티시아가 한 차례 고개를 끄덕였다.

그러나 노노릭은 평소의 장난기 많은 분위기는 조용히 숨을 죽인 채 진지한 표정으로 바뀐 모습이었다.

"있잖아, 카이 군. 【복수의 성검】, 그 검을 쓰면 복수심이 공유된다는 말, 진짜야?"

"음? 굳이 거짓말을 할 이유가 없잖냐……."

믿든 안 믿든 노노릭이 알아서 판단할 테니 넘겼었다만, 뜻밖의 부분에서 걸려드는군.

그러나 노노릭이 이어서 꺼낸 말은 더더욱 상상의 영역 바깥에 있는 발언이었다.

"부탁이야, 그거, 노노한테도 써줘라."

"뭐라고?"

"……노노도 말야, 아주 아아주 옛날에, 죽이고 싶어서 죽이고 싶어서 참을 수가 없었던 상대가 있었거든. 근데 말이야, 간신히 내가 힘을 길렀을 무렵에는 내가 막 나서기도 전에 죽어버렸어. 노노의 복수는 결국 아무것도 이루지 못한 채 끝나버렸던 거야. 그래도 말야, 줄곧 줄곧 줄고온, 응어리가 자꾸 응어리져서 견딜 수가 없더라."

"""""……."""""

"【복수의 성검】을 쓰면 노노도 다시 한 번 제대로 된 복수를 완수할 수 있단 말이잖아? 그러니까 부탁할게. 노노도 동료로 받아주라."

전원이 말을 못 잇고 노노릭의 말을 듣기만 했다.

나는 노노릭의 말을 들으면서 어쩐지 납득이 가는 기분이었다.

'이제 알겠군, 즉 노노릭은 복수를 선택하지 않았던 나의 모습인가.'

자기 의지로, 혹은 환경이 원인이었냐는 차이는 있겠지만 결과는 마찬가지다.

죽일 작정으로 칼을 휘두른 관계인데도 어째선지 미운 마음이 들지 않았던 까닭은 자기 검의 교본으로 삼은 상대였다는 이유뿐 아니라 저런 친근감을 마음 어딘가에서 느꼈기 때문인지도 모르겠다.

'그렇지만, 저런 이유로 노노릭을 공범자로 받아도 되는 건가?'

복수를 다시 한 번 하고 싶다는 노노릭.

그렇지만 거기에는 노노릭 본인의 복수가 존재하지 않는다. 그야말로 전형적인 보상 행동에 딱 들어맞는다.

그러나 내 고민을 알아차렸는지 뜻밖의 인물이 말을 꺼냈다.

"무얼 망설이는 게냐, 이 멍텅구리 녀석아. 써주면 그만 아닌가."

"레티시아……."

"예전에 네가 말하지 않았더냐. 『사람의 수가, 단지 손의 숫자가 늘어나기만 해도 그 작자들을 괴롭히고 망가뜨리고 조각조각 작살내는 데 더 많은 수고를 들일 수 있겠지?』라고."

"너, 그 말은……."

그것은 가장 최초의 기억. 내가 미나리스를 공범자로 선택했을 때 했던 말.

"단지 죽이고 싶다는 생각밖에 못 하는 녀석도 아닌 데야 후닥닥 공범자로 만들어버리면 되는 게다."

"……그래, 그렇구나. 그야 그렇지."

"거참, 카이토는 항상 생각이 너무 많구나. 그래서 머리가 엷어지는 게다."

"안 엷어지거든! 풍성풍성하잖아!"

망설였던 자신이 바보 같아져서 후유, 한숨을 쉰 다음에 나는 복수의 성검을 손에 들었다.

"아, 물론 내가 먼저이니라."

"……진짜 맥이 풀린다, 이 녀석들아. 그동안 이런 분위기에서 이 심검을 쓴 적이 없단 말이다."

다시 한 번 한숨을 쉬고 나는【복수의 성검】을 레티시아, 그리고 노노릭에게 박아 넣었다.

어둡게, 그런데도 눈에 각인될 듯이 일렁거리는 빛을 발하는【복수의 성검】이 두 사람의 가슴에 잠겨 들어가서 일순간의 광채를 밝힌 뒤 허공에 녹아서 사라져 간다.

그리고 또다시, 복수의 성검에 의해 이어지는 회로가 우리들의 복수심을 뒤섞었다.

"……그래, 굉장하구나, 이런 느낌이었구나."

"……아핫, 아하하하핫! 굉장해, 굉장해 굉장해 굉장해 굉장해! 이렇게 불타오르고 곪아 터지고 찢겨 나가는 것 같은 느낌!! 아아, 맞아, 맞아. 이거야, 이거였어!"

조용히 음미하는 분위기의 레티시아와 정반대로 마치 다시 태어난 사람처럼 들뜬 노노릭.

그 옆에서 나는 서로 뒤섞이는 복수의 속에 이 자리에는 없는 두 사람의 경로도 이어지는 것을 느꼈다.

"……그래, 연결됐구나.『들리나? 미나리스, 슈리아.』"

"『주인님!!』" "『카이토 님!!』"

상당히 오랜만에 듣는 소중한 공범자들의 목소리는 아직 물리적인 거리가 떨어져 있기 때문일까, 꽤 잡음이 섞인 목소리였고『심화』도 불안정했다.

"『다행이다, 둘 다 무사한가?』"

"『네, 괜찮아요. 주인님, 주인님이야말로 다친 덴 없으세요?』"

"『건강하셔요? 괜찮으셔요?』"

"『걱정 안 해도 괜찮아. 지금은 어디에 있어? 우선 서둘러 합류하고 싶은 마음이다만…….』"

"『주인님, 그것 때문에 보고드릴 말씀이 있습니다, 서둘러 법국에 가셔서, 신성 결정이 있는 곳으로 서둘러주세요. 혹시나 파괴되면, ……가…… 돼서…….』"

“『왕국과 제국에 주의를 기울이셔요! 서둘…… 가…….』”

“『미나리스? 슈리아? 이봐, 무슨 일이야, 둘 다!!』”

갑자기 목소리가 안 들릴 만큼 음질이 나빠져서 허둥지둥 이름을 불렀지만, 미나리스의 대답은 돌아오지 않았다.

마치 라디오의 건전지가 바닥난 것처럼 『심화』도 두절되어버렸다.

“있지, 있잖아. 지금 연결된 게 노노랑 처음 더틀러스에서 만났던 두 사람이지?”

“아무래도 미나리스와 슈리아 쪽도 무엇인가 정보를 찾아낸 듯싶구나. 정작 중요한 부분은 안 들렸다만…….”

발언은 하지 않았을 뿐 이 자리에 있던 전원에게 『심화』를 연결했으니까 대화는 모두가 들었을 것이다.

미나리스와 슈리아의 말에 반응하는 듯이 유토와 마이도 입을 열었다.

“왕국과 제국에 주의를 기울이라고 말했었지.”

“법국의 신경 결정? 그게 있는 곳으로 가라고도 말했었죠……. 오라버니?”

“신성 결정이라는 것은 법국이 보유하고 있는 비보인데 이 대륙을 뒤덮는 대결계의 요체다. 이 결계의 내부에 있는 동안 마족은 능력을 제한당하지.”

설명을 요청하며 이쪽을 보는 마이에게 간단히 대답을 했다.

“레티시아, 『미나리스와 슈리아 쪽도』라고 말했는데 너 역시 뭔가 알아낸 게 있는 건가?”

“그 부분은 나의 이야기부터 시작하는 게 좋겠구나.”

살짝 얘기는 했었다만, 운을 떼고는 레티시아가 지난 행적을 이야기했다.

첫 번째 세계에서 레티시아는 나와 싸웠던 그날 이후로 혼만이 남아 마석에 깃들었다가 다시 내 몸으로 보금자리를 바꾸면서 의식만 남은 상태로 버텼다고 한다.

내가 보고 들었던 경험을 함께하며 알 수 있었고, 때때로 꿈속에서 짤막한 말을 전하는 정도가 고작이었다. 그렇게 조금씩 힘을 비축하다가 미나리스와 슈리아와 함께 조우했던 그렌에게로 보금자리를 바꿔 두 번째 세계의 자신에게 다시 깃들 수 있었다는 설명이었다.

그 이후는 리리아의 신뢰를 확보하기 위해 활동했고, 이 세계의 힘을 빨아들이고자 획책하는 신의 적이 존재하며 그것에 대항하기 위해 신이 신탁을 내린 이세계에서 용사가 소환된다는 사실을 알게 되었다.

"뭐, 신을 운운하는 이야기는 솔직히 별 관심이 없었다만, 확실히 오를레아의 왕가는 신이 아니라 대정령을 신앙하는 나라이지 않았더냐? 이번에 용사로 불린 카이토는 자기 역할을 방기한 상황인 데다 왕국에서는 정체도 모를 가짜 용사를 세워 놓았기에 신경이 쓰이더구나. 살짝 왕국을 이래저래 뒤져봤더니만……."

대정령이라는 것이 정령이 아닌 신이었겠다는 상상은 대충 된다만, 레티시아의 분위기를 보면 그렇게 간단한 이야기가 아닌 듯싶다.

"우리가 두 번째 세계에서 처음 만났던 때를 기억하느냐? 전장의 전투를 틈타 오를레아 왕국 진영에 가봤더니 왕국군과 제국군의 공동 기지에 그때 본 마황수의 부하 비슷한 것이 대량으로 있더구나."

"……엉? 무슨 소리야, 어떻게 된 일이래?"

"어떻게 되든 말든 알 수가 있나. 목격한 광경이 전부이니라. 그 탓에 모험가 길드에 불쑥 등록한다는 눈에 띄는 짓을 하고 사이에 길드를 껴서 정보를 수집하고자 했던 것이니라."

아하, 그랬구나, 레티시아가 S랭크 모험가가 되려고 했던 이유가 저것이었나.

"음, 아니, 도대체 뭐야. 레티시아, 네가 아직 마황수가 되지 않았는데 어떻게……."

"서참, 그 이유를 몰라서 고생하는 게 아니겠느냐. 아, 물론 마왕핵은 틀림없이 이 가슴의 속에 있느니라. 적어도 복수를 마치거나 마황수가 될 때까지는 아슬아슬하게 마음껏 힘을 이용할 작정이었으니까 말이다."

확실히 레티시아가 마황수가 될 때까지는 아직 1년 이상의 시간이 있다. 안전하게 여유를 둬도 앞으로 반년 정도라면 위험성 없이 사용할 수 있겠다.

"뭐, 그렇게 된 게지. 슬슬 리리아와 결판을 지을 때가 왔구나 싶던 차에 네 녀석이 등장하였고. 일부러 노린 줄 알았느니라."

"……노렸다면 그런 추태를 보이진 않았겠지."

"흐흐흐응~. 그런 소리를 해도 소용없느니라. 『누가 놔주겠냐! 더는 두 번 다시, 놓아주지 않을 테다!!』라고 울던 얼굴을 똑똑히 기억하거늘."

"시끄러워, 나는 기억 안 난다고."

히죽히죽 기쁘게 웃는 레티시아에게서 시선을 돌리고 조그맣게 중얼거렸다.

"아무튼 간에 지금은 그렌을 전장에 보내 왕국의 동향을 감시하도록 맡겨 놓았다. 주전장이 법국이 된 상황이니 뭔가 움직임이 있다면 내게 『사념파』로 연락이 닿을…… 끙. 이러면, 일이 빨라서 기뻐해야 하는가, 너무 수상쩍은 상황에 한탄해야 하는가."

"……그렌에게서 연락이 왔단 말이군?"

"그래, 맞단다. 이러면 한발 늦었다는 느낌이로군."

한창 대화 도중에 시큼한 것을 먹은 표정을 짓고 레티시아가 고개를 끄덕였다.

"그 마황수의 부하 비슷한 것들이 왕국, 제국군과 함께 전장에 잔뜩 나타나서 행패를 부린다는구나."

☆

전장은 대혼란의 속에 빠져들었다.

그곳은 인류와 마족의 근본이 되는 위엄을 건 전쟁터가 되어야 했다.

그러나 지금 전장을 지배하고 있는 것은 인류가 아니고, 마족도 아니고.

……잔뜩 나타난 식물 비슷한 괴물이었다.

"이게 뭐냐……. 이것들은 도대체 뭐냔 말이다아아아아아아아앗!!"

""""부아부부아부아아아……."""

법국의 해안선에서 펼쳐져 있던 전선은 시간이 지남에 따라 조금씩 밀려나는 상황이었다.

특히 『폭염마인 아데리우스』와의 전투에서 왕국의 용사가 한 차례 자국으로 물러난 이후 법국을 습격하는 마족의 기세는 더욱 격렬해졌다.

그리고 마침내 신성 결정을 간직하고 있는 법국의 수도에 마족의 손이 닿으려고 하던 때, 그것들은 나타났다.

유령처럼 흔들흔들하는 움직임으로 나타난 것은 대량의 식물에 집어삼켜진 인간 비슷한 것과 어딘가 멍한 표정의 왕국, 제국의 혼성군.

"대, 대장, 대자아아아아앙!!"

"큭!! 젠자아아아아아앙!!"

수인국에서 출진했던 부대가 또 하나 전선에서 버티지 못하고 인간 비슷한 것들에게 집어삼켜졌다.

갑자기 나타난 저 군대는 인류이든 마족이든 개의치 않고 전장에서 난동을 부려 댔다.

식물과 사람의 키메라 같은 모습을 지닌 괴물은 자유롭게 나무 촉수를 움직이면서 근처에 있는 상대를 손 닿는 대로 마구 집어삼키고 있다.

괴물과 함께 나타난 어딘가 멍한 표정을 짓는 왕국군과 제국군의 병사들은 비록 숫자야 적을지언정 모두가 하나같이 마치 다른 생물이 된 것처럼 인간을 벗어난 힘을 발휘했다.

전장의 전력 구도는 마치 엎지른 커피의 얼룩이 퍼져 나가는 것처럼 싹 덧칠되고 있었다.

"쳇, 이 몸께 접근하지 말란 말이다아아아아아아아아아!!"

""""아부아아부아부아부아아아……."""

마족 측 부대장을 맡은 남자는 해치워도 해치워도 줄줄이 솟아 나오는 마족 비슷한 무엇인가를 특기인 바람 마술로 날려버리는 한편 법국의 수도를 향해 진군했다.

마족의 힘을 억제한다는 『신성 결정』. 그것만 파괴하는 데 성공한다면 이렇듯 어처구니없는 제3의 세력도 포함해서 분명 전황을 타개할 수 있을 것이라 자신했다.

그리고 지금, 남자의 상사 『폭염마인 아데리우스』가 『신성 결정』을 파괴하기 위해 법국의 대성당으로 앞서 나가 있었다.

'방해꾼이 끼어들지 못하게 이곳에서 잡병들을 모조리 쫓아낸다!'

"흩어져라 흩어져라, 터져랏! 『남백제(嵐百帝), 풍절난무(風切亂舞)』!!"

순간, 남자의 주위에 네 개의 회오리바람이 나타난다.

그 회오리바람은 주위에 무수히 많은 바람의 칼날을 내던지면서 남자가 지시하는 방향을 따라 방사형으로 넓어져 갔다.

""""비아아부봐아봐아아……!"""

잘리고 썰린 마물은 이리저리 지면에 흩어졌고, 뭉게뭉게 피어오르는 흙먼지가 주위에 가득 들어찬다.

"헉, 허억, 이제 전망이 제법 좋아지…… 꺼흑?!"

"……방해하는 적은 죽이고 씨앗을 심는다."

"이, 이 자식……. 끄핫, 꺽."

마족의 사각에서 불쑥 나타난 것은 멍멍한 눈빛을 띤 인간이었다.

허를 찔리고 심장에 칼이 꽂혔던 몸에서 힘이 빠져나가고, 그렇게 뚫린 구멍 안쪽에 무엇인가를 콱 집어넣는데도 미처 저항할 수가 없는 상태였다.

"크아아아아아아아아악?! 멈춰, 멈춰라! 이게 뭐냐, 무슨 짓거리냐아아아앗!!"

"……방해하는 적은 죽이고 씨앗을 심는다."

"이, 이 자식, 당장 거기에 서, 끄흑, 카아아아아악!! 오, 오지 마라! 들어오지 마라앗!!"

바닥에 쓰러진 마족 남자는 몸을 나뒹굴다가 잠시 후 움직임이 멎었다.

그러나 이윽고 흔들흔들 일어서더니 멍한 눈으로 주위를 둘러본다.

"……방해하는 적은 죽이고 씨앗을 심는다."

무엇인가에게 입력된 명령을 실행하기 위해 아직껏 자신들이 아닌 대상을 찾는다.

신기하게도 머리는 상쾌했고, 자신의 힘이 더욱 향상되었음을 느낄 수 있었다.

지금이라면 절대 강자라는 인식 때문에 거역할 엄두도 내지 못했던 『폭염마인 아데리우스』에게도 승리를 거둘 수 있겠다는 생각마저 든다.

그리고 하늘을 올려다봤을 때 멀리서 하늘을 달려오는 자신들이 아닌 대상을 발견했다.

다섯 명과 한 마리. 선두에서 하늘을 달리듯 이동하는 소년과 비행 마법을 써서 날아오는 소녀, 선두의 소년과 마찬가지로 하늘을 달리고 있는 소녀, 자신과 마찬가지로 바람을 이용해서 하늘을 나는 소녀, 새 수인처럼 커다란 회색 날개를 뻗치고 있는 소년. 부하처럼 하늘을 나는 화염룡.

"……방해하는 적은 죽이고 씨앗을 심는다."

그렇게 자신을 꿰찔렀던 상대와 똑같은 말을 중얼거린 뒤 하늘로 몸을 날렸고.

"방해된다, 비켜랏!"

손에 넣은 힘을 시험할 기회도 없이 검 앞에서 일도양단이 나고 말았다.

☆

"아아아아, 젠장! 이래선 좀 너무하잖냐!"

법국의 수도 근처까지 전이로 도착했던 우리는 휴식도 제대로 못 취하고 전장에 뛰어들었다.

나와 노노릭은 『천구』, 레티시아는 『비행 마법』, 마이는 『만마풍인』으로 구사하는 바람의 힘, 유토는 『흡마현마』로 만든 마물 날개의 힘으로 하늘을 달려 최단거리로 목적 장소까지 나아가고 있다.

그러나 하늘을 달려가면 물론 주목이 쏠리는 터라 지상에서는 좋은 공격 표적이 된다.

"굴러라, 굴러라, 진창의 눈, 『이빙우(泥氷雨), 돌[石]의 빙상(氷像)』."

"『천염(千炎)』『천수(千水)』『천퇴(千槌)』! 하나 더 덤이다, 『천뢰(千雷)』이니라!"

랜플 화이트
"『비상백무(飛翔白舞)』~!!"

"『풍절희(風切姬)의 선무(扇舞)』!"

"『아이언 드래곤, 어퍼 보디』!!"

"크르으, 크롸아아아아아아아아아아아아아아아아아아아아아!!"

그러나 분명하게 말해서 전력 차이가 터무니없이 벌어졌다.

일단 용사에 마왕까지 한데 모였을 뿐 아니라 그 밖에도 이 세계의 사람들이 보기에는 충분히 인간의 영역을 벗어난 곳에 발을 들여놓은 강자밖에 없다.

마황수의 부하 비슷한 것 정도는 상대가 안 되는 데다가 때때로 나타나는 멍멍한 눈빛을 띤 녀석들만 상상 이상의 맷집을 자랑했을 뿐, 뭐, 아무래도 힘을 제대로 다루는 느낌도 안 드는지라 생뚱맞게 노출되는 빈틈을 찔러 일격으로 해치울 수 있었다.

다만…….

"터무니없는 숫자구나. 쓰러뜨려도 쓰러뜨려도 자꾸자꾸 나타나는군."

레티시아가 불평하는 대로 터무니없는 숫자가 전장에서 마구 날뛰고 있다.

도대체 무슨 불상사가 일어난 걸까.

"오라버니, 이런 때 딴생각에 주의가 쏠리면 이상한 실수를 하는 법이에요."

“엑, 당연히 알지. 지금은『신성 결정』을 확보하는 데 집중할 거야.”

이유는 불명이었다만 미나리스와 슈리아가『신성 결정』을 확보해 둘 필요가 있다고 말한 이상은 잠자코 따라야 할 테지.

이곳저곳에서 전투가 발생하는 탓에 마력이 흐트러져서『심화』는 눈에 보이는 범위밖에 쓸 수 없지만, 미나리스와 슈리아가 근처에 있다는 것은 느낌이 온다.

아마도 두 사람도 역시 신성 결정의 소재지, 법국의 수도에 있는 대성당을 목표로 이동 중이리라.

“서두르자. 아마도 아데리우스가 신성 결정을 노리고 온 분위기거든. 이런 상황이면 메테리아도 신성 결정의 방위를 맡고 있겠지.”

“아으, 빨리 죽여버리자? 가능한 한 빨리? 응~?”

“잘 알고 있겠지만, 노노릭, 혼자 폭주하지 마라.”

이번 작전의 첫 번째 목표는 아데리우스도 메테리아도 아니다.

복수를 할 수 있다고 들뜬 노노릭에게 나는 못을 박았다.

“만약 제멋대로 죽이면 나는 네 녀석을 용서하지 않을 테다? 아데리우스도 역시 오라버니의 원수이니라.”

뒤이어 한 번 더 짚고 넘어가겠다는 듯이 레티시아도 역시 노노릭에게 못을 박는다.

“아데리우스에게 마지막으로 손을 쓸 사람은 나이니라. 아무리 공범자일지라도 이것만큼은 양보할 수 없군.”

“……끙, 알아, 알았어. 쳇, 쳇, 쳇!”

“우선순위는 먼저 신성 결정을 확보하는 거지?”

“그다음은 메테리아와 아데리우스를 무력화해서 사로잡을 수 있다면 그렇게 하란 말이었죠?"

"그래, 맞아. 아직 죽여서는 안 된다. 적어도 메테리아한테는 꼭 물어봐야 하는 게 있어."

그렇다, 메테리아.

그 녀석도 역시 어째서인지 첫 번째의 기억을 가지고 있는 모습이었다.

'모조리 싹 다 실토를 받아 내겠다, 메테리아. 네가 숨기고 있는 사실 전부를 듣고 거리낌 없이 복수를 완수하기 위해서.'

죽이고 싶고 죽이고 싶어서, 애태우고 애태우고 애태웠던 상대.

그런데도 어째서 배반했는지 알 수가 없었던 단 한 사람, 두 번째 세계에서 우리의 앞에 갑작스럽게 나타나더니 심지어 기억까지 빼앗아 나를 본래 세계로 돌려보냈던 여자.

"그래, 그러니까……. 방해하지 말란 말이다."

달린다, 달린다, 달린다.

이미 수도의 주변에서 수도의 상공까지 다다랐다.

내려다보이는 도시에서는 루나리스 교의 병사들이 마황수의 부하 비슷한 것과 싸우고 있었다.

일반 주민은 어딘가 다른 도시로 피난한 듯 보이지 않았다. 역시 메테리아다, 이런 부분은 빈틈이 없다.

그런 덕분에 우리도, 그리고 메테리아도 전력으로 싸울 수 있겠군.

'최악의 경우 아데리우스와 메테리아를 둘 동시에 상대하게 된다. 마음을 단단히 먹도록 하자.'

대성당의 첨탑은 이미 시야에 들어왔다.

도착할 때까지 5번도 걸리지 않을 것이다.
"우리 앞길을 방해하지 말란 말이다아아아앗!!"
진로를 가로막는 적은 모조리 처단하면서 우리는 전진했다.
신성 결정이 안치되어 있는 성당의 중앙으로, 천창(天窓)으로 설치해 놓은 스테인드글라스를 깨부수고 침입할 계획이다.
"기다려라, 메테리아……."
"아데리우스……. 아아, 어떻게 죽여주어야 하나."
"후유, 정말로 알고 있는 건가요. 여동생은 자꾸 걱정이 들어요."
"기운이 넘쳐흘러서 깜빡 죽일 것 같네."
감각이 예민해진다.
레티시아가 곁에 있어주는 덕분이려나.
'연인과 같은 편이 되었을 뿐인데 절호조라니, 나도 어지간히 단순하구나.'
그러나 그런 식으로 자조해본들 자신의 마음속이 맑게 개었다는 사실은 변함이 없다.
그래. 나는 언제나 이렇듯 들뜬 기분으로 잊어버린다.
이 세계가, 이러한 때일수록 나를 어두운 구멍 밑바닥에 밀쳐 떨어뜨려왔다는 사실을.
"으랴앗!"
싸각싸각, 모래를 자르는 듯한 소리와 함께 천사가 그려져 있던 스테인드글라스를 베어 갈랐다.
그렌 하나만 성체의 모습을 유지한 채 하늘에 남겨 두고, 우리들 다섯 명이 내부로 날아든다.

그렇게 법국이 자랑하는 대성당에 흙 묻은 발로 들이닥쳐서 그 광경을 목격했다.

메테리아의 심장과 아데리우스의 마핵 양쪽을 낯선 엘프 남자가 예리한 나무 말뚝을 움직여서 도려내고 꺼내고 있는 광경을.

"뭐, 뭐냐. 이게……."
"무, 무어냐, 무어냐, 이게……."
망연사실한 혼잣말이 새어 나온다.
이해할 수 없다, 이해할 수 없다, 이해할 수 없다.
눈앞에서 일어난 광경을 무엇 하나도 이해할 수 없다.
꿈틀꿈틀 떨리는 메테리아의 몸과 대량의 피를 뿜어내는 저 심장.
흘러내리는 피마저도 모래로 바뀌어 가는 아데리우스의 몸체와 쩌적, 균열이 나서 갈라지는 저 마핵.
"오오, 멋지네, 멋지네. 나이스 타이밍이다, 여러분."
생긋 웃음을 짓는 저 엘프 남자.
어째서 처웃는 거냐. 어째서 처웃는 거냐. 어째서 처웃는 거냐.
헛소리 마라, 헛소리 마라, 헛소리 마라, 헛소리 마라 헛소리 마라 헛소리 마라 헛소리 마라 헛소리 마라 헛소리 마라 헛소리 마라 헛소리 마라 헛소리 마라 헛소리 마라 헛소리 마라 헛소리 마라 헛소리 마라!!
"이 자식……. 이 자식이이이이이이이이이이이이!!"
"네놈……. 네노오오오오오오오오오오오오오오옴!!"

거기에 어떠한 사고는 없었다.

"죄다 잡아먹어라! 『검왕(劍王)의 창염랑(蒼炎狼)』!!"

"『심연(深淵), 사룡옥염(邪竜獄炎)』!!"

내가 심검을 휘둘러서 날린 푸른 불꽃의 늑대와 레티시아가 날린 검은 불꽃의 용이 서로 뒤얽히며 저 엘프 남자를 목표로 육박한다.

그저 반사적으로 눈앞의 현실을 부정하려는 목적만 갖고 날렸던 힘.

그럼에도 전성기에 가까운 힘을 되찾은 전직 용사가 날린 불꽃과 현역 마왕이 가장 특기로 삼는 속성인 화 속성의 마법으로 날린 불꽃이다.

모든 것을 재로 되돌릴 듯한 열량을 지닌 두 개의 불꽃은, 그러나.

플라네시아
"감싸서 덮어 가리는 잿빛 꽃, 『불꽃 나무의 꽃잎』."

회색과 분홍색 꽃잎의 벽에 차단됐다.

"오오, 무서워라, 무서워라. 덕분에 살았다네, 왕녀님."

또각또각또각, 발소리를 내면서 나타나는 인물은…….

"아, 알레시아……?"

"오랜만이군요, 전직 용사님."

나타났던 인물은 알레시아 오를레아 왕녀.

나를 이 세계에 소환함으로써 가족을 빼앗았고 최후에는 배반하고 죽였던 여자.

"어, 어째서 네년이 여기에 나타나는 거냐!!"

혼란, 혼란, 혼란.

상상의 영역을 훽 넘어서는 급전개에 전혀 뇌의 처리가 쫓아가지 못한다.

머릿속을 강제로 휘젓고 있는 듯한 혼란이 멎질 않는다.

혼란이 멎지 않는데도 증오의 불꽃만 홀로 신음을 내지르며 자신의 몸을 불사르고, 그것이 다시 혼란에 박차를 가한다.

"오라버니! 일단 진정하세요!"

"으윽, 암여우가!!"

"잠깐만, 레티시아! 가만, 가만있어. 저거 위험하거든? 노노의 감각이 찌릿찌릿 울린단 말야!!"

마이의 목소리가 들린다. 레티시아의 격분하는 목소리가 들린다. 노노릭의 당황하는 목소리가 들린다.

그런 목소리들이 겨우겨우 사고를 현실로 다시 끌어와줬다.

그렇다. 이곳에는 지켜야 할 사람이 있고 의지할 만한 사람이 있다.

현실도피나 할 여유는 없다. 우선은 정보 수집이 먼저다.

"……너희가, 메테리아와 아데리우스를 죽인 건가?"

"나는 아니랍니다. 죽인 건 저기에 있는 자칭 하이 엘프지요."

"하이 엘프……? 어째서 그런 녀석이 이곳에 불쑥 나타난 건데. 정체가 뭐냐, 너희들."

"오오, 나는 단순한 광대라네! 무대의 흥을 돋우기 위한 장치의 하나에 불과하지."

'진지하게 답할 마음은 없는 것 같군.'

"그래, 거기 풀 플레이트가 내 대역을 맡은 용사인가?"

"……."

분노 때문에 알레시아밖에 눈에 안 들어왔었지만, 그곳에는 한 사람 더 백은의 풀 플레이트를 착용한 무엇인가가 직립 부동으로 서 있었다.

저런 복장과 달리 어째서인지 저 인영은 존재감이 희미하게 느껴진다.

"우후후♪ 글쎄요, 누구일까요?"

"큭!!"

알레시아는 풀 플레이트 녀석의 이야기를 꺼낸 순간에 곧장 기뻐하며 얼굴에 웃음 지었다.

저 웃음은 마치 독 묻은 꽃 같았다.

생리적인 혐오감 때문에 욕지기와 비슷한 감각이 몸을 치달린다.

"……아니, 별로 아무래도 좋다. 너희도 거기 엘프 남자와 한패였다는 사실은 분명하고, 그럼 충분하지."

이대로 대화를 시도한들 유익한 정보는 아무것도 얻을 수 있을 것 같지가 않다.

그렇다면 더 이상은 굳이 대화라는 답답한 수단으로 정보 수집할 필요가 없다.

"중요한 것은 네까짓 것들이 나의, 우리의 복수 상대를 훔쳤다는 것뿐, 그게 전부다."

입가에서 자칫 새어 나와버릴 것 같은 증오의 덩어리가 배 속 밑바닥에서 바짝 치밀어 올라왔다.

"특히 알레시아, 네년은 더 이상 못 봐주겠다. 그래, 정말이지, 도저히 더는 봐줄 수가 없구나. 한 번 죽이는 정도론 이미 많이 부족할 텐데, 정말이지, 제기랄!"

"후유, 추하군요. 뭐, 아무래도 상관없지만 말입니다."

"……."

"자, 자아, 진정들 해라. 지나간 일은 잠시만 잊고, 지금부터 이곳에서 일생일대의 대무대가 펼쳐진다고! 집중, 집중. 어리둥절하다가 못 보고 놓치면 두고두고 후회할 거란 말씀이야!"

어째서인지 흥미가 없는 기색으로 알레시아가 말하고, 풀 플레이트는 침묵을 돌려주고, 다만 하이 엘프 남자만 혼자서 연극이라도 하는 분위기로 힘껏 소리를 높인다.

더 이상 말은 필요하지 않았다.

"……레티시아, 싸울 수 있겠어?"

"어리석은 질문이구나. 녀석은 죽인다, 기필코 죽이련다."

현실도피를 관두고 머리를 차갑게 식힌 다음에도 분노는 아직 가라앉지 않았다.

그뿐 아니라 현 상황을 정확하게 인식함으로써 분노는 더욱 깊숙한 곳에서 질척질척한 마그마로 변질되고 있다.

"마이, 유토. 미안한데 보조 역할만 맡아줘라. 메테리아와 아데리우스 두 사람이 목숨을 잃은 상황이다. 저 엘프, 하이 엘프는 상당히 위험해. 알레시아도 절대 평범한 상태가 아니군. 어떤 비밀이 있나 모르겠는데 우리 공격을 정면에서 막아 냈다. 방심은 금물이야."

마이도 유토도 결코 약하지는 않다. 그러나 약하지 않다 뿐이지 어쩔 수 없이 전투 경험에서 한 걸음 뒤떨어진다.

특히 상대의 능력이 불명확할 때는 전투의 감이라고 표현할 만한 감각이 승패를 좌우하는 경우가 있다.

“어이쿠, 미안하지만 싸울 마음은 없다네. 이 세계의 무대에 오를 주역은 이미 바뀌었거든.”

“시끄럽다!! 이제 와서 싸울 마음이 없단 소리가 나오나?! 네놈은 죽인다! 기필코 죽인다! 편하게 죽을 수 있을…… 윽, 그거, 『신성 결정』?”

마치 마술이라도 보는 것처럼 불쑥 엘프의 손에 눈부시게 빛나는 결정이 나타났다.

그것은 첫 번째 세계에서 본 경험이 있는 『신성 결정』이었다.

“주모옥!! 이야기는 『비극의 영웅담』에서 『전설의 신화』로 전환되었다! 봐라, 봐라, 봐라, 봐라, 관객 여러분!! 지금 이 순간이야말로! 모든 것의 시작일지니!!”

“크! 멈춰라!!”

머릿속에서 땡땡 울리는 경종.

그러나 내가 저지할 틈도 없이 『신성 결정』은 일순간의 광채와 함께 산산조각이 났다.

쫘자아아아아아아아아악! 거대한 유리창이 잇따라 쭉쭉 갈라지는 듯한 소리가 머리에 직접 울려 퍼지며 그와 동시에 하늘로 거대한 빛의 기둥이 솟아오른다.

“으으으읏?!” “무, 무어냐, 이 소리는!!” “오, 오라버니!” “크, 머리가, 깨질……!” “싫어어!! 시끄러워어!”

빛의 기둥이 천장을 날려버리고, 여파로 몸이 밀려난다.

‘도대체 뭐냐……! 이런 황당한 사건, 첫 번째 때는 일어난 적도

없었잖아……?!'

첫 번째 때도 『신성 결정』은 파괴됐었다. 그러나 이런 반응이 일어나지는 않았다.

빛의 기둥은 점점 수축되면서 좁아지고 있다. 그런데도 등줄기가 오싹오싹하는 아찔한 느낌은 멎질 않는다.

완전히 수축된 빛과 함께 마지막으로 딸랑, 방울이 흔들리는 소리가 울려 퍼졌다.

일순간이나마 시간이 쭉 연장되는 것 같은 무음의 시간이 발생한다.

그것은 폭풍 진의 고요함. 언제나 이런 고요함의 다음에 찾아오는 것은 도저히 감당할 수 없는 재액이었다.

"하계 강림용 시퀀스는 정상적으로 최종 단계에 이행했습니다."

하늘에서 목소리가 내리 떨어진다.

아울러 줄곧 침묵을 고수해왔던 백은의 풀 플레이트 아머가 공중에 떠올라 있었다.

들려오는 것은 맑게 흐르는 물소리처럼 청량한 목소리.

쩌적, 쩌저적, 플레이트 아머에 균열이 발생한다.

이윽고 유리가 깨지는 것처럼 부서져서 흩어진 아머의 안쪽에서 나타난 인물은 낯선 미녀였다.

머리 위쪽에서 묶어 놓았는데도 불구하고 발치까지 뻗어 내리는 순백의 머리카락. 도를 넘어섰다고 말할 수 있을 만큼 과하게 단정한 얼굴 조형과 감정이 떠올라 있지 않아서 인형 같은 표정.

품이 넉넉하게 신관복과 닮은 옷은 신성함을 겸비하고 있었다.

“““““““…….”””””””

아무도 입을 열지 못했다.

알고 있다, 나는 이 감각을 알고 있다.

아득히 높은 곳에서 내려다보는 누군가와 시선을 마주하고 있는 감각.

“키핫, 키하하하하하하하하하하하하하핫!! 아아, 강림하셨다, 강림하셨다! 루나리스 님께서 강림하셨도다! 아아, 열심히 일한 보람도 있구나! 키하하하핫!!”

“…….”

하이 엘프의 홍소가 주위에 울려 퍼진다.

마황수의 부하 및 멍멍한 눈빛을 띤 왕국군, 제국군의 병사들까지 둥실 하늘에 떠올랐다.

그리고 하이 엘프 남자와 알레시아도 곁을 따르듯 하늘로 올라갔다.

‘루나리스? 이 녀석이 루나리스라고?’

“흠, 이것이 육체가 있다는 감각입니까. 제법 공들여서 단말을 준비했는데도 조금 답답하군요.”

위험하다 위험하다 위험하다 위험하다! 이 녀석은, 제대로 위험하다!

눈앞에 있는 상대인데 힘의 바닥이 안 보인다. 게다가 어째서인지 뒤쪽에 대기하고 있는 적들조차 눈앞의 상대와 완전하게 똑같은 마력이 느껴진다.

정말로 루나리스 교의 신, 루나리스가 맞기는 한가 정체가 대체 무엇인가 굳이 고민할 필요까지도 없이 너무나 위험해서 진짜로 위험하다.

얼간이같이 위험하다는 말밖에 안 떠오르고, 저 말만 가득 들어차서 사고가 멈춰버렸다.

그런 빈틈을 노출해서는 안 되는 상대인데도, 그럼에도.

"조금 몸을 움직이는 감각을 시험하는 게 좋겠군요. 『일륜(日輪), 섬(閃)』."

"어?"

그리고 그 대가는 시간을 두지도 않고 눈앞의 비극을 이끌었다.

막을 틈조차 없이 루나리스가 손가락을 이쪽으로 향한다. 저 손가락의 주위에 빛의 고리가 나타나는가 싶더니 중앙에서 한 줄기의 빛이 발사되어 마이의 복부를 관통했다.

"흠, 역시 조준이 어긋났네요."

"끅, 쿨럭!!"

"마……."

휙, 몸에서 힘이 빠져나간 듯 맥없이 마이가 무릎 꿇는다.

입에서는 붉은색 피가 대량으로 흘러 떨어진다.

"마, 마이이이이이이이이이이이이!!"

"큭! 대체 무어냐, 회복 마법의 효과가……!!"

즉각 마이의 몸을 부축한 레티시아가 회복 마법을 쏟아붓고 있지만, 상처 회복이 느리다.

"……전직 용사에, 마왕에, 진조 흡혈귀에, 이세계에서 온 손님이 두 명. 그리고 이번에는 용왕까지 도달한 화염룡입니까. 마침 운 좋게 이레귤러가 전부 모여 있군요."

"빌어먹을……!!"

마이를 다치게 한 루나리스는 무표정인 채 손을 펼쳤다가 쥐었다가 움직인 다음 또 한 차례 시선을 이쪽으로 보냈다.

뼛속부터 얼어붙는 듯한 차가운 시선이 몸을 꿰뚫는다.

방금 전 일격, 아무리 내가 넋을 놓았었다지만 미처 반응할 수가 없었다.

주룩, 식은땀이 등줄기를 타고 흐른다.

"어이쿠, 루나리스 님, 청소 전에 한 말씀 올려도 되겠습니까? 사실은 한 사람, 재미있는 녀석을 발견했지요. 원하신다면 저희 쪽으로 끌어들이고 싶습니다만."

"……흠, 괜찮겠네요."

하이 엘프라는 남자의 말에 루나리스는 들어 올렸던 팔을 내렸다.

'뭐라고? 재미있는 녀석? 젠장, 아직도 뭔가 노리고 있단 말인가?'

그러나 어쨌든 상대에게서 공격을 가할 낌새가 사라졌다.

이 틈에 조금이라도 마이의 치료를 진행하고 이 자리에서 이탈할 방법을 찾을 수밖에…….

"자, 루나리스 님께서도 허락을 내리셨다. 어떤가, 직접 눈앞에서 이분을 뵈었다면 믿을 수 있겠지? 이게 마지막 기회다, 우리와 함께 가지 않겠나? 소년, 카나자키 유토."

"……뭐?"

"……."

엘프 남자가 히죽히죽 조소하며 잔인한 미소를 짓고 있었다.

"이, 이봐, 유토……?"

"……."

어리둥절해서 옆쪽에 서 있던 친구에게 나는 말을 건넸다.

"……미안해, 카이토. 역시 나한테 가장 소중한 사람은 시오리 누나였어."

순간, 풀썩하고 유토의 등에 달린 날개가 커다랗게 펄럭거렸다.

"잠깐, 유토?!"

혼란에 빠진 나를 내버려 두고 유토는 하늘에 올라 루나리스의 곁으로 날아간다.

"루나리스 님, 이 녀석을 묶어 둔 쇠사슬을 풀어주시면 안 되겠습니까?"

"그렇군요. 적의 부하를 아군으로 끌어들이는 것은 확실히 효율적이죠. 알겠습니다."

그렇게 말한 루나리스가 쓱, 손을 흔들자 유토의 몸이 빛에 감싸인다.

"윽?! 크흑!!"

그리고 다음 순간, 까강 금속을 자르는 듯한 소리와 함께 자신의 안쪽에서 유토와 연결되어 있던 무엇인가가 끊어지는 것을 느꼈다.

확인하지 않아도 복수를 매개로 했던 계약이 끊어져버렸음을 느낄 수 있었다.

"어, 어째서……? 너도, 너도 배반하는 거냐, 유토오!!"

"……도시에서, 이 하이 엘프 남자에게 제안을 받았거든. 소중한 사람을 되찾고 싶지 않냐고. 자신들과 함께한다면 시오리 누나를 다시 살려서 만날 수 있다더라."

"뭐라고……?!"

"응, 알아, 잘 알아. 빌어먹을 짓이라는 것쯤은! 그래도 이렇게 할 수밖에 없는 거잖아!!"

나의 통곡에 유토가 마주 부르짖는다.

"이봐, 이봐, 친구를 탓하면 안 되지. 어쩔 수 없잖나? 남녀의 사랑 앞에서는 친구의 우정 따위야 얄팍한 종잇조각만 못한 법이니까."

능청을 떠는 모습으로 하이 엘프가 말한다.

유토가 배반했다? 배반했다? 배반했다?

시야가 새빨갛게 물든다. 주체할 수 없이, 주체할 수 없이, 주체할 수 없이.

"유토! 이 자식이이이이이이이!!"

목이 찢겨져 나갈 기세의 절규가 배 속에서 복받쳤다.

"그래, 맞아. 진짜로 빌어먹을 짓이야. 이따위 배반."

가만히 유토가 말을 이었다.

"응? 무슨 일인가?"

톡, 하이 엘프의 어깨에 손을 얹는 유토.

"그러니까 말이야, 이딴 빌어먹을 배반을 분명 시오리 누나는 용서해주지 않아. 『폭렬암(爆裂巖), 풀 보디』."

그 순간, 유토의 몸이 사람의 신체에서 심홍색 거암으로 외형을 변화시켰다.

"뭐, 뭐야?!"

"어?! 유토, 너 설마?!"

등 뒤에서 하이 엘프와 바짝 붙은 유토의 몸이 급속도로 붉은색 빛을 뿜어낸다.

“어서 도망쳐, 카이토!!”

폭렬암.

화산 지대에 서식하는 거암의 모습을 지닌 심홍색 마물이고, 죽는 순간을 맞이하면 남은 자신의 생명과 마력을 모두 폭발력으로 바꿔서 자폭하는 몬스터.

“잠깐, 유토. 그러지 마, 멈춰 멈춰 멈춰 멈춰, 그러지 마라아아아아아아아!!”

둔한 내가 뒤늦게 유토의 목적을 깨달았을 때는 이미 늦어버렸다.

“너, 너 대체?! 무슨 짓이냐, 관둬!! 이런 자폭에 무슨…….”

“……잘 살아라, 카이토.”

유토는 짧게 말하고 살짝 웃은 뒤 일순간 붉게 발광했고.

“소리가 시끄럽겠군요.”

직전에 펼쳐진 결계 속에서 폭발했다.

“흠, 하계의 인물치고는 제법 괜찮은 위력이었습니다.”

“앗?!”

몇 초 후, 폭발이 끝난 결계의 안쪽에는 티끌 하나도 남아 있지 않았다.

유토도, 하이 엘프 남자도, 처음부터 누구 하나도 없었던 양 아무것도 남아 있지 않았다.

“역시 하계의 단말은 불합리합니다. 어느 쪽이든 용무는 끝났기에 상관없습니다만.”

아무런 일도 없었던 것처럼 시원스럽게 저러한 말을 던지고 루나리스는 결계를 수축시켜서 지워버렸다.

나는 다만 현실감 없는 저 광경을 지켜볼 수밖에 달리 도리가 없었다.

“자, 괜히 분위기만 깨져 나갔군요. 우선은 현지 신의 위치를 찾아봐야겠습니다. 보아하니 이레귤러도 장해 요소가 되진 못할 듯하니 굳이 시간을 낭비할 필요도 없겠죠.”

그리고 유유히 루나리스가 제자리에서 미소 짓는다.

“이제 드디어 신격이 나의 손에, 신격을, 신격을, 신격, 을……?”

그러나 그때 처음으로 루나리스의 얼굴이 흐려졌다.

“대체…… 도대체 왜? 단말이 제어되지 않아? 설마! 신의 간섭?! 아뇨, 아무리 파격적인 힘을 보유했다지만, 이 세계에 직접 손을 쓸 리가…….”

“아아, 드디어, 드디어 여기까지 왔습니다…….”

이제껏 무표정은 무엇이었냐고 의문이 들 만큼 허둥지둥하는 루나리스를 아랑곳 않고 마치 꽃의 꿀처럼 달콤한 목소리가 울려 퍼졌다.

“……아? 아?? 당신이 뭔가 손을 썼다는 말입니까?”

“네, 맞습니다. 대정령님, 아뇨, 루나리스 님이라 불러드리는 것이 좋으실까요?"

본래의 무표정으로 돌아간 루나리스와 달리, 그것은 마주하는 자를 포로로 삼을 듯한 농염한 미소.

"무엇을 어떻게 했나 모르겠습니다만, 지금 즉시 방해를 멈추세요. 추후 사유를 판단해서 처분을……."

"여신님, 여신님. 당신은 이 세계의 주역이 될 수 없습니다."

그것은 마주하는 자를 지배하는 듯한 요염한 미소.

"당신이 강림하기 위한 그릇이었던 그 몸, 그리고 힘을 분산하기 위해 세계수의 씨앗을 박아 넣어야 했던 인간들. 이 세계에서 강림한 시점에서 제가 모든 마력을 지배하에 거둬들였습니다."

"아?! 무슨, 무슨 생각을 하는 겁니까?! 설마 본인이 신의 지위를 차지할 작정입니까?!"

"아니요, 틀립니다. 제게는 너무나 과분한 자리입니다."

그것은 마주하는 자 전부를 독의 바다에 가라앉히는 듯한 독화(毒花)의 미소.

"신이 될 분은 죽음을 맞이했었던 저의 언니. 당신의 힘을 양분 삼아서 라무네시아 언니는 다시 이 세계에 부활할 겁니다."

"바, 바보 같은 생각은 관두세요!! 그자의 혼은 한참 옛날에!"

"괜찮습니다, 라무네시아 언니의 혼은 줄곧 줄곧 제 안에서 함께 하고 계셔주셨으니까요."

"꺽, 끅, 이, 이런, 말도 안 되는……. 내 권한이, 빼앗겨, 아아아

아아아아아아아아악!!"

말소리가 되지 못하는 절규가 주위에 메아리쳤다.

그리고 그때였다.

"주인님!!" "카이토 님!!"

귀에 익은 목소리로 외치는 말에 정지되었던 사고가 다시 활동을 재개했다.

"미나리스, 슈리아!!"

그 자리에 나타난 것은 네 사람, 미나리스와 슈리아, 그리고 첫 번째 때 알게 됐었던 진조 흡혈귀라는 남자와 어딘가에서 본 기억이 나는 차림의 여자.

"흠, 살짝, 한 발짝 늦어버렸네요."

"흥, 칠칠치 못한 녀석들이군. 게다가 낯익은 얼굴까지 있지 않은가, 노노릭이여."

"엑, 어째서 이런 곳까지……."

"잡담은 나중에 해요! 이곳에서 물러나겠습니다!"

미나리스가 소리 지르더니 손에 든 결정을 부쉈다.

결정에는 전이의 힘이 담겨 있었는지 우리 전원을 둘러싸며 마법진이 나타난다.

"자, 잠깐, 미나리스! 유, 유토가, 아니, 잠깐, 잠깐만!"

아, 안 된다. 유토를 같이 데리고 가야 하잖아.

마법진 안에 유토가 없단 말이다. 되찾을 테다, 되찾을 테다!!

"앗! 안 됩니다, 주인님!" "안 되어요!"

"놔, 둘 다 놓으라고! 유토가, 유토가!!"

유토를 찾아 달리려고 하는 나에게 미나리스와 슈리아가 매달려서 떨어지지 않는다.

두 사람을 뿌리치지도 못한 채 전이의 빛은 한층 더 강해졌다.

"어머, 도망치는 겁니까? 전직 용사님."

"아, 알레시아!!"

"뭐, 마음대로 하세요. 나도 라무네시아 언니를 완전히 부활시키려면 조금 시간이 걸리니까요."

아아, 또 저 미소다.

싸늘하고 싸늘한 괴물의 눈.

나를 지옥으로 밀어 떨어뜨렸던 눈빛.

"그러면 평안하시기를. 전직 용사님."

그 미소가 눈에 각인되도록 한층 더 그윽해졌던 순간, 전이의 빛이 터져 나가면서 시야를 뒤덮었다.

"알레시아, 알레시아아아아아아아아아아아아아아아아아아아아아아아아아아아아아!!"

그날, 몇 번째인가 알 수가 없어진 절규와 함께 의식이 암전됐다.

그렇게 다시 또 나는.

……소중한 사람을, 잃어버렸다.

두 번째 용사는 복수의 길을 웃으며 걷는다 7
~비열한 정해자~

초판 1쇄 발행 2019년 12월 20일

지은이_ Kizuka Nero
일러스트_ Sinsora
옮긴이_ 김성래

발행인_ 신현호
편집장_ 김은주
편집진행_ 최은진 · 김기준 · 김승신 · 원현선 · 권세라
편집디자인_ 양우연
국세업무_ 성아라 · 전은지
관리 · 영업_ 김민원 · 조은걸 · 조인희

펴낸곳_ (주)디앤씨미디어
등록_ 2002년 4월 25일 제20-260호
주소_ 서울시 구로구 디지털로 26길 111 JnK디지털타워 503호
전화_ 02-333-2513(대표)
팩시밀리_ 02-333-2514
이메일_ lnovelpiya@naver.com
L노벨 공식 카페_ http://cafe.naver.com/lnovel11

ISBN 979-11-278-5366-2 04830
ISBN 979-11-278-4600-8 (세트)

값 9,800원